# 妹はカノジョにできないのに

# 3

著――鏡 遊
画――三九呂

IMOUTO HA KANOJO NI DEKINAI NONI

IMOUTO ha
KANOJO ni
dekinai noni
桜羽春太
Sakuraba Haruta
桜羽雪季
Sakuraba Fuyu
月夜見晶穂
Tsukuyomi Akiho

Characters
IMOUTO HA
KANOJO NI
DEKINAI NONI
霜月透子
Shimotsuki Toko
冷泉素子
Reizen Motoko
陽向美波
Hinata Minami
氷川涼風
Hikawa Suzuka
氷川流琉
Hikawa Rulu

# 第0話　プロローグ

十二月に入り、風はもう耐《た》えがたいほどに冷たくなっている。

寒さに弱い仕様の桜羽春太《さくらばはるた》は、その長身を屈《かが》めるようにして歩いて行く。

「こらこら、ハル。猫背《ねこぜ》はみっともないよ。あんた目立つんだから、背筋伸《の》ばしたら？」

「おまえは俺の保護者か？」

「むしろ、立場的にはハルがあたしを保護しなくちゃいけないんじゃない？」

「………」

その春太《はるた》の隣《となり》を歩いているのは、月夜見晶穂《つくよみあきほ》。

同級生にして、夏に付き合い始めたカノジョであり――

腹違《はらちが》いの妹でもある。

最初に晶穂《あきほ》からその話を告げられたときは、衝撃《しょうげき》のあまり疑うことすらできなかったが――

春太《はるた》は今はもう、晶穂《あきほ》が妹であることをほぼ確信している。

晶穂《あきほ》と出くわしたときの父の態度。

それに晶穂《あきほ》の実母とも出会い、二人の大人の態度を見ていると真実は一つだと思えてしまう。

「保護、ね……さっきから俺が風よけになってやってるだろ」

「そのくらいは、カレシなら当然だね」

「そうっすか」

晶穂《あきほ》は時と場合によって、〝カノジョ〟と〝妹〟の立場を巧妙《こうみょう》に使い分けてくる。

先日の旅行では、〝妹になりたい〟などと言っていたのはなんだったのか——

「つーか晶穂《あきほ》、コートくらい着ろよ。もう十二月だぞ」

二人は学校帰りで、当然ながら制服姿だ。

春太《はるた》は紺色《こんいろ》のロングコートを着ている。

去年の冬に、〝ただの妹〟だった頃《ころ》の妹——桜羽《さくらば》雪季《ふゆ》に選んでもらったものだ。

春太《はるた》は去年から数センチ身長が伸《の》びたが、コートを着る分には問題ないようだ。

一方、晶穂《あきほ》はキャメルカラーのブレザーの下にベージュのパーカー、ミニスカートに黒タイツという格好だ。

中にパーカーを着込んでいるとはいえ、すっかり冬になった今の時期には寒そうだ。

「あたし、着ぶくれしたくないんだよね。何枚も着込むと動きにくいし」

「動きの良《よ》し悪《あ》しの問題か？」

春太《はるた》にとって晶穂《あきほ》は、考えの読めないクールで表情に乏《とぼ》しい少女だった。

数ヶ月の付き合いで思考回路も少しは読めるようになったし、晶穂《あきほ》のほうも感情が顔に出るようにはなった。

それでもまだ、相互理解《そうご》にはほど遠い。

「ハル、そんなに寒いならスパ銭でも行く？　水着で男女混浴できるトコがあるんだよ。いいサウナもあって整うらしいよ？」

「いきなり目的地を変えんな」

晶穂《あきほ》は思いつきで行動するのが怖《こわ》いところだ。

「そっか、そっか。そんなにあたしの水着姿を他の男に見せたくないか」

「……おまえ、俺をなんだと思ってんだ？」

春太《はるた》は独占欲《どくせんよく》強めだが、さすがにそこまでこだわらない。

実際、雪季《ふゆ》とも何度もプールに行って、水着姿を他の男の目にも晒《さら》している。

「俺のことはいいんだよ、おまえが寒々しいんだよ、普段《ふだん》から」

「もっと寒くなったら、スカジャン着るよ。通学用の派手なヤツを用意済みだから」

「通学用はおとなしくしろよ。おまえ、ピンクメッシュでただでさえ目ぇつけられてんのに」

晶穂《あきほ》の髪型《かみがた》は黒髪《くろかみ》ロング。

この秋に、唐突《とうとつ》にピンクのメッシュを一筋入れた。

春太《はるた》たちが通う悠凛館《ゆうりんかん》高校は校則にうるさくはないが、ピンクはさすがにやりすぎだ。

今のところ目こぼしされているものの、イエローカードを一枚くらっているだろう。

「あたしのロック魂《だましい》は誰《だれ》にも止められないよ。それより、ここ？」

「ん？　ああ、もう着いてたのか」

春太《はるた》は晶穂《あきほ》に気を取られて、どこを歩いているか気づいていなかった。

悠凛館《ゆうりんかん》の最寄《もよ》り駅《えき》から電車で数分、さらに徒歩で数分。

いつの間にか、目的地に到着《とうちゃく》していた。

三階建ての茶色い建物で、築年数は多少経《た》っていそうだが、見た目は小綺麗《こぎれい》だ。

「へぇー、ここか。なかなか味のあるアパートじゃん」

「ものは言い様だな」

春太《はるた》がここに来るのは、今日で二度目。

つい数日前に来たばかりで、そのときは――そのときも〝妹〟が一緒《いっしょ》だった。

桜羽《さくらば》雪季《ふゆ》、数ヶ月前に冬野《とうの》雪季《ふゆ》という名前に変わってしまった妹だ。

「ふーん、雪風荘《ゆきかぜそう》……うん、名前も古風でいいね。雪季《ふゆ》ちゃんから一字取ってるし」

「雪季《ふゆ》と同じこと言うな。つーか、雪季《ふゆ》より年上だろ、このアパート」

妹の雪季《ふゆ》は中学生で、いくら雪風荘《ゆきかぜそう》が小綺麗《こぎれい》でも築二〇年以下とは思えない。

「なんなら、晶穂《あきほ》が住んだらどうだ？　ここからでも悠凛館《ゆうりんかん》には通えるしな」

「部屋を埋《う》めて、雪季《ふゆ》ちゃんが物理的に引《ひ》っ越《こ》せないようにしてる件について」

「悪くない手だろ」

もちろん冗談《じょうだん》だが、雪季《ふゆ》が引《ひ》っ越《こ》せない状況《じょうきょう》をつくるという手は悪くない。

妹の――血が繋《つな》がらない妹の雪季《ふゆ》は、このアパートへの引《ひ》っ越《こ》しを計画している。高校受験まで三ヶ月を切っており、無事に合格すれば雪風荘《ゆきかぜそう》に引《ひ》っ越《こ》して一人暮らしを始めるつもりなのだ。

今日、春太《はるた》が晶穂《あきほ》にその話をすると、彼女が一度アパートを見てみたいと言い出した。

春太《はるた》も、もう一度アパートを見てみたかったのでちょうどよかった。

雪季《ふゆ》はおそらく、高校には合格できる。

落ちてもらっては困るが、合格した場合は――最愛の妹と離《はな》ればなれになるのだ。

その妹が住む建物は、何度見ても足りないだろう。

「つーか、このアパートなんてレイゼン号なら余裕《よゆう》で来られるし、その気になれば毎日でも雪季《ふゆ》ちゃんに会えんじゃない？」

「朝起きても雪季《ふゆ》がいないんだぞ。軽く言うな」

「今さらだけど、ここまでシスコンを隠《かく》さないヤツも珍《めずら》しい……」

「本当に今さらだな」

春太《はるた》は、友人たちが〝シスコン〟という言葉を覚えた小学校時代から聞《き》き飽《あ》きている。

「ちょいと、そこのお二人さん。ここは男子禁制、天使の花園《はなぞの》だよ？」

突然《とつぜん》、後ろから声がかけられた。

春太《はるた》たちが振《ふ》り向《む》くと、そこに一人の女子高生が立っていた。

シャレたベージュのセーラー服に、薄《うす》いブラウンのミニスカート。

同じブラウン系のベレー帽《ぼう》をかぶり、髪型《かみがた》は明るい茶色のセミロング。

メイクもバッチリ決めて、いかにも陽キャな女子高生だった。

「あ、いえ、ここに入居予定の者の家族で……」

「へ？　そうなの？　あれ、でも今日は見学の予定は入ってなかったような」

「ああ、ちょっと突発的《とつぱつてき》に見にきたというか、見るだけというか」

「水流川女子《ミナジョ》の寮《りょう》みたいなもんなんだよね。男なら女子高の寮《りょう》を見たくないわけないよね」

「別の目的で来たみたいに言うな！」

味方のはずのカノジョに背中から撃《う》たれた。

セーラーの女子が、ゴミを見るような目を春太《はるた》に向けてくる。

ちなみにミナジョは、雪季《ふゆ》が受験する女子高だ。

「ち、違《ちが》うぞ。本当に妹が入居予定なんだって！　あんたこそ、このアパートの人なのか？」

「まあね。アパートのオーナーの娘《むすめ》でもあるんで、管理人代理みたいなもんだよ」

「オーナーの娘《むすめ》？　つまり……冬野《とうの》さんの？」

「あれ、ウチの名前知ってんだ？　つーか、もしかして冬野《とうの》さんのお兄さん？」

「冬野《とうの》さん冬野《とうの》さんってややこしいね」

ぼそりと晶穂《あきほ》がつぶやく。

春太《はるた》は、雪季《ふゆ》からこのアパートについて軽く聞いている。

雪風荘《ゆきかぜそう》のオーナーは春太《はるた》の育ての母、雪季《ふゆ》の実母の知り合いらしい。

その知り合いは、母と同じ〝冬野《とうの》〟という苗字《みょうじ》だということも。

「我が家は、冬野《とうの》姓《せい》の巣窟《そうくつ》みたいなトコの出身らしいから。あ、ウチは冬野《とうの》つらら。冗談《じょうだん》みたいな名前でしょ」

そう言って、つららはにっこりと笑った。

「正体を隠《かく》して人間社会で暮らしてる雪女、二人目が来たね、ハル」

「隠《かく》せてねぇだろ、その名前じゃ」

春太《はるた》の妹も、今は母方の苗字《みょうじ》を名乗っていてフルネームは〝冬野雪季《とうのふゆ》〟だ。

これも冗談《じょうだん》のような名前だ。全国の冬野《とうの》雪季《ふゆ》さんには悪いが。

ただ、雪季《ふゆ》とアパートのオーナーは苗字《みょうじ》は同じだが、親戚《しんせき》というわけでもないようだ。

「ま、名前に似合わない陽キャ目指してるけどね、ウチは♡」

「目指すというか、もう辿《たど》り着《つ》いてるね。ねえねえ、ミナジョってギャル多いの？」

「いやあ、どちらかっつーとおとなしい子が多いね。ウチは例外」

なるほど、と春太《はるた》は安堵《あんど》しつつも不安もまだある。

雪季《ふゆ》も見た目は陽キャだが、実は人見知りで内気だ。

派手なギャルと仲良くなるのはハードルが高い。

その例外と同じアパートで、雪季《ふゆ》は無事に暮らせるのだろうか……？

「大丈夫《だいじょうぶ》、ウチは誰《だれ》にでも優《やさ》しいギャルだから。つか、そっちの子もピンクのメッシュとかウチより派手なくらい――って、あれっ⁉　もしかしてそっちのあんた、ＡＫＩＨＯ……⁉」

「とうとうあたしも顔を指されるようになったか。出世したもんだね」

晶穂《あきほ》は満更《まんざら》でもないらしく、ニヤニヤしている。

この小柄《こがら》なロック少女はＵ《ユ》ｃ《ー》ｕ《キ》ｂ《ュ》ｅ《ーブ》に動画投稿《とうこう》しているのだ。

「登録者二〇〇〇だろ。知ってる人に会うとか、ほとんど奇跡《きせき》だな」

「いつの話してんの、ハル。もう六〇〇〇超《こ》えてるよ。一度伸《の》びると、ぐいっといくんだよ」

「おお、いつの間に。そりゃ凄《すご》いな……」

春太《はるた》も晶穂《あきほ》のＵ《ユ》ｃ《ー》ｕ《キ》ｂ《ュ》ｅ《ーブ》動画を手伝い始めてしばらく経《た》つ。

実際、数千単位の登録者を獲得《かくとく》するだけでもたいしたものだ。

身内びいきかもしれないが、晶穂《あきほ》には人を惹《ひ》きつけるなにかがあるのだろう。

「えーっ、マジで！　ウチらの間じゃ、ＡＫＩＨＯ、けっこう人気なんだよ！　歌もギターも上手《うま》いし、悠凜館《ゆうりんかん》の生徒だってトコまでは知ってんだけど！」

お世辞ではなく、冬野《とうの》つららは本当に晶穂《あきほ》のファンらしい。

というより、晶穂《あきほ》はほぼ完全に身バレしているようだ。

文化祭のステージ動画などは顔を隠《かく》しているだけなので、バレてもおかしくない。

「ほぇー、春からの入居者のお兄さんのカノジョがＡＫＩＨＯ！　面白《おもしろ》くなってきたね！」

「あまり楽しませる自信はねぇけど」

春太《はるた》としては、面白《おもしろ》くなってほしくない。

雪季《ふゆ》には穏《おだ》やかな高校生活を送ってもらいたい。

この騒《さわ》がしそうな冬野《とうの》つららがいる環境《かんきょう》は、本当に大丈夫《だいじょうぶ》なのか？

やはり、雪季《ふゆ》の早すぎる独り立ちには反対するべきでは――？

春太《はるた》は、ここ数日繰《く》り返《かえ》している自問自答を脳内で繰《く》り広《ひろ》げる。

雪季《ふゆ》は春太のかヽのヽじヽよヽになるために、妹という立場から抜《ぬ》け出《だ》したい。

そのために生まれ育った桜羽《さくらば》の家を出る――

少なくとも、春太《はるた》には簡単に賛成できるような話ではなかった。

# 第1話　妹は着々と準備を進めたい

目を覚まして、すぐにベッドの横を見た。

そこには――

「あ、おはようございます、お兄ちゃん♡」

「…………」

春太《はるた》は、ゆっくりと身体《からだ》を起こしてベッドに座る。

部屋には――誰《だれ》もいない。

聞こえたのは幻聴《げんちょう》、見えたのは幻影《げんえい》。

そこに、冬野《とうの》雪季《ふゆ》の姿はなく。

白い肌《はだ》を晒《さら》して着替《きが》えている妹を見ることはもうないと、思い知らされる。

もちろん、兄妹《きょうだい》同士のおはようのキスもない。


あなたのカノジョになりたい――

先日、雪季《ふゆ》は春太《はるた》さん、春太《はるた》くんと呼んできた。

十数年、おにいちゃんお兄ちゃんと呼ばれてきて。

雪季《ふゆ》にさん付け、くん付けで呼ばれたのは新鮮《しんせん》ではあった。

だが、新鮮《しんせん》だと感じたのは一回きりで、今後もそんな呼び方が続くとなると話が違《ちが》う。

妹キャラ好きのオタクのような話だが、兄と呼ばれないのは寂《さび》しすぎる。

新たに〝お兄ちゃん〟と呼び始めそうなロック女がいるのも大きな課題ではあるが……。

それよりも、差《さ》し迫《せま》った問題はごく身近にある。

春太《はるた》は手早く、寝間《ねま》着《き》から制服に着替《きが》えると自室を出て一階へ下りていった。

リビングに入ると──

「あ、おはようございます、お兄ちゃん♡」

「…………」

そこには、エプロン姿の冬野《とうの》雪季《ふゆ》の姿があった。

挨拶《あいさつ》は幻聴《げんちょう》ではなく、ニコニコと楽しげな笑顔《えがお》は幻覚《げんかく》ではない。

長い茶色の髪《かみ》、すらりとした長身。

華奢《きゃしゃ》でありながら、胸のふくらみは中学三年生にしては立派で、腰《こし》はきゅっとくびれている。

「ちょうど、朝食の用意を始めようかと思ってたところです。いいタイミングですね」

雪季《ふゆ》は、手におたまを握《にぎ》っている。

料理を始めようとしたところで春太《はるた》が現れたので、わざわざ挨拶《あいさつ》に来たらしい。

「おはよう、雪季《ふゆ》。えーと……受験も近づいてんだから、朝飯くらい自分でパンとか焼くぞ」

「お兄ちゃんには焼かせません」

「凄《すご》いことを否定されてるな……」

「受験にゲームもオシャレも奪《うば》われた私に、最後に残された楽しみが家事なんです。お兄ちゃんは、私の大切なものを奪《うば》うんですか？」

「なんて人聞きの悪い」

ちなみに、雪季《ふゆ》は髪《かみ》もメイクもバッチリだ。

ゲームも二日で一時間くらいは遊んでいる。

割と奪《うば》われずに残っているのだが、雪季《ふゆ》は別の認識《にんしき》をしているらしい。

「まあ、雪季《ふゆ》がやってくれるなら助かるんだが……くれぐれも無理はしないようにな」

「はいっ♡」

雪季《ふゆ》は可愛《かわい》く笑って頷《うなず》き――

「あ、これはやっておかないと。ちゅ♡」

「…………っ」

雪季《ふゆ》は、とてとてと春太《はるた》のそばに来て、頬《ほお》に軽くキスしてきた。

「へへへ、じゃあお料理がんばりまーす」

雪季《ふゆ》は可愛《かわい》く言うと、キッチンへ戻《もど》っていった。

妹からカノジョに立候補して――朝のキスが唇《くちびる》から、頬《ほお》に変わった。

逆のような気がするが、雪季《ふゆ》は「カノジョにしてくれるまで、頬《ほお》だけですからね」などと、焦《じ》らしているつもりらしい。

頬《ほお》へのキスだけで充分刺激的《じゅうぶんしげきてき》――普通《ふつう》は、中三の妹が高一の兄にしないこともわかっているだろうに。

リビングからはキッチンの様子が見える。

雪季《ふゆ》は調子外れの鼻歌を歌いつつ、手際《てぎわ》よく朝食の準備をしている。

父は既《すで》に出勤したようだ。

相変わらず、早くに出かけて遅《おそ》くに帰ってくる生活を続けている。

春太《はるた》とは顔を合わせる時間が短すぎて、未《いま》だに〝例の話〟もろくにできていないくらいだ。

もっとも、春太《はるた》のほうも父と〝例の話〟をするのを避《さ》けてしまっているので、父が悪いとは口が裂《さ》けても言えない。

春太《はるた》はリビングのTVをつけて、天気予報をのんびりと眺《なが》める。

今日も寒くなりそうだが、天気は晴れ。

しかし、春太《はるた》の気持ちは少しも晴れてくれない。

雪季《ふゆ》はもう、以前のように着替《きが》えるためだけに兄の部屋に来なくなった。

唇《くちびる》を合わせるキスもしないし、抱《だ》き合《あ》うことすらない。

頬《ほお》へのキスだけなら、ギリギリセーフだろうか？

普通《ふつう》の兄妹《きょうだい》になったと言ってもいいかもしれない。

雪季《ふゆ》は、春太《はるた》のカノジョになりたい――

つまり、これまでのキスやスキンシップはあくまで兄妹《きょうだい》としてのもの。

少なくとも、雪季《ふゆ》はそう認識《にんしき》しているということだ。

一方で、春太《はるた》は十数年も兄妹《きょうだい》として育ってきた雪季《ふゆ》をただの妹と思っているかと言われたら、自信はない。

雪季《ふゆ》は、身内びいきを差し引いても並外れた美少女だ。

しかも性格も素直《すなお》で可愛《かわい》く、心から春太《はるた》に懐《なつ》いてくれている。

こんな少女がそばにいて、ただの妹として見られる男がいるだろうか？

春太《はるた》は、その点については大いに疑問があるし、自分がただの兄として振《ふ》る舞《ま》えているとも思えない。

「パパもちゃんとご飯食べて行ってほしいんですけどね。今朝なんて、塩むすびを二個食べただけでした。時代劇のお弁当みたいです」

「時代劇の食事シーンは知らねぇけど、そんだけじゃ足りねぇだろうな」

父親は、朝食に時間をかけるよりさっさと仕事に行きたいらしい。

「お兄ちゃんは、しっかり食べてくださいね。今日のお味噌汁《みそしる》は大根と油揚《あぶらあ》げですよ」

「おー、そりゃいいな。毎日雪季《ふゆ》がたっぷりメシ食わせてくれるから、こんなに背も伸《の》びたんだしな」

「お兄ちゃんの大きな身体《からだ》は私のご飯でできてますからね」

雪季《ふゆ》はしゃべりながらも、手際《てぎわ》よく鍋《なべ》やフライパンで調理を進めている。

着替《きが》えを見られなくなっても、毎日妹の美味《おい》しい朝食が味わえる――それで満足するべきなのかもしれない。

もっとも、雪季《ふゆ》が家を出てしまえば、それすらかなわなくなるのだが――

まだ、雪季《ふゆ》の一人暮らしについて兄妹《きょうだい》で話し合っていない。

春太《はるた》はもちろん反対だが、説得するのもためらわれる。

兄に素直《すなお》すぎる妹のことだから、簡単に説得に屈《くっ》する可能性も高い。

雪季《ふゆ》は〝最初で最後の反抗《はんこう》をする〟と言っていたが、彼女が初志を貫徹《かんてつ》できるかは怪《あや》しい。

だからといって、雪季《ふゆ》の決意をくじくようなマネも躊躇《ちゅうちょ》してしまうのだ。

「はぁい、お兄ちゃん、できましたよ。食べましょう」

「ああ――って、あれっ⁉」

春太《はるた》はキッチンのほうへ歩き出して、思わず大声を上げてしまった。

雪季《ふゆ》がエプロンを外したところで、ようやく異常に気づいたのだ。

「あ、気づいてくれたんですね。ふふふ、どうですか♡」

雪季《ふゆ》は、浮《う》かれた足取りでリビングに来ると、ソファに掛《か》けられていた上着を手に取った。

そんなものがソファにあることも、春太《はるた》は気づいていなかった。

「じゃーん、です」

「それって……ウチの制服じゃねぇか！」

キャメルカラーの上着にチェックのミニスカート、ブラウスの襟元《えりもと》にリボン。

春太《はるた》が通う悠凜館《ゆうりんかん》高校の女子制服だった。


「やっぱり、朝にお外に出るのはいいですね。目が覚めます」

「雪季《ふゆ》、学校でよく居眠《いねむ》りしてたって冷泉《れいぜん》が言ってたぞ」

「むっ……れ、れーちゃんめ、また余計なことを……」

春太《はるた》の隣《となり》を歩く雪季《ふゆ》が、冷泉素子《れいぜんもとこ》に毒づいている。

優《やさ》しすぎる雪季《ふゆ》も、さすがに親友には遠慮《えんりょ》がない。

春太《はるた》と雪季《ふゆ》は朝食を終えると、二人で家を出た。

もちろん春太《はるた》は登校だが、雪季《ふゆ》は中学には通っていない。

夏前に生まれ育った地元の中学から他県に転校して、また地元に帰ってきたわけだが、短期間で学校を行ったり来たりというわけにもいかず。

今のところ、形の上では引《ひ》っ越《こ》し先の中学に在籍《ざいせき》している。

そこで問題が起きて地元に戻《もど》ってきて、学校には通わずに高校受験のために勉強中なのだ。

「でも、私は広い心でれーちゃんを許しましょう。今日は新しい制服でご機嫌《きげん》ですから」

「本当に機嫌《きげん》いいな、雪季《ふゆ》」

春太《はるた》は苦笑《くしょう》してしまう。

学校に通っていない雪季《ふゆ》は制服を着る必要はないが、「スイッチを入れるため」と称《しょう》して毎朝制服に着替《きが》えていた。

こちらの中学で着ていた、白ブレザータイプの制服だった。

雪季《ふゆ》は引《ひ》っ越《こ》し先で着ていた黒セーラータイプの制服が気に入らなかったらしい。

しかし、今の雪季《ふゆ》は悠凜館《ゆうりんかん》高校のキャメルカラーのブレザー、それにチェックのミニスカートという格好だ。

ほんの数日前、雪季《ふゆ》が晶穂《あきほ》の先輩《せんぱい》から借りて着ていた制服でもある。

雪季《ふゆ》は、春太《はるた》が通う高校に行ってみたいと、ニセ生徒となって校内に入り込んできたのだ。

成績が芳《かんば》しくない雪季《ふゆ》は、逆立ちしても進学校である悠凜館《ゆうりんかん》には合格できない。

だからこそ、春太《はるた》も妹を甘やかして校内を連れ回したりもしたのだが――

まさか、また悠凜館《ゆうりんかん》制服バージョンの雪季《ふゆ》が現れるとは。

「晶穂《あきほ》の先輩《せんぱい》も気前いいな。一応、まだ制服を着る機会は何度もあるだろうに」

「もし必要になったらお返しできるように、綺麗《きれい》に着ますよ」

気遣《きづか》いができる妹は、先輩《せんぱい》の好意に甘えっぱなしではないらしい。

雪季《ふゆ》は、借りた制服をクリーニングに出してから、返しに行った。

ところが、先輩《せんぱい》は「あげたつもりだったわ」と苦笑《くしょう》し、雪季《ふゆ》はそのままもらってきたようだ。

先輩《せんぱい》は三年生で、十二月に入った今、残された高校生活は実質的に残り二ヶ月ほど。

予備の制服など、もう必要ないというのも事実だろう。

「ホントにいいですよね、悠凜館《ゆうりんかん》の制服。お兄ちゃんの男子制服もかっこいいですし、進学校は制服も凝《こ》ってるんですね」

「ミナジョも制服の評判いいらしいぞ。あの茶色っつーか、ベージュのセーラー、確かに珍《めずら》しくて可愛《かわい》いしな」

「え？　お兄ちゃん……どうしてミナジョの制服知ってるんです？」

じぃっ、と雪季《ふゆ》が大きな目を細めて睨《にら》んでくる。

「い、いや、ミナジョのホームページで見たんだよ。そりゃ、チェックくらいするだろ」

「ああ、なるほどです」

一応、晶穂《あきほ》と二人で雪風荘《ゆきかぜそう》を再び訪ねたことは雪季《ふゆ》には内緒《ないしょ》だ。

雪風荘《ゆきかぜそう》への引《ひ》っ越《こ》しの妨害《ぼうがい》を企《たくら》んでいると思われては困るからだ。

ミナジョの制服を着た冬野《とうの》つららに会ったことも、雪季《ふゆ》には言っていない。

「でも、制服が可愛《かわい》くなかったらミナジョを受けようとは思わなかったかもです」

「おいおい、雪季《ふゆ》が受験できる学校は限られてんだからな？」

このオシャレにうるさい妹の場合、本気で制服で学校を選びかねない。

それでなくとも、特殊《とくしゅ》な条件下で受験する雪季《ふゆ》は受けられる学校が限られているのに。

雪季《ふゆ》に高い学力があれば、選択肢《せんたくし》はもっと増えたのだが。

「受験できる学校の制服が可愛《かわい》くてラッキーでした。お兄ちゃんに勉強教えてもらえますし、アパートから徒歩ですぐですし、いいことばかりです」

「……そうだな」

雪季《ふゆ》は今年の春の引《ひ》っ越《こ》しは不満ばかりだったが、高校受験には前向きになっているらしい。

ネガティブになるよりはずっといいと、春太《はるた》も思うが――

もうアパートへの引《ひ》っ越《こ》しが確定事項《じこう》のようになっているのは、面白《おもしろ》くない。

「普通《ふつう》に中学に通ってたら、こんな風にお兄ちゃんと一緒《いっしょ》に登校もできませんでしたから。結果オーライですよ」

「ホントに前向きだな、雪季《ふゆ》。なんか、吹《ふ》っ切《き》れたというか……」

「ふふ、受験にはメンタルも重要ですから。物事、良《い》いように考えないと」

雪季《ふゆ》は笑って言い、トントンと弾《はず》むように春太《はるた》の前を歩いて行く。

運動神経の鈍《にぶ》い妹だが、意外に歩きや走りのフォームは悪くない。

「……でも、毎朝俺を送ってたら大変だろ？」

「これで目も覚めますから。ああ、毎朝一緒《いっしょ》に登校するんじゃなくて、ふゆちゃんイーツがお弁当を届けるほうがいいですか？」

「いやいや、また雪季《ふゆ》が校内に入ってきたら大騒《おおさわ》ぎになるって！」

先日、雪季《ふゆ》は「ふゆちゃんイーツ」を自称《じしょう》して、高校に不法侵入《しんにゅう》して春太《はるた》の弁当を届けに来たのだが……謎《なぞ》の美少女の侵入《しんにゅう》で、校内は騒《さわ》ぎになってしまった。

春太《はるた》の友人、松風陽司《まつかぜようじ》が雪季《ふゆ》を〝春太《はるた》の幼なじみ〟とごまかしてくれたが——

ふゆちゃんイーツが再び現れた場合、春太《はるた》にはごまかしきれる自信はない。

「まあ、登校に付き合うくらいはたいした時間でもないし、いいか……」

「はい、お兄ちゃんが帰ってくるまで、いい子で勉強してますから」

「そこは信用してるよ」

雪季《ふゆ》は勉強嫌《ぎら》いだが、素直《すなお》なので春太《はるた》に勉強しろと言われたら必ずそうする。

毎日のノルマもきちんとこなしているし、今のところ問題はない。

「あ、カノジョになるって話は本気ですからね」

雪季《ふゆ》はさらりと言い切った。

あまりにあっさりしていて、春太《はるた》は思わず反論できずに黙《だま》ってしまう。

「春になるまでに徐々《じょじょ》に妹モードを解除していきますよ。最終的には、お兄ちゃんと私の服を別々で洗濯《せんたく》します！」

「なっ、なんだと……!?」

それは世間一般《いっぱん》のお父さんがやられて一番傷つくやつでは——!?

「冗談《じょうだん》です。私の服も下着も、お兄ちゃんの服と一緒《いっしょ》に洗いますから安心してください」

「……そう言われると、俺が変態みたいだな」

雪季《ふゆ》に自分の服を汚《よご》れ物《もの》のように隔離《かくり》されるよりは、変態のほうがマシだが。

「別々で洗うのは面倒《めんどう》ですしね。我が家は今、たった三人——あ、そうだ、思い出しました」

「ん？」

「お兄ちゃん、今日は放課後、なにか用事がありますか？」

「バイトは入れてないし……特にないな。雪季《ふゆ》の勉強をがっつり見ようと思ってたが」

「が、がっつり……ほわわん、くらいでいいんですけど……それはともかく。では、お帰りを楽しみに待ってますね」

「…………？」

なんだろう、なにやら嫌《いや》な予感がする。

春太《はるた》は、妹の笑顔《えがお》に不穏《ふおん》なものを感じつつあった。

雪季《ふゆ》は間違《まちが》っても兄に罠《わな》を仕掛《しか》けるような妹ではない。

ただ、この数ヶ月で良くも悪くも雪季《ふゆ》は変わりつつある。

両親が離婚《りこん》したり実の兄妹《きょうだい》でないと判明したり、新たに実の妹が現れたりすれば、変わらないほうが難しいだろう。

春太《はるた》はできれば、これ以上は状況《じょうきょう》の変化は勘弁《かんべん》願いたい。

なにより、雪季《ふゆ》の受験が終わるまでは穏《おだ》やかな日常を望みたかった——


「あ、あの……霜月透子《しもつきとうこ》です！　恥《は》ずかしながら、今日からお世話になります！」

「………………」

穏《おだ》やかな日常は、いずこに？

春太《はるた》は内心でツッコミを入れずにいられなかった。

「いらっしゃいです、透子《とうこ》ちゃん」

「は、はい、よろしくお願いします」

午後四時、桜羽家《さくらばけ》のリビング——

そこに、悠凜館《ゆうりんかん》高校の制服姿の雪季《ふゆ》がいるのは当然として。

もう一人——黒いセーラー服姿に、黒髪《くろかみ》ポニーテール。

かたわらには、巨大《きょだい》なキャリーケースが置いてある。

「霜月《しもつき》、おまえなんで……？」

「まあまあ、お兄ちゃん。そんなに急がなくても。透子《とうこ》ちゃんも疲《つか》れてるでしょう。まずは座ってください」

「す、すみません、雪季《ふゆ》さん」

霜月《しもつき》はポニーテールを揺《ゆ》らして、ぺこりと頭を下げてから、遠慮《えんりょ》がちにソファに座った。

真ん中に座ればいいのに、わざわざ隅《すみ》っこに腰《こし》を下ろしている。

雪季《ふゆ》は、キッチンへと歩いて行った。

春太《はるた》はまだ、状況《じょうきょう》がまったく呑《の》み込《こ》めていない。

彼も学校から帰ってきたばかりで、その直後にチャイムが鳴って霜月透子《しもつきとうこ》が現れたのだ。

「はい、お待たせしました。寒かったでしょう、カフェオレですけどいいですか？」

「あ、ありがとうございます、雪季《ふゆ》さん」

雪季《ふゆ》はテーブルにコーヒーカップを三つ置いた。

二つはカフェオレ、一つはコーヒーだ。

春太《はるた》の前に置かれたコーヒーは、ちょうどいい量の砂糖が入っているはずだ。

「美味《おい》しいです……」

「よかったです、お口に合って。お料理は好きですけど、お茶を淹《い》れるのはあまり得意じゃないんですよね」

桜羽家《さくらばけ》のコーヒーやカフェオレはたいていインスタントだ。

さすがに、雪季《ふゆ》も豆を挽《ひ》いてコーヒーを淹《い》れるほど手間はかけない。

三人は熱い飲み物をすすり、お茶請《ちゃう》けのクッキーをかじってから――

「透子《とうこ》ちゃん、ウチはすぐにわかりましたか？」

「あ、はい。スマホのナビがあったので。お家《うち》の写真も送ってもらってましたし」

「そうでしたね、迷わなかったならよかったです」

「……あのな、二人で話を進めてないで、俺にも説明してくれ」

春太《はるた》はコーヒーカップをテーブルに置いて、じろりと二人の少女を眺《なが》める。

霜月透子《しもつきとうこ》は――雪季《ふゆ》の従姉妹《いとこ》にあたる。

二人の母親が姉妹《しまい》なのだ。

春太《はるた》は雪季《ふゆ》とは実の兄妹《きょうだい》ではないので、霜月《しもつき》との血縁《けつえん》はない。

だが、表向きは春太《はるた》と雪季《ふゆ》は実の兄妹《きょうだい》ということになっているので、人前では春太《はるた》も霜月《しもつき》はイトコだと嘘《うそ》をつく必要がある。

「雪季《ふゆ》、霜月《しもつき》がウチに来るなんて俺は一ミリも聞いてなかったんだが？」

「サプライズです」

「おまえな……そんなあっさり」

今朝の雪季《ふゆ》の思わせぶりな発言は、この前フリだったようだ。

「す、すみません、桜羽《さくらば》さん。わたしは驚《おどろ》かすつもりはなかったんですけど……」

「いや……雪季《ふゆ》が仕込んだサプライズなら落とし穴ドッキリでも笑顔《えがお》で許そう」

「相変わらず、妹さんに甘すぎますね……」

「ある意味、ドッキリ失敗ですね」

霜月《しもつき》と雪季《ふゆ》が、どうでもいいツッコミを入れている。

「ドッキリは許すから、順番に話せ、順番に。霜月《しもつき》が世話になるってなんなんだ？」

「学校の期末テストが終わったので、こちらに来たんです。終業式の日には一度戻《もど》ります」

「交通費もバカにならねぇな」

「そうですね、ですが時間を無駄《むだ》にはできないので」

春太《はるた》は一度話を整理しようとして――それこそ無駄《むだ》だと気づいた。

まるで情報が足りていない。

「二人とも、順番どおりになってねぇぞ。霜月《しもつき》はずいぶん長居するみたいだが、なんのためにここに来たんだ？」

「それは、恐縮《きょうしゅく》なのですが――」

「あ、ちょっと待て」

春太《はるた》は手を広げて、霜月《しもつき》の顔にかざすようにする。

「霜月《しもつき》、敬語じゃなくていい。俺と初めて会ったときの『オラァ！』『なぁんだよぉ！』みたいな感じでいい」

「そこまでチンピラじゃなかったでしょ⁉」

一瞬《いっしゅん》、あの頃《ころ》の霜月《しもつき》に戻《もど》ったかのような激しいツッコミだった。

半分冗談《じょうだん》だが、あの農具倉庫での霜月《しもつき》がガラが悪かったのは事実だ。

旅館の跡取《あとと》り娘《むすめ》として厳しく躾《しつ》けられた反動だろうか？

「あ、いえ。桜羽《さくらば》さんは年上ですし、親戚《しんせき》のお兄さんみたいなものですし、タメ口というわけには」

「敬語キャラは雪季《ふゆ》と母親で間に合ってるんだけどな」

「では、呼び方だけ〝お兄さん〟……でもいいでしょうか？」

「…………」

春太《はるた》はちらりと雪季《ふゆ》を見る。

その呼び方の許可不許可は春太《はるた》自身ではなく、妹が決めることだ。

「まあ……いいでしょう。ですが、透子《とうこ》ちゃんが妹になったわけではありませんからね」

「わ、わかってます」

どうやら、雪季姫《ふゆひめ》様のお許しは出たようだ。

妹を卒業する、というような話はなんだったのかと思わなくもない。

他の誰《だれ》かが妹になるのは許しがたいのだろうか？

そうなると、晶穂《あきほ》の動きも気になるところだが――

「話の続きだな。霜月《しもつき》は――」

「あの、お兄さん。私のことも透子《とうこ》でいいです。親戚《しんせき》同士ということにするんですよね？　でしたら、苗字《みようじ》呼びは不自然ではないでしょうか？」

「透子《とうこ》ちゃん、意外に抜《ぬ》け目《め》ないですね。見事な口実です……」

「べ、別に変な意図はないですよ！」

霜月《しもつき》は、顔の前でぶんぶんと手を振《ふ》っている。

だが、彼女の言うことにも一理ある。

「そうだな、表向きは母方のイトコだもんな。もし誰《だれ》かに苗字《みようじ》呼びを聞かれたら変に思われるか……」

晶穂《あきほ》だけは、春太《はるた》と霜月《しもつき》に血縁《けつえん》がないことを知っている。

だが、松風《まつかぜ》や雪季《ふゆ》の友人コンビなどに聞かれたら、すぐにあの連中は違和感を持つだろう。

「わかった、じゃあ霜月《しもつき》じゃなくて透子《とうこ》って呼ばせてもらう。雪季《ふゆ》もいいな？」

「……いいでしょう」

こちらは妹に許可を求めるような話でもないのだが、春太《はるた》はなんとなく怖《こわ》かった。

「で、透子《とうこ》はなんでこっちに来たんだ？」

「と、透子《とうこ》……いえ、動揺《どうよう》してる場合ではないですね。私もその……雪季《ふゆ》さんと同じ、水流川《みながわ》女子《じょし》を受験するんです」

「はぁ⁉」

春太《はるた》は、思わず立ち上がりそうになる。

想像すらしなかった、意外すぎる成り行きだ。

「お兄さんに少し話しませんでしたっけ？　遠い学校を受験するって」

「あー……そういや、聞いたような。でも、遠すぎるだろ！」

透子《とうこ》は、この街から電車で三時間もかかる田舎町《いなかまち》の住人だ。

家は老舗《しにせ》の旅館で、家族の転勤などもありえない。

「……ま、まさか、旅館〝そうげつ〟だっけ。あそこ、潰《つぶ》れたのか？」

「なんてこと言うんです！　そんなわけありません！　未来永劫潰《えいごうつぶ》れませんよ！」

「未来永劫《えいごう》は続かんだろうが」

だが、失言だった。

やはりツッコミを入れるときは、農具倉庫のオラオラな透子《とうこ》がよみがえるな、と思いつつ。

「悪い。でもまさか、あの町からミナジョに通学できないだろ？」

「え、ええ。さすがに往復六時間は無理ですね」

「ん？　ひょっとして、このウチから通うとか？」

「そ、そこまで図々《ずうずう》しいことは言いません！　雪季《ふゆ》さんたちのお父様は、私とは親戚《しんせき》ではありませんし……」

残念ながら、桜羽家《さくらばけ》と冬野家《とうのけ》が親戚《しんせき》ではないのはそのとおりだ。

両親の離婚《りこん》で、両家の縁《えん》は切れてしまっている。

かろうじて、雪季《ふゆ》の存在が両家をか細く繋《つな》いでいるだけに過ぎない。

「ただ、霜月家《しもつきけ》のしきたりで、女将《おかみ》を継《つ》ぐ女子は必ず一度は家を出て、外を見てくることになってるんです」

「ふーん……しきたりとはまた古めかしいな」

「ああ、家を継《つ》ぐ前に実家を出て、自由に過ごさせてくれるってことですか？」

黙《だま》って聞いていた雪季《ふゆ》が、口を挟《はさ》んでくる。

雪季《ふゆ》は事前にいろいろ聞いているのかと思ったが、知らない話もあるらしい。

「はい、高校と大学は県外に行かせてもらえるんです」

「へぇ、大学もか。短くても七年は地元を離《はな》れるってことか」

春太《はるた》の言葉に、透子《とうこ》がこくりと頷《うなず》く。

ただ、逆に言えば――

長い人生のたった七年しか自由になれる時間はないわけだ。

そう考えると、透子《とうこ》も気の毒に思えてくる。

「それで……冬休みを利用して、こちらの塾《じゅく》の冬期講習にも通うことに。ついでに、冬休み前からこちらにきて、慣れておこうかと」

「そうか、いきなり見知らぬ土地で勉強しろっつっても難しいか」

雪季《ふゆ》などは半年近く田舎町《いなかまち》に住んでいたが、最後まで馴染《なじ》めなかった。

まず新天地の空気に慣れておかないと、勉強に集中できないというのは頷《うなず》ける。

「ミナジョの受験対策もこちらの塾《じゅく》でないとできませんし」

「なるほど……って、でもなんでミナジョ？　県外ならどこでもＯＫじゃないのか？」

「ええ、正直、都会の学校であればどこでもよかったんです」

「ここ、そこまで都会ってわけでもないけどな」

春太《はるた》は苦笑《くしょう》してしまう。

透子《とうこ》も苦笑いを浮《う》かべ、「私には充分《じゅうぶん》都会ですよ」と言って——

「ただ、ミナジョには親戚《しんせき》のお姉さんが通ってて、学校のそばのアパートのお部屋も貸してもらえるので……」

「なるほど……って、ちょっと待て！　もしかして、透子《とうこ》も雪風荘《ゆきかぜそう》に住むのか？」

「え？　お兄さん、雪風荘《ゆきかぜそう》をご存じなんですか？」

「ご存じもなにも……」

先日、二度に亘《わた》って訪《おとず》れた雪風荘《ゆきかぜそう》を思い出す。

そこで雪季《ふゆ》から聞かされた衝撃的《しょうげきてき》な話も。

ついでに、そこのオーナーの娘《むすめ》という派手なギャルのことも。

「透子《とうこ》ちゃん、私とお兄ちゃんもついこの前見学してきたばかりなんです」

「えっ？　まさか、雪季《ふゆ》さんもあのアパートに住むんですか？」

透子《とうこ》の質問に、雪季《ふゆ》はこくりと頷《うなず》く。

本当に透子《とうこ》も聞いていなかったらしく、かなり驚《おどろ》いているようだ。

透子《とうこ》から見れば、雪季《ふゆ》は――転校生からイジメのターゲット、従姉妹《いとこ》、さらには同じ高校を受験する仲間、同じアパートの住人と変化している。

このめまぐるしさに驚《おどろ》かないほうがおかしい。

「確かにあの女子高に通うなら、雪風荘《ゆきかぜそう》に住めれば便利ですけど……驚《おどろ》きました」

「一応、私のほうはまだ確定ではないんですけど……」

雪季《ふゆ》は、ちらりと春太《はるた》に視線を送ってきた。

春太《はるた》はあえてノーリアクションを貫《つらぬ》く。この話は、まだ兄として消化できていない。

「私がミナジョに受かるかどうかもわかりませんし」

「親戚《しんせき》のお姉さんは、ミナジョはあまり落ちる人いないって言ってましたけど……」

「…………」

透子《とうこ》の不用意な発言に、雪季《ふゆ》がこめかみをピキらせている。

いや、雪季《ふゆ》はそのレアな〝落ちる人〟に含《ふく》まれるかもしれないいんだよ。

とは、春太《はるた》もさすがに言えない。

「えーと、透子《とうこ》の親戚《しんせき》のお姉さんっていうのは、誰《だれ》なんだ？」

「冬野《とうの》さん——冬野《とうの》つららさんって方です」

「………………」

もしやと思ったが、やはりそうなのか、と春太《はるた》は納得《なっとく》する。

この前会ったばかりの冬野《とうの》つららも、春太《はるた》の周囲に深く関わってきそうだ。

「ウチは母方にも冬野《とうの》さん——いえ、雪季《ふゆ》さんの冬野《とうの》さんがいますが、父方の親戚《しんせき》にも冬野《とうの》さんがいるんです。つららさんは、その父方の親戚でして」

「ややこしいな……って、待てよ？」

ギャル系の冬野《とうの》つららが、透子《とうこ》の親戚《しんせき》でもある。

ということは——

「お兄ちゃん、そのつららって人も私の親戚《しんせき》になるんでしょうか？」

「血の繋《つな》がりはないとしても、そうなるよな」

雪季《ふゆ》はまだ、冬野《とうの》つららとは出会っていないはずだ。

だが、雪季《ふゆ》と透子《とうこ》が従姉妹《いとこ》同士、透子《とうこ》の父方の親戚《しんせき》が冬野《とうの》つららなのだから。

自動的に、雪季《ふゆ》とつららも親戚《しんせき》同士ということになる。

「……世間、狭《せま》いよな。冬野《とうの》つららのほうは、元から俺らの近くにいたってことだし」

「つららさんのママがアパートのオーナーで、私のママと知り合いで……本当にややこしいですね。私、思考停止していいですか？」

「ああ、俺も深く考えるのはやめたい」

実際はそんなに複雑な関係でもないが、ただでさえ一族郎党《いちぞくろうとう》の広がりのせいで、春太《はるた》も混乱しつつある。

考えることが苦手な雪季《ふゆ》はもちろん、春太《はるた》もあまり深く考えたくない。

透子《とうこ》はまだ知らないが、春太《はるた》には世間には隠《かく》している血縁《けつえん》関係もあるのだから。

もう新たに、「山田《やまだ》」とか別の苗字《みょうじ》を名乗って完全独立でもしたくなってきた。

「とにかく透子《とうこ》ちゃんを冬休みの間、ウチでお預かりすることになりました。ママから、パパにも連絡《れんらくず》済みです」

「知らなかったの、俺だけかよ」

仕掛《しか》け人が雪季《ふゆ》でなければ、一発ドツいているところだ。

「ただ、ごめんなさい、透子《とうこ》ちゃん。空き部屋がないので、私と相部屋になるんですよ」

「あ、はい。私は全然。雪季《ふゆ》さんはいいんですか？」

「まあ、私はだいたいお兄ちゃんの部屋にいるので支障はないと思います」

「世間体《せけんてい》的には支障がありませんか？」

「なんですかー？（圧）」

「い、いいえ……なんでもありません」

妹、強い。

この二人がかつて、いじめっ子いじめられっ子だったと聞いたら、百人中百人が雪季《ふゆ》をいじめっ子と判断するだろう。

呼び方も、雪季《ふゆ》は「透子《とうこ》ちゃん」で、透子《とうこ》は「雪季《ふゆ》さん」とさん付けだ。

そもそも雪季《ふゆ》は透子《とうこ》に苦手意識があったはずだが——いつの間にか、こっそり桜羽家《さくらばけ》に招いたりして、一人で透子《とうこ》とやり取りしている。

カノジョになる宣言をしてから、雪季《ふゆ》はやはり変わったようだ——

「そ、そういや、透子《とうこ》、前に一度こっちに来てたよな？」

「あ、はい。そのとき、学校とアパートを下見したんです」

「松風《まつかぜ》と会ったのは、そのついでだったのか……」

そんな伏線《ふくせん》になっていると、誰《だれ》が予想しただろうか。

「そのときはホテルに泊《と》まったんですが、さすがに十数日となると——ということで、雪季《ふゆ》さんのお母様が桜羽《さくらば》の家に泊《と》まればいいとすすめてくださって」

「黒幕は母さんだったのか」

実家と断絶したという母が、姪《めい》である透子《とうこ》と連絡《れんらく》を取り合っているのは良《い》いことだろうが。

「私、お役に立ちます。料理も洗濯《せんたく》も掃除《そうじ》も一通り仕込まれてます。洗濯《せんたく》と掃除《そうじ》は旅館でもやっているので、プロです」

「待て待て、透子《とうこ》はお客さんだろ。家事をやらせるわけにはいかない」

「で、では、またお背中を、、、流すとか……？」

「ｋｗｓｋ《くわしく》」

雪季《ふゆ》が笑顔《えがお》で、がしっと透子《とうこ》の肩《かた》を摑《つか》んだ。

こんなに怖《こわ》い妹の笑顔《えがお》は初めてではないだろうか。

普段《ふだん》使わないネットスラングが飛び出しているのも、異様で怖《こわ》い。

実は春太《はるた》は、旅館〝そうげつ〟の浴場で透子《とうこ》に背中を流してもらったことがある。

もっと楽しいことも、少しだけやらせてもらったりもしている。

あのときは、さすがに調子に乗りすぎたと反省している。

嫉妬《しっと》深《ぶか》い妹には特に秘していた事実だったが――そちらがバレるのも時間の問題だ。

桜羽春太《さくらばはるた》は、トラブルと無縁《むえん》では生きられないらしい。

# 第2話　妹は新展開を素直《すなお》に受け入れている

「へー、あの若女将《わかおかみ》のポニ子ちゃんが、ハルの家に居候《いそうろう》？」

「そういうことになった」

放課後の教室。

春太《はるた》は椅子《いす》に座り、月夜見晶穂《つくよみあきほ》がその前の机に座り込んでいる。

晶穂《あきほ》はエレキギターを持ち、アンプを通さずにジャカジャカと奏《かな》でている。

教室には他にもクラスメイトが残っているが、みんな間近に迫《せま》った期末試験対策中だ。

エレキギターの小さい音は、誰《だれ》も気にしていないらしい。

「ふう……まったく、この男は次々と若い女にちょっかいかけて」

「待て待て、なんて人聞きの悪い！」

「上は女子大生、下は女子中学生までやりたい放題ですか。むしろ、肝心《かんじん》の女子高生の層が薄《うす》いね。あたし以外に、もう二、三人集めてきたら？」

「なんのために⁉」

なにが〝肝心《かんじん》〟なのか、とても気になるところだった。

「つーか、晶穂《あきほ》はなにを聞いても動揺《どうよう》しねぇよな」

「人を悲しきモンスターみたいに言わないように。あたしだって人の子だよ。もっと言うなら、魔女《まじょ》とハルの父――」

「その無駄口《むだぐち》の多さは、確かに人間らしいな！」

春太《はるた》は慌《あわ》てて晶穂《あきほ》の余計な一言を遮《さえぎ》る。

月夜見晶穂《つくよみあきほ》は、春太《はるた》のカノジョにして実の妹――

恐《おそ》るべきことに、春太《はるた》は晶穂《あきほ》との血縁《けつえん》が判明してしばらく経《た》つのに未《いま》だに別れていない。

さすがに、判明するまで当たり前のようにしていたことはヤらなくなったが……。

「ハルも苦労が多いね」

「おまえが一番苦労させてんだよ。一言多いんだよ」

「そうかな？　んで、なんの話だっけ？　あー、エロ若女将《わかおかみ》がハルの家に居候《いそうろう》するんだっけ」

「不穏《ふおん》な形容を付け加えんな」

確かに、霜月透子《しもつきとうこ》はまだ中学三年生でありながら妙《みょう》な色気がある。

雪季《ふゆ》も見た目は大人っぽいし、これも冬野家《とうのけ》の血筋だろうか。

「ハル、世間的にはポニ子ちゃん――トーコちゃんとイトコってことになるでしょ？」

「ああ、一応そうなるんだよな」

「彼氏《かれし》とイトコの関係を疑うようじゃ、いい女とは言えないでしょ？」

「おまえ、若干寛容《じゃっかんかんよう》すぎる気もするんだが……」

晶穂《あきほ》は、春太《はるた》と雪季《ふゆ》が実の兄妹《きょうだい》でないことを知っている。

家では、二人がイチャついていることも感づいているらしい。

それでも文句を言ってきたことはないし、本当に気にしていないようだ。

「そんなことより、新曲つくらないと。クリスマスにはエモい歌動画を投稿《とうこう》しないとね」

「どんなことだよ。くるっと話を変えんな」

春太《はるた》はここ最近で突然《とつぜん》ややこしくなった人間関係で頭が痛い。

だが、晶穂《あきほ》のほうは本当にさほど気にしていないのかもしれない。

「いや、晶穂《あきほ》にはU　Cube《ユーキューブ》が大事なのはわかってるけどな」

晶穂《あきほ》はいつも淡々《たんたん》としてるが、U　Cube《ユーキューブ》投稿《とうこう》を本気でやっているのは確実だ。

登録者数をいかにして増やすかが、一番の悩《なや》みらしい。

出生の秘密、家族の秘密があろうが、人生に悩《なや》みは尽《つ》きない。

「この前、田舎《いなか》ののどかな景色を眺《なが》めていい曲浮《う》かんだんだけどなー」

「クリスマスソング以外も、なんかできてたのか？」

「できてない。ほら、酔《よ》っ払《ぱら》ったせいでできかけてた曲、ぶっ飛んだんだよね」

「マジか。まあ、あんだけ酔《よ》ってりゃなあ……」

だが、晶穂《あきほ》の名誉《めいよ》のために言うと彼女が酒を呑《の》んだわけではない。

不可抗力《ふかこうりょく》というか、酔《よ》っ払《ぱら》いに酒をかけられて、その匂《にお》いだけで酔《よ》ってしまったのだ。

「でも、登録者数はまだまだ伸《の》びてきてんだよ。もう一万いきそうだし」

「えっ⁉」

春太《はるた》は慌《あわ》ててスマホを取り出し、晶穂《あきほ》のチャンネルを確認《かくにん》する。

確かに、既《すで》に九〇〇〇を超《こ》えて一万人が見えてきている数字だ。

「マジだ。ここ何日か見てなかったけど、いつの間にこんなに……この前は六〇〇〇とかじゃなかったか？」

以前の伸《の》びにも驚《おどろ》いたが、まだ持続していたとは。

一気に数字がハネただけでなく、伸《の》びが続いているというのは大きい。

「最近、文化祭のステージの動画が、急に伸《の》びたんだよ。Ｕ Ｃｕｂｅ《ユーキューブ》ってたまにこういうバズり方するから面白《おもしろ》いよね」

「あー、どっかで紹介《しょうかい》されたのかもな」

文化祭は十月で、今は十二月だ。

もとから文化祭のステージ動画は晶穂《あきほ》のチャンネルでも再生数は多かったが、今さらこんなに伸《の》びていたとは。

「なんか、よく知らないＵ Ｃｕｂｅｒ《ユーキューバー》が紹介《しょうかい》してくれたみたい。エロい巨乳《きょにゅう》ＪＫ動画だけど、ギリ合法だとか」

「ギリじゃねぇよ。普通《ふつう》に合法だろ」

映像を編集した春太《はるた》にとって、心外な評価だった。

仮にも高校の文化祭で演じたステージだ。非合法なわけがない。

「でもそんなことより、せっかく数字が伸《の》びてる時期がチャンスだからね！」

「……晶穂《あきほ》、クリスマスの前に期末テストがあるのはわかってるよな？」

「ふふん」

「な、なんだよ？」

「人のこと言えないでしょ。ハルも期末テストは捨ててるくせに。あたしも付き合うよ」

「自分が勉強しない言い訳に俺を使うなよ……」

ただ、春太《はるた》が雪季《ふゆ》の受験勉強を見てやるために、自分の勉強時間を捨てているのは確かだ。

期末対策より、雪季《ふゆ》の受験用のノートをつくることのほうが重要に決まっている。

「ハイハイ、シスコン出た出た」

「だから、心を読むなよ」

「あたしの面倒《めんどう》も見てよ、お兄ちゃん」

「………っ、だからおまえはシャレにならんことを……！」

周りが気にしていないとはいえ、ここは教室のど真ん中だ。

「ていうか、今日は雪季《ふゆ》ちゃんの勉強見なくていいの？」

「雪季《ふゆ》は、今日は透子《とうこ》と二人で図書館行って勉強するらしい」

「へぇ……あの二人って、ちょっと複雑そうな感じだったのに、仲良くなったの？」

「……まあな」

晶穂《あきほ》はイジメの件は知らないはずだが、雪季《ふゆ》と透子《とうこ》の微妙《びみょう》な関係には気づいていたらしい。

気づいていることがあっても、しれっとした顔でいるのが晶穂《あきほ》の怖《こわ》いところだ。

「同い年の従姉妹《いとこ》だし、仲良くなるのも早かったな。すっかり意気投合してるよ」

やはり、雪季《ふゆ》はいつの間にか透子《とうこ》への怯《おび》えはすっかり消えたらしい。

もちろん、雪季《ふゆ》の変化は悪いことではない。

ズルズルと問題を引きずり続けている兄と比べれば、ずっとマシだ。

「そっか、ハルってば、とうとう妹ちゃんを取られちゃったか」

「おまえって、常に一言余計だよな……」

「ハルも減らず口が多いじゃん。やっぱ、あたしらどっか似て――」

「よし、帰ろう！　ここじゃ勉強になりそうもないしな！」

「ああー、やっぱたまに食べるラーメンは美味《うま》い。五臓六腑《ごぞうろっぷ》に染《し》み渡《わた》るね」

春太《はるた》と晶穂《あきほ》は、学校近くのラーメン屋に来ていた。

以前にも晶穂《あきほ》に誘《さそ》われて食べにきたことがあるラーメン屋だ。

晶穂《あきほ》は塩とんこつラーメンを嬉《うれ》しそうにすすっている。

「おまえ、晩メシ前にラーメンなんか食って大丈夫《だいじょうぶ》なのか？」

「ハルも食ってるじゃん」

「俺にはラーメン一杯《いっぱい》くらい、食前のスープみたいなもんだよ」

実際、春太《はるた》は高校に上がってからの食欲が凄《すさ》まじい。

180センチを超《こ》えた身体《からだ》は、まだまだ成長期が続きそうだ。

「実はあたしもよく食うんだよね。まずいなあ、おっぱいに栄養がいくタイプなんだよね、ハルはよく知ってると思うけど。あたし以上に知ってると言っても過言じゃないけど」

「おまえ、余計なことを言わずにはいられないのか……？」

まだ夕食の時間帯ではないので近くに客はいないが、冷や冷やしてしまう発言だ。

「カップルにしか見えないから大丈夫《だいじょうぶ》だよ。ハル、ちょっと気が小さすぎじゃない？」

「晶穂《あきほ》が俺をビビらせてんだよ」

春太《はるた》は、どちらかというと度胸は据《す》わっているほうだろう。

そうでなければ、シスコンを公言したり妹と外で堂々とデートできるわけがない。

そんな春太《はるた》でも、晶穂《あきほ》との秘密の関係がバレるのは怖《こわ》すぎる。

おそらく、周囲に知られたら春太《はるた》だけでなく晶穂《あきほ》にもなんらかの被害《ひがい》が発生するかもしれないからだ。

「お付き合いには刺激《しげき》が必要じゃん。あ、大将さん、味玉追加ね。こっちの野郎《やろう》にも」

「あいよ！　お嬢《じょう》ちゃん、また来てくれて嬉《うれ》しいね！」

愛想《あいそ》のいい大将は、前に来た晶穂《あきほ》を覚えていたようだ。

並外れて可愛《かわい》い上に、小柄《こがら》な彼女は目立つからだろう。

大将は春太《はるた》と晶穂《あきほ》のどんぶりに、美味《おい》しそうな飴色《あめいろ》の味玉を追加してくれる。

「んー、やっぱラーメンの煮玉子《にたまご》は別格だね。美味《うま》い美味《うま》い」

「……俺の煮玉子《にたまご》も、分けてやろうか」

「ありがと、お兄ちゃん！」

「…………っ！」

晶穂《あきほ》は素早《すばや》く春太《はるた》のどんぶりから味玉を奪《うば》い去《さ》った。

「なーんだ、カップルかと思ったら兄貴なんかい！　はは、妹に玉子を分けてやるとはいい心がけだね！」

「……どうも」

人の気も知らないで。

春太《はるた》は、事情を知るはずもない大将にこっそり恨《うら》みがましい目を向けてしまう。

「はー、ハルと一緒《いっしょ》に食べるメシは美味《うま》いね」

「そりゃ、我が物顔で人の分まで奪《うば》ってりゃ美味《うま》いだろ」

「落ち着くんだよね。あたし、普段《ふだん》あんまり人とご飯食べないんだけどさ」

「……そういや、おまえの母親、泊《と》まりがけで仕事に出かけたりするんだよな？」

先日、春太《はるた》は晶穂《あきほ》の母親、月夜見秋葉《つくよみあきは》と遭遇《そうぐう》している。

出張で帰ってこないはずが急に予定が変わって、鉢合《はちあ》わせしてしまったのだ。

「家で秋葉《あきは》さんと一緒《いっしょ》にメシ食ってんのか？」

「めったにないかな。父親のほうはそもそも家にいないし、母親のほうは帰ってきても遅《おそ》いし、外で食べてくることも多いんだよね。人と食事するのも仕事の一つって」

「ふぅん……」

晶穂《あきほ》の母は、音楽関係のイベント会社勤めだ。

春太《はるた》の勝手な想像では、ミュージシャンや会社のスタッフと頻繁《ひんぱん》に会食しているイメージがある。

「これからは、たまに一緒《いっしょ》に晩飯食うか。前はよく食ってたんだしな」

春からの雪季《ふゆ》がいなかった期間、晶穂《あきほ》とは一緒《いっしょ》に夕食を取ることも多かった。

雪季《ふゆ》が戻《もど》ってからは、春太《はるた》がまた自宅で食事をするようになってしまったが。

さすがに、桜羽家《さくらばけ》の食卓《しょくたく》に晶穂《あきほ》を呼ぶのは春太《はるた》も気まずい。

「そんなことしたら、雪季《ふゆ》ちゃんがヤンデレるんじゃない？」

「おまえは、雪季《ふゆ》をなんだと思ってんだ？」

春太《はるた》も、中学時代から外食することはよくあった。

受験生時代は松風《まつかぜ》とともに塾《じゅく》に通い、夕食は外で済ませることも多かった。

「それに、雪季《ふゆ》のためにもいいかもしれない。あいつ、俺が食わないときは晩メシも適当に手を抜《ぬ》いてるからな。今は家事は手を抜《ぬ》くくらいがいいだろ」

「雪季《ふゆ》ちゃんは、ハルのために生まれてきたような子だねえ」

「……ちょっと、そう思いそうなのが怖《こわ》い」

当たり前だが、雪季《ふゆ》でなくても人は自分のために生きるべき。

春太《はるた》は本気でそう思っているが、兄のくせに——兄だと疑わなかった頃《ころ》から、雪季《ふゆ》に甘えているのは事実だ。

「まあ、雪季《ふゆ》ちゃんのお許しが出たらたまにハルを誘《さそ》わせてもらおうかな」

「晶穂《あきほ》も透子《とうこ》も雪季《ふゆ》を恐《おそ》れてるよな……あいつ、人を怖《こわ》がらせるタイプじゃないだろ」

雪季《ふゆ》は優《やさ》しくて素直《すなお》で、底抜《そこぬ》けのお人好《ひとよ》し。

確かに兄との付き合い方は常軌《じょうき》を逸《いっ》しているところはあったが、春太《はるた》以外の人間に対しては善良すぎるくらいだったはず。

「良《い》い子なんだけどさあ。雪季《ふゆ》ちゃんはパワー強いよねえ」

「パワー？」

「引《ひ》っ越《こ》したけど戻《もど》ってきたし、兄妹《きょうだい》じゃなかったって判明してもむしろそれをプラスに考えてる。人生イージーモードとまでは言わないけどさ、〝持ってる〟って感じ？」

「隣《となり》の芝生《しばふ》はなんとやら、だろ。雪季《ふゆ》だって悩《なや》みはあるんだからな？」

目下の悩《なや》みは、〝妹からの脱却《だっきゃく》〟だろう。

実は雪季《ふゆ》がそれを本心で望んでいるのか、春太《はるた》はまだ疑っているが――

「真面目な話をするとさ、ハル」

ずずっ、と晶穂《あきほ》はスープをレンゲですすってから。

「雪季《ふゆ》ちゃん、あたしにとっても妹みたいな感じがしてきてる」

「……まあ、晶穂《あきほ》がどう思うかは自由だ」

「おっ、ちょっと独占欲《どくせんよく》ゆるんだかな？」

「うるさいよ」

「あはは、ごめんごめん。でもさあ、やっぱあたしにとって一番怖《こわ》いのは雪季《ふゆ》ちゃんなんだよね。最終的には、全部あの子が望んだとおりになる気がする。それくらい、パワーありそうなんだよね、雪季《ふゆ》ちゃんは」

「…………」

春太《はるた》も、雪季《ふゆ》は誰《だれ》よりも存在感が強いとは思っている。

だが、この我が道をゆくタイプの晶穂《あきほ》が誰《だれ》かを恐《おそ》れるとは思っていなかった。

ましてや、恐《おそ》れている相手が雪季《ふゆ》だとは――

ただ、春太《はるた》はそれも無理ないことだとも思った。

春太《はるた》と晶穂《あきほ》は、高校生カップルだ。

どちらも金があるわけでもないので、理由がない限りは別におごったりはしない。

今日もラーメン屋の会計は一人ずつ済ませ、店を出た。

「しゃーない。スタバに寄って勉強してこうか、ハル」

「店のハシゴかよ。つーか、まともすぎるご発言だな、晶穂《あきほ》」

晶穂《あきほ》はＵ Ｃｕｂｅ《ユーキューブ》に夢中で、勉強する気などないかと思っていた。

「真面目な話、あたしも勉強くらいしてるよ。つーか、しないといけないんだよね」

「珍《めずら》しいことを言うなあ。晶穂《あきほ》が自分の意思を曲げて、なんかやるなんて」

春太《はるた》の言葉に、晶穂《あきほ》がこれも珍《めずら》しく大きなため息をついた。

「最近、魔女《まじょ》がうるさいんだよね。勉強しろしろって。高校受験のときだって、そんなこと言わなかったのに」

「へぇ……」

春太《はるた》にも少しばかり意外だった。

晶穂《あきほ》は、放任で育てられたように思える。

晶穂《あきほ》の母、秋葉《あきは》が勉強しろと小言をいうのはあまり想像がつかない。

「高一ももう後半だから、少しは将来に向けて勉強してほしいのかもな」

春太《はるた》は、晶穂《あきほ》の母と話したのはたった一回だけだ。

とんでもない美人で――

三十五歳といえば春太《はるた》から見ればおばさんだが、実年齢《ねんれい》より十歳は若く見える。

女子大生で二十歳《はたち》の陽向美波《ひなたみなみ》と並んでも、さほど年齢《ねんれい》差は感じないだろう。

娘《むすめ》の晶穂《あきほ》が〝魔女《まじょ》〟と呼ぶくらいで、異様な雰囲気《ふんいき》のある人物ではあるが――

「うーん、あの人がまともなこと言うなんて怪《あや》しいんだよね」

「おまえは母親をなんだと思ってんだ？」

「ハルこそ、ウチの母をわかってないよ」

「……あんまりわからないほうが良さそうなんだよな」

春太《はるた》は、晶穂《あきほ》の母が思わせぶりに話していたことを忘れていない。

山吹翠璃《やまぶきみどり》――春太《はるた》の生みの母を〝先輩《せんぱい》〟と呼んでいた。

なんの先輩後輩《せんぱいこうはい》なのかすら知らないが、知るのが怖《こわ》いような気もする。

なにしろ山吹翠璃《やまぶきみどり》と月夜見秋葉《つくよみあきは》は、同じ男の子供を生んだ二人なのだ――

「正解だよ、ハル。たぶんあたしだって、母親のことはろくに知らないまま死にそう」

「死ぬときのことを考えてんのか」

「高校生でも、考えてるヤツは考えてるよ。あたしみたいに運命に翻弄《ほんろう》されてるヤツはね」

「…………」

春太《はるた》は一瞬《いっしゅん》足を止めてしまい、その間に晶穂《あきほ》が一歩前に出て――

思わず、春太《はるた》は晶穂《あきほ》の手を握《にぎ》っていた。

「……なに？　この手は？」

「一応、まだ表向きは付き合ってんだから、手くらい握《にぎ》ってもいいんじゃないか？」

「まあね。あたしも、ハルの握《にぎ》ってあげたことあるし」

「手の話だよな!?」

油断すると、とんでもないネタをぶっ込んでくる女だった。

「なあ、晶穂《あきほ》。おまえ、なにか変なこと考えてないよな？」

「別に死のうなんて思ってないよ。まあ、いろいろ行《い》き詰《づ》まってはいるけどね」

「…………」

母との関係が良好とは言えないことか。

UCube《ユーキューブ》の活動がまだ大人気とはとても言えないことか。

それとも、実の兄妹《きょうだい》で付き合っていることか。

いや、全部――春太《はるた》の知らないことも含《ふく》めて、晶穂《あきほ》にはもっと多くの悩《なや》みがあるのだろう。

「悩《なや》んでるのが自分だけだなんて、自分に酔《よ》いすぎだよな」

「まったくだよ、ハル」

「フォローも慰《なぐさ》めも一ミリもないカノジョで嬉《うれ》しいよ」

だが、春太《はるた》がフォローや慰《なぐさ》めを求めるのは甘えすぎだろう。

「でもさ、今はあたしのことは先送りにして、若い子たちにかまってあげなよ。雪季《ふゆ》ちゃんも、エロ若女将《わかおかみ》も大事な時期なんだから」

「……そうさせてもらっていいのか？」

「あたしはその間、彼氏《かれし》に放置された悲しい女のラブソングでもつくっておくよ」

「撮影《さつえい》と編集は俺がやるよ……」

「そうこないとね、ハル」

晶穂《あきほ》は機嫌《きげん》良さそうに頷《うなず》いて、歩調を速めていく。

実際、受験に落ちたらシャレにならないので、どうしてもまずは雪季《ふゆ》――それに、同じ受験生である透子《とうこ》を最優先で気遣《きづか》うのは当然だ。

カノジョのお許しが出ているのなら、なおさら。

「それにさ、ハル」

「ん？」

「ハルのJCハーレム、三人目が増えたんだから、ちゃんと面倒《めんどう》見てあげないと」

「そんな不穏《ふおん》な集団、いねぇよ。ああ、でもそうだな……」

晶穂《あきほ》の言うとおり、確かにただ透子《とうこ》を居候《いそうろう》させるだけというのも気が引ける。

霜月透子《しもつきとうこ》は悪い子ではない——だが、過剰《かじょう》に過去を引きずっている。

透子《とうこ》の気を晴らして、受験に集中できる環境《かんきょう》をつくってやるべきかもしれない。

そのために、自分になにができるか——

いや、考えるよりも先に、シンプルに物事を進めるべきだろう。

# 第3話　妹は従姉妹《いとこ》に寛大《かんだい》になりつつある

土曜の午後はよく晴れていて、十二月のこの時期にしてはずいぶんと気温も高かった。

着てきた厚手のコートのせいか、少し暑いくらいだ。

「こちらはずいぶんあたたかいんですね、お兄さん」

土曜でにぎわう駅前――

春太《はるた》の隣《となり》を歩いているのは、霜月透子《しもつきとうこ》だ。

シックなブラウンのコートを羽織り、首にはチェックのマフラーを巻いている。

今日は、こちらの街を透子《とうこ》に案内するということで、二人で出てきたのだ。

春太《はるた》にできることといえば、このくらいだが――

都会に慣れるのも透子《とうこ》の目的なので、必要なことである。

「こんなに気温が高いのは珍《めずら》しいけどな。あっちは、この時期はもうかなり寒いんだよな？」

「十二月の初めには雪が積もりますから」

「この前も雪降ってたもんな。俺も雪季《ふゆ》も寒さに弱いから、あの町で暮らすのは難しそうだ」

「夏は涼《すず》しいですから、避暑《ひしょ》に来てもらえたら〝そうげつ〟に部屋を用意しますよ」

「それは、さすがに悪いな……」

旅館〝そうげつ〟は超《ちょう》高級旅館ではなさそうだが、歴史のある宿だ。

料金も安くないだろうし、タダでご招待は気が引けすぎる。

「祖母もお兄さんたちのお母様に会いたいようでしたし、一度ご家族で来てほしいですね」

「なるほど、そういうことか」

春太《はるた》の母——育ての母は、透子《とうこ》の母の姉にあたる。

透子《とうこ》の祖母から見れば〝嫁《よめ》の姉〟で、関係は悪くなかったらしい。

「まあ、受験が終わってからだな。そもそも寒いから俺と雪季《ふゆ》はこの時期には行けないいな」

「本当に寒さに弱いんですね……住んでみれば意外と慣れるものですよ？」

「むしろ、透子《とうこ》がこっちに慣れるのが優先だろ。まだ数日だけど、どうだ？」

「人もお店も多いし、田舎《いなか》よりずっとにぎやかで……先に来ておいてよかったですね」

「メンタル重要だもんな。ただでさえ、高校受験なんて上がっちまうのに、全然別の環境《かんきょう》に放り込まれたら致命的《ちめいてき》だよなあ」

「致命的《ちめいてき》というほどでは……いえ、お兄さんと雪季《ふゆ》さんがいますし、すぐに慣れると思います」

そこまで言って、透子《とうこ》ははっとした顔になる。

「あっ、お兄さんは期末テストがもうすぐなのに。大丈夫《だいじょうぶ》なんですか？」

「今回のテストは捨てて——いや、俺は普段《ふだん》から一応勉強してるからな。特に試験対策しなくても、そそこの成績は取れる」

「最初に不穏《ふおん》な発言が聞こえたような……でも、お兄さんにはお世話になりっぱなしですね」

「透子《とうこ》、雪季《ふゆ》に勉強教えてくれてるだろ。兄貴として、礼くらいしないとな」

「い、いえ、一緒《いっしょ》に勉強してるだけで……正直、人に教えるほど成績よくないです、私」

「雪季《ふゆ》よりはずっと上だろ」

春太《はるた》も雪季《ふゆ》と透子《とうこ》が勉強しているところは毎日見ている。

実際、透子《とうこ》は学力でいえば、水流川女子《みながわじょし》より上の学校も受験できるはずだ。

親戚《しんせき》が通っていて、雪風荘《ゆきかぜそう》からも近いから選んだだけだろう。

「雪季《ふゆ》は家で勉強してるだけっていうのが、どうも不安材料だったんだよ。一人だとどうしても張り合いがないしな。学校とか塾《じゅく》で勉強できる時間ってやっぱ貴重なんだよ」

「雪季《ふゆ》さんは、冬期講習には行かないんですね？」

「一緒《いっしょ》に通える相手がいるなら、行かせたんだけどな。透子《とうこ》が来るのがわかってから申し込んでも間に合わなかったし」

コミュ障の雪季《ふゆ》が今さら塾《じゅく》で友達をつくるのも難しいだろう。

一人で塾《じゅく》に通うより、春太《はるた》が管理して勉強させるのが効果的だと考えたのだ。

「でも私も同じ学校を受験する友達は一人もいませんでしたから、雪季《ふゆ》さんがいてくれて助かってます」

「そりゃいねぇだろうけど、それはそれだな」

透子《とうこ》の存在は、雪季《ふゆ》には心強いに違《ちが》いない。

イジメ事件のことも完全に吹《ふ》っ切《き》っているようだし、透子《とうこ》の居候《いそうろう》はプラスに働いている。

「それに、ちょうどよかったんだよ。俺も、透子《とうこ》に話があったしな」

「えっ⁉」

まだ復讐《ふくしゅう》されると恐《おそ》れているのか、透子《とうこ》が大声で反応する。

もちろん、春太《はるた》にはそんなつもりはまったくないが――

「お、お話って……？」

「まあ、まだ時間はある。つーか、街中を歩いてるだけじゃ退屈《たいくつ》だろ？　透子《とうこ》、どっか行きたいところあるか？」

「うっ……そう言われても、どこになにがあるのか……」

「そりゃそうか。えーと、前に松風《まつかぜ》にも引っ張り回されたんだよな？　そのときは、どこ行ったんだ？　パンケーキの店とかか？」

「ズバリ当たってます……松風先輩《まつかぜせんぱい》、パンケーキ好きは秘密にしてたみたいですけど」

驚《おどろ》かれるほどのことでもなく、春太《はるた》にはなんでもないことだ。

「ガキの頃《ころ》からの付き合いだからな。あいつ、あれで甘い物好きなんだよ。最近はパンケーキがトレンドだとかぬかしてた。スイーツの店でもいいか。知り合いのカフェがあるが……いや、やめとこう」

「………？」

透子《とうこ》は不思議そうな顔をしているが、春太《はるた》は説明するつもりはなかった。

知り合いのカフェには知り合いがいるわけで、そこに女の子連《づ》れで行くのは気が引ける。

「透子《とうこ》が好きなものってなんだ？」

「ストレートに訊《き》きますね。好きなもの……勉強と部活以外はずっと旅館のお手伝いばかりしてたので、なかなか……」

透子《とうこ》は本気で悩《なや》んでいるらしい。

自分がなにが好きなのかすらわからない、というのは少しばかり気の毒だ。

透子《とうこ》は温泉旅館の仕事は望んでやっているようだが、他に楽しみがあっても――

「あ」

「なんです？」

「一つ思い出した、透子《とうこ》の参考にもなりそうなトコがある」

「参考……？」

「ああ、ちょっと行ってみよう」

春太《はるた》は、ポンと透子《とうこ》の背中を叩《たた》いて歩き出す。

せっかく透子《とうこ》を連れ出したのだから、彼女も楽しませてやりたい。

雪季《ふゆ》だけでなく、春太《はるた》ももう過去は水に流したのだから。


「お、お待たせしました……」

「おっ」

脱衣場《だついじょう》のほうから歩いてきた霜月透子《しもつきとうこ》は——

適度に盛り上がった胸の谷間もあらわな黒のビキニ姿だった。

雪季《ふゆ》ほどではないが、透子《とうこ》も長身で手足が長く、モデル体型だ。

シュシュではなく、ピンクのリボンで長い黒髪《くろかみ》をポニーテールにしている。

「えらくキメてきたな、透子《とうこ》」

「レ、レンタル水着の窓口のお姉さんにオススメされたんです！　す、凄《すご》い乗り気でちょっと怖《こわ》かったです……」

「なるほど、着《き》せ替《か》え人形にされたか」

こんな美少女が水着を借りにきたら、お姉さんもやる気満々になるだろう。

胸のサイズも雪季《ふゆ》ほどではないが、中学生にしては充分《じゅうぶん》に大きい。

二つのふくらみの谷間が、これでもかというほど強調されている。

「な、なんかジロジロ見られているような……温泉では不躾《ぶしつけ》な視線はマナー違反《いはん》じゃないでしようか」

「しゃーない。温泉というよりプールに近いからな、ここは」

「確かに……そうみたいですね」

透子《とうこ》は、こくりと頷《うなず》く。

二人が訪《おとず》れたのは、いわゆるスーパー銭湯だ。

春太《はるた》もこの手の施設《しせつ》に来たのは初めてだったりする。

以前、晶穂《あきほ》が行ってみたいと言っていたことを思い出したのだ。

晶穂《あきほ》に電話して場所を訊《き》いたのだが、あのロック少女は「そんな話したっけ？」とすっかり忘れていた。

記憶《きおく》を探《さぐ》らせて、なんとか場所は聞き出したが。

「思ってたより豪華《ごうか》だな。もっとショボいかと思ってた」

「綺麗《きれい》ですし、いろいろ設備があるんですね」

春太《はるた》が感心し、透子《とうこ》もこくこくと頷《うなず》く。

水着混浴だけでなく、普通《ふつう》の風呂《ふろ》やサウナもいくつもあり、ちょっとした遊園地のようだ。

いや、水着で広い施設《しせつ》内を歩き回れるのだから、レジャープールの温水版と言っていいかもしれない。

その分、入場料も割高だったが、遠方から来ている透子《とうこ》を楽しませるためならケチケチするべきではないだろう。

「で、まずはやっぱここだよな」

「凄《すご》いですね……」

目の前にある風呂《ふろ》は——屋内だが、ぱっと見は豪華《ごうか》な岩風呂《いわぶろ》に見える。

巨大《きょだい》な岩場のふもとに、二〇人くらいが入れそうな広い風呂《ふろ》がある。

「この岩、つくりものなんだろうがリアルだな。普通《ふつう》に露天風呂《ろてんぶろ》に見えるな」

「と、とりあえず入ってみましょうか」

春太《はるた》と透子《とうこ》は、ゆっくりと風呂《ふろ》に浸《つ》かっていく。

「あれ、けっこうぬるいですね」

「そりゃ、基本カップルで入るんだから。あまり熱いと長湯できないだろ？」

「カ、カップル……！」

ぼっ、と透子《とうこ》の顔が真っ赤になる。

「いや、周りがカップルだらけって話だよ。透子《とうこ》はお兄さん呼びだし、兄妹《きょうだい》に見えるんじゃないか？」

「……表向きはイトコですしね」

「雪季《ふゆ》が妹である以上、周りを騙《だま》し通《とお》すしかない」

春太《はるた》は思わず苦笑《くしょう》してしまう。

少なくとも今はまだ、世間的に桜羽春太《さくらばはるた》と冬野雪季《とうのふゆ》は兄妹《きょうだい》だ。

春太《はるた》は雪季《ふゆ》に〝カノジョになりたい〟と言われてから、むしろ妹として見る意識が強くなったかもしれない。

それは、〝妹〟を失いたくないという現状への固執《こしつ》のせいか――

「お兄さん？　どうかしましたか？」

「あ、なんでもない」

今、スーパー銭湯で考え込むようなことではない。

「せっかく高い入場料払《はら》ったんだから楽しもう。うん、いい湯じゃないか」

「ウチのほうがいいお湯ですよ」

「そりゃ、プロの温泉旅館と比べたらな……」

「プロというわけでは。いえ、そうげつは本物の温泉で効能も高いですよ。お兄さんもウチの温泉に浸《つ》かったあとは体調がよかったでしょう？」

「いや、一回や二回入ったくらいじゃ……」

「よかったですよね？（圧）」

「……おまえ、雪季《ふゆ》と血縁《けつえん》あるよな……」

「え？　お兄さんもご存じのとおりですが」

透子《とうこ》には自覚がないらしい。

　以前、雪季《ふゆ》が透子《とうこ》に圧力を加えたときと表情といい声色《こわいろ》といいそっくりだった。

「しかし、この前は裸《はだか》の付き合いだったのに今日は水着とか、むしろ退化してるよな」

「た、退化？」

「まあ、水着ならじーっと見ても許されるというくらいか」

「この前もかなりじーっと見られた記憶《きおく》があるのですが……」

「あ、そうだ。それだった。思い出した」

　春太《はるた》は、はっとして湯に浸《つ》かったまま透子《とうこ》に向き直る。

「な、なんですか？　こ、ここでこの前の続きはちょっと……ふ、雪季《ふゆ》さんがお留守の間にお家《うち》のお風呂《ふろ》を使いますか？」

「そうだな、ウチの風呂《ふろ》は狭《せま》いが、逆にそのほうが密着──じゃねぇよ！」

「ええっ⁉」

「というかおまえ、本当に初登場時とキャラ違《ちが》うよな……」

「初登場時って。わ、私は別に変わっていません。言い訳するようですけど、お兄さんと初めて会ったあのときがどうかしてたというか……」

「それはもうわかってる。そうだな、誰《だれ》でもどうかするときはある──これこそ、言い訳みたいだが」

「言い訳？　お兄さんは言い訳する必要なんかないですよね？」

くいっ、と透子《とうこ》がわずかに首を傾《かし》げる。

大人っぽい彼女だが、こんな無邪気《むじゃき》な仕草をすると十五歳の少女らしく見える。

「いや、この前の温泉のことだよ」

「……私のほうからお誘《さそ》いしたんですよ。それに、あのときもお兄さんは謝っていました」

「それはそうなんだが……」

旅館そうげつの温泉で、春太《はるた》は透子《とうこ》に背中を流してもらって。

その上、全裸《ぜんら》の彼女とちょっとしたお楽しみまでやらかしてしまった。

「あらためて謝らせてくれ。調子に乗って悪かった」

春太《はるた》は、ぺこりと頭を下げる。

さすがに人目もあるところなので、軽く頭を下げただけだが、顔は真剣《しんけん》だ。

「こんなとこで謝るのもなんだが、せっかく二人なんだしな」

「ふ、二人きりだから別のお話のほうがよかったですけど……」

「え？　別のお話ってなんだ？」

「い、いえ。本当に私は気にしていませんから。というより、あの状況《じょうきょう》でなにもなかったら、今度こそ私の自信が砕《くだ》け散《ち》っていました」

「自信って……ああ」

春太《はるた》は、松風《まつかぜ》から聞いた話を思い出す。

透子《とうこ》は旅館の看板娘《かんばんむすめ》なだけでなく、学校でも人気の美少女だったが——

そこに現れた雪季《ふゆ》が、校内で透子《とうこ》のポジションを奪《うば》い去《さ》ってしまった。

自信をなくした透子《とうこ》の歪《ゆが》んだ心が、雪季《ふゆ》へのイジメという形となって表れたのだ。

密《ひそ》かに美貌《びぼう》に自信のある透子《とうこ》が、春太《はるた》に誘《さそ》いをかけて何事もなかったら逆に——

春太《はるた》と雪季《ふゆ》は兄妹揃《きょうだいそろ》って、透子《とうこ》の自信を打《う》ち砕《くだ》くところだったらしい。

「あ、いや、それはあくまで透子《とうこ》の問題だ。俺が調子に乗ってたのは事実だ。だから——」

「待ってください、お兄さん」

透子《とうこ》は、すすっと春太《はるた》の前に回って身体《からだ》を寄せてくる。

春太《はるた》を透子《とうこ》が見上げる形になり、黒いビキニのブラの谷間がよく見えてしまう。

「まるで、本命が決まったから他の女関係を整理しているみたいです」

「…………身も蓋《ふた》もない言い方だな」

だが、言い得て妙《みよう》かもしれない。

雪季《ふゆ》と晶穂《あきほ》との関係だけで、春太《はるた》はもう手一杯《ていっぱい》だ。

それどころか、どちらか一人だけでも手に負えないかもしれない。

「この状況《じようきよう》じゃ、俺は透子《とうこ》にはなにもしてやれない。勉強の手伝いはするし、勉強に集中できるようにサポートはするが、それが限界だ」

「……こうして遊びに連れてきてもらえてますし、私には充分《じゆうぶん》すぎますよ」

そうだろうか、と春太《はるた》は思う。

ただでさえ生活力に欠ける春太《はるた》が、年頃《としごろ》の少女の面倒《めんどう》など見られるはずがない。

せめて透子《とうこ》のメンタルを安定させることができればいいが――

自惚《うぬぼ》れでなければ、春太《はるた》の存在は透子《とうこ》の心を逆にかき乱しかねない。

「それに、私は――勝ち目がない、とは思ってないんです、お兄さん」

透子《とうこ》は唇《くちびる》がくっつきそうなほど顔を近づけてきて――にっこりと微笑《ほほえ》んだ。

雪季《ふゆ》に似ているが、やはり違《ちが》っていて。

それでも、霜月透子《しもつきとうこ》は並外れた美少女だった。

「……おまえ、どこまで気づいてるんだ？」

「私、雪季《ふゆ》さんと同じ部屋で寝《ね》泊《と》まりしてるんですよ？　毎日、いろんな話をしています」

「…………仲良くなってなによりだ。そこはマジで嬉《うれ》しい」

もうこれで、イジメのことを思い出すのはやめにしよう――春太《はるた》は思った。

雪季《ふゆ》と透子《とうこ》は従姉妹《いとこ》同士で、今は友人ですらある。

だが、そんな霜月透子《しもつきとうこ》だからこそ、彼女の気持ちを弄《もてあそ》ぶようなマネはできない。

たぶん、透子《とうこ》には雪季《ふゆ》への申し訳なさと、その雪季《ふゆ》のために目の前に立ちはだかった春太《はるた》への恐《おそ》れがある。

恋愛《れんあい》感情とはまるで異なる気持ちだろうが――透子《とうこ》はなぜか勘違《かんちが》いしてしまったのではない

だろうか。

誰《だれ》かを怖《こわ》いと思うことは、強い興味を持つということでもある。

だから――

「面倒《めんどう》なこと考えてますよ、お兄さん」

「うおっ……」

透子《とうこ》は右の人差し指を春太《はるた》の唇《くちびる》に押しつけてきた。

「今日はその、デート――私の接待なんですよね……？　もうちょっと楽しませてください」

「……そうだった」

つい、二人きりになれるチャンスだからと言いたいことを言ってしまった。

「あ、あれです」

「ん？　なんだ？」

不意に透子《とうこ》が風呂《ふろ》から身を乗り出して、壁《かべ》のほうを指差した。

そこには施設《しせつ》内の案内パネルが貼《は》られている。

「あれに行ってみたいです」

「まあ、どこでも付き合うよ」

岩風呂《いわぶろ》を出て、二人が向かったのは――

「うお……なんか、狭《せま》いけどこれはこれでアリ……なのか？」

「へ、変な雰囲気《ふんいき》がありますね」

春太《はるた》と透子《とうこ》が入ったのは〝個室〟の風呂《ふろ》だった。

部屋は狭《せま》く、学校の教室の半分もないくらいだろう。

湯船は円形で、その周りはまるでジャングルのような植物が生《お》い茂《しげ》っている。

「この植物って、本物かな？」

「どうでしょう……メンテナンスを考えると、人工物かもしれません。自然を活《い》かしたお風呂《ふろ》って、維持《いじ》がかなり大変なんです」

「さすが、プロだな」

春太《はるた》は軽く笑い、透子《とうこ》も苦笑《くしょう》する。

個室は受付で空き状況《じょうきょう》を確認《かくにん》し、空いていれば特に追加料金も不要で使用可能だった。

「そういえば、さっき受付で注意書きを見せられたよな？」

「え？　ああ、はい」

「〝公序良俗《こうじょりょうぞく》に反する行為《こうい》の禁止〟ってあったよな。あれって――」

「そ、それは……カ、カップルが使うことも多いでしょうし、その……え、えっちなことは禁止ってことだと……」

「……そうげつでもそういう禁止行為《こうい》あるのか？」

「あ、ありますよ……わっ」

透子《とうこ》が湯船の縁《ふち》に座ったかと思うと、妙《みょう》な声を上げた。

「なんだ、どうかしたのか？」

「す、すみません。木の枝みたいなのが水着のヒモに引っかかって……あ、取れました」

「そりゃよかった。えっと、なんの話だったっけ？」

「そうげつにもルールはあるというお話です。ちょ、ちょっとイチャつくくらいなら別に……お客様を監視《かんし》するわけにもいきませんから、基本的にはお客様の良識にお任せしていますが」

「ああ、当然か。防犯カメラをつけるわけにもいかないからな」

このスーパー銭湯のように水着着用ならともかく、全裸《ぜんら》で入る温泉をカメラで監視《かんし》するのは無理だろう。

「俺たちも良識を守らないとな。注意書きを見るまでもなく、守るが」

「も、もちろんです。雪季《ふゆ》さんからも釘《くぎ》を刺《さ》されましたし」

「え？　雪季《ふゆ》が？」

「あ」

しまった、口を滑《すべ》らせた——と透子《とうこ》が焦《あせ》った顔になる。

「い、いいえ。別にたいしたことは言われていません。ただ、『少しくらいお兄ちゃんに甘えてもいいですよ』って言ってました」

「なるほど」

すべてを理解して、春太《はるた》は頷《うなず》く。

つまり、少しならいいが甘えすぎるなよ、と雪季《ふゆ》は釘《くぎ》を刺《さ》しているわけだ。

「雪季《ふゆ》さん、心配しすぎですね。さすがに、今はまだ私も誘惑《ゆうわく》したりとか――あんっ♡」

「んん⁉　な、なんだ、今の声は？」

「す、すみません！」

透子《とうこ》はまだもじもじしていて、しかもなにを思ったか胸のあたりを揉《も》むようにしていじっている。

「さ、さっき引っかけたから、水着のブラがズレたみたいで……最初から少しキツかったんですけど。おかしいですね、ちゃんとサイズを言ったのに。お兄さんを待たせられないので試着はしなかったんですが」

「それくらい待ったのに。もしかして透子《とうこ》、胸のサイズが変わったんじゃないか？」

「そ、そんな……もう充分《じゅうぶん》大きくなったのに」

透子《とうこ》は困ったような顔で、ぐいぐいとブラを引っ張ったりして胸を押し込もうとしている。

自分で胸を揉《も》んでいるようにも見えて、春太《はるた》には大変に目の毒だ。

「そ、そういや、雪季《ふゆ》も中二から中三になった頃《ころ》は、しょっちゅうブラを買《か》い替《か》えてたなあ」

「雪季《ふゆ》さん、ブラジャーの買《か》い替《か》えをお兄さんに報告するんですね……」

「たまにな……」

報告どころか、雪季《ふゆ》は新しく買ったブラを着けて、見せびらかしに来ていた。

場合によっては、春太《はるた》が着けてやることすらあった。

「ま、まあ、透子《とうこ》も成長期だからしょうがないだろ。新しい水着、借りに行くか？」

「いえ、なんとか収まりそう——きゃっ！」

「…………っ！」

ばるるんっ、と春太《はるた》は擬音《ぎおん》が聞こえたような気がした。

黒い水着のブラが弾《はじ》けるように外れ、中三女子にしては立派な胸のふくらみが揺《ゆ》れながらあらわになる。

「わっ、わわわっ……！」

「と、透子《とうこ》……!?」

一瞬《いっしゅん》、胸の頂点の桃色《ももいろ》まであらわになったかと思えば。

透子《とうこ》は、飛びつくようにして春太《はるた》にぎゅっと抱《だ》きついた。

「な、なにしてるんだ？」

「い、いえ……こ、こうしてしまえば見えないかと思って……お、お見せしたほうがいいですか？」

ぎゅううっと透子《とうこ》は春太《はるた》の胴《どう》を締《し》め上《あ》げる勢いで抱《だ》きついている。

旅館そうげつの温泉で聞いた限りは、透子《とうこ》の胸のサイズはCカップだが……実はもっと大きいのかもしれない。

春太《はるた》の胸に押しつけられた透子《とうこ》の二つのふくらみが潰《つぶ》れているのがエロすぎる。

「こ、これが雪季《ふゆ》さんにバレたら……タダでは済みませんね」

「透子《とうこ》との秘密がまた増えたな……」

春太《はるた》は、透子《とうこ》の肩《かた》に手を置いて軽く抱《だ》き寄せる。

「わっ……お、お兄さん……」

「見えちゃったら困るからな。つーか、身体《からだ》くっつけたままブラを付け直せるか？」

弾《はじ》けて外れた黒のブラは、お湯に浮《う》いている。

どうも、ホックが壊《こわ》れてしまっているようだ。

「あの水着はあきらめて、係員さんを呼んだほうがいいですね……こういうときは、素直《すなお》にお客として甘えるのが正解です」

「今度、そうげつに泊《と》まったら透子《とうこ》に甘えていいのか」

春太《はるた》は笑いながら、軽口を叩《たた》く。

「も、もちろん、お兄さんでしたら……いくらでも甘えてくださっていいです」

「どっちも困るな……」

「じょ、冗談《じょうだん》だよ」

透子《とうこ》が驚《おどろ》くほど真面目に応えたので、春太《はるた》は怯《ひる》んでしまう。

とりあえず、春太《はるた》が一人で個室を出て女性の係員を呼んでこなければならない。

ただ――

「あったかいですね。す、少しだけ……あったまってからでもいいですか？」

「……そうだな」

確かに、風呂《ふろ》に浸《つ》からずに話していたせいで、身体《からだ》が冷えてしまっている。

だが、透子《とうこ》の身体《からだ》を離《はな》したらいろいろ見えてしまう。

いや、ずっと抱《だ》きしめたままというわけにもいかないが――

少しだけあたたまってから、というのも悪い選択《せんたく》ではないだろう。

春太《はるた》はどうも、自分の節操のなさに慣れてしまっていることに気づいた。

「あの、お兄さん。水着を替《か》えたら、もう少し遊んでもいいですか？」

「透子《とうこ》の水着を二種類も見られるとか、ラッキーだな」

「も、もう……」

透子《とうこ》は顔を真っ赤にして、睨《にら》んでくる。

そんな表情をすると、初対面のときの彼女を少しだけ思い出す。

ちょっとキツい性格を覗《のぞ》かせる透子《とうこ》も、これはこれで可愛《かわい》い。

「まだ岩風呂《いわぶろ》と個室だけだもんな。もうちょっと楽しまないと」

「は、はい」

透子《とうこ》にとっては、受験前の貴重な気晴らしの機会なのだ。

余計なことを言って、透子《とうこ》を逆に鬱屈《うっくつ》させては元も子もない。

「温泉はもう充分《じゅうぶん》かな。サウナも男女で使えるところがあるみたいだ。行ってみるか？」

「はい、そうげつにはサウナはないんですが、前々から導入してみようというアイデアはあるんですよ。長い伝統の旅館には、新しいものを採り入れるのって難しいんです」

「透子《とうこ》の代になれば変わるだろ？」

「そうなるといいですね。ウチ、現場の仕事は問題ないんですが経営面がちょっと弱いので、頭がよくて時には大胆《だいたん》になれるような人材がほしいんです」

透子《とうこ》は、じーっと意味ありげな視線を向けてくる。

どうやら春太《はるた》は、高校一年生にして就職先をゲットしてしまったらしい。

# 第4話　妹は元カノ？　の存在を知らない

「さあ、先輩《せんぱい》。キリキリ吐《は》いてもらうっすよ」

「そうだね、いくら先輩《せんぱい》といえども場合によっては生かして帰さへん」

「……冷泉《れいぜん》、氷川《ひかわ》、おまえらな」

春太《はるた》の目の前に、後輩《こうはい》女子二人がぐいぐいと迫《せま》ってくる。

ここは桜羽家《さくらばけ》、春太《はるた》の自室だ。

氷川《ひかわ》と冷泉《れいぜん》が、久しぶりに二人揃《そろ》って桜羽家《さくらばけ》に来たと思ったら――

春太《はるた》はどうしたものかと悩《なや》みつつ、二人の後輩《こうはい》を眺《なが》める。

二人の剣幕《けんまく》から見て、簡単には逃《に》がしてくれそうにない。

「氷川《ひかわ》、冷泉《れいぜん》、おまえら勉強しにきたんだろ？　俺も今、期末試験の真っ最中なんだが？」

そう、春太《はるた》は今日は期末試験の一日目を終えて帰宅したところだ。

中学は既《すで》に期末試験は終わっているし、そもそも三年生は学校の定期試験よりも受験勉強を優先している。

どうやら、中学生二人は勉強会という名目で桜羽家《さくらばけ》に集結したらしいが……。

「さっき、霜月透子《しもつきとうこ》ちゃんに会ったっすよ。ガチで可愛《かわい》いじゃないっすか！」

「しかも、ふーたん以下ではあるけどレイ以上のおっぱいやないですか」

「ちょっと、ヒカ！　ヒカはボクより小さいっすよね!?　Bカップじゃないっすか！」

「先輩《せんぱい》に氷川《ひかわ》のサイズをバラすなー！」

　こいつら、放っておいていいんじゃないか？

　そうとも思うが、春太《はるた》の部屋に居座《いすわ》られているので、逃《に》げにくい。

「おまえら、あまり騒《さわ》ぐと下の二人にも聞こえるぞ」

　一階のリビングには雪季《ふゆ》と透子《とうこ》がいて、今は氷川《ひかわ》と冷泉《れいぜん》だけ抜《ぬ》けてきたらしい。

「あの二人は集中してるんで、少しくらいうるさくても気づかないっすよ」

「しかもリスニングの勉強中でイヤホンつけてるんで、大丈夫《だいじょうぶ》です」

「ちっ……」

　氷川《ひかわ》と冷泉《れいぜん》は、頭が回るのが困りものだ。

「とにかく、二人とも落ち着け。まず、その辺に座れ」

「あ、ベッドに寝転《ねころ》んでいいっすか？　わーい♡」

「氷川《ひかわ》も男子のベッド、寝《ね》てみたい！　きゃあ、男くさいやん！」

「おまえら、躊躇《ちゅうちょ》ないな！」

　彼氏《かれし》でもない、友達の兄貴のベッドにためらわずダイブする女子中学生二人。

　二人ともうつ伏《ぶ》せに寝転《ねころ》び、氷川《ひかわ》は枕《まくら》の匂《にお》いをすーすー嗅《か》いでいる。

しかも、冷泉《れいぜん》のほうはダイブした弾《はず》みでスカートがめくれて白いレースのパンツと尻《しり》が丸見えだ。

彼女たちの中学は、なぜかスカート内のショートパンツ禁止なのだ。

「あ、レイ。パンツ、パンツ見えてる」

「だから、可愛《かわい》いのはいてきたんす。選ぶのに一時間もかけたんすよ？」

「ガチだ、前に言ってたとっておきの勝負パンツやん」

「…………………」

こいつら、俺に聞こえているのわかってて話してる。

春太《はるた》は二人の後輩《こうはい》を暴力で教育してやりたくなってきたが、さすがに女子は殴《なぐ》れない。

「ほら、ヒカもついでに先輩《せんぱい》にサービスしたらどうっす？」

「わっ、バカ！　先輩《せんぱい》ならパンツくらい見せてもいいけど……あかん、それはあかん！　氷川《ひかわ》は慎《つつし》み深《ぶか》いんや！」

「ケチケチしないっす。うわっ、ヒカってばエロいパンツはいてる！」

「ぎゃー、ガチでめくんなや！」

がばっ、と思いのほかに容赦《ようしゃ》なく冷泉《れいぜん》が氷川《ひかわ》のスカートをめくった。

確かに、黒いレースの妙《みょう》に小さいパンツをはいていて、小ぶりな尻《しり》がかなり見えていた。

「せ、先輩《せんぱい》！　見ましたか!?」

「あんな派手にめくられて、見えないわけないだろ……」

「そこは嘘《うそ》でもいいから見てないって言って！　ああ、もうお嫁《よめ》に行かれへん……」

「その理屈《りくつ》で言ったら、ボクも先輩《せんぱい》に嫁入《よめい》りするしかなくなるっすね」

「いや、それは微妙《びみょう》におかしい」

春太《はるた》はそろそろ、ツッコむのも疲《つか》れてきた。

「いいからおまえら、せめて起きろ！　男のベッドでくつろぐな！」

「男ぉ？　先輩《せんぱい》は、ボクらを女子として見てないくせにぃ？」

「氷川《ひかわ》も、そこは先輩《せんぱい》に文句言いたい。氷川《ひかわ》たちは、先輩《せんぱい》の妹じゃないんですよ！」

「おまえら、俺に話をしにきたんだろ。ベッドでゴロゴロしててどうすんだよ」

「あ、そうだったっす。ヒカ、起きた起きた」

「ちぇ、男子のベッドに寝転《ねころ》ぶなんて、初めてなのに」

「……おまえらなら、たいていの男子は寝転《ねころ》ばせてくれるだろ」

氷川《ひかわ》と冷泉《れいぜん》は、雪季《ふゆ》ほどではないが校内では圧倒的《あっとうてき》な人気の美少女だ。

小麦色の肌《はだ》にショートカットで健康的な氷川《ひかわ》、ボブカットに眼鏡で文学少女的な冷泉《れいぜん》と、対照的なのもインパクトが強い。

「それで、俺になにを吐《は》けって？」

「やっと本題に戻《もど》ったやん。そうそう、先輩《せんぱい》、霜月透子《しもつきとうこ》さんとデートしてきたんですよね？」

「デートって。透子《とうこ》には雪季《ふゆ》が世話になってるし、せっかく遠くから出てきたんだし、ちょっとそこらを案内しただけだよ」

「男女混浴のスパ銭で可愛《かわい》い女子とお風呂《ふろ》に浸《つ》かるのは楽しかったっすか？」

「…………っ！」

春太《はるた》は、じっとりした目を向けてくる冷泉《れいぜん》の言葉にぎょっとする。

「おいおい、なんで行き先まで知ってんだよ？」

「ふーたんが霜月透子《しもつきとうこ》さんから聞き出して、氷川《ひかわ》たちに教えてくれたんですよ。女子中学生は隠《かく》し事《ごと》ができる生き物やないんや」

「筒抜《つつぬ》けかよ」

いや、春太《はるた》は氷《ひ》川《かわ》とも冷泉《れいぜん》とも付き合っているわけではないので、バレてもかまわない。

ただ、特に冷泉《れいぜん》の目に殺意が籠《こ》もっていて恐《おそ》ろしいのが困る。

「ボクらに黙《だま》って、新たな女子を居《い》候《そうろう》させてるだけでも許すまじなのに……」

「いや、冷泉《れいぜん》たちの許可はいらねぇだろ」

「しかも、合法的に中学生の水着姿を見られる施設《しせつ》に連れ込むなんて！　先輩《せんぱい》の手際《てぎわ》のよさが、恐《おそ》ろしいっす！」

「いやいや、プールみたいなもんだろ！　怪《あや》しい場所に連れ込んだみたいに言うな！」

そうは言っても、透子《とうこ》とのお出かけが一分の隙《すき》もなく健全だったかというと――

春太《はるた》は後ろめたさを押《お》し隠《かく》すので必死だった。

「……あの、お三方。恐縮《きょうしゅく》ですけど、もう少し静かにしてください。雪季《ふゆ》さんの集中が切れてしまうので」

「わっ」

春太《はるた》は思わず声を上げる。突然《とつぜん》ドアが開いて、透子《とうこ》の顔が覗《のぞ》いていた。

キンキン響《ひび》く女子二人の声は、イヤホンを貫通《かんつう》してしまったらしい。

「わ、悪かったな、透子《とうこ》。雪季《ふゆ》にも謝っといてくれ」

「雪季《ふゆ》さんは聞こえてないみたいですけど……あまり騒《さわ》ぐと聞こえてしまいますよ。冷泉《れいぜん》さん、氷川《ひかわ》さん、お二人もお願いします」

「あ、ああ、わかったっす。ごめんなさい、霜月《しもつき》さん」

「気をつけます、先輩《せんぱい》にもキツく言っておきます」

冷泉《れいぜん》と氷川《ひかわ》が意外にも素直《すなお》に謝って、小さく頭を下げた。

「それと……お兄さんは、私が温泉好きなのでスパ銭に連れて行ってくれただけで。下心なんかはありませんでした。優《やさ》しいお兄さんです……」

「下心なしで霜月《しもつき》さんみたいな美少女を銭湯に連れて行くなんてこと、あるっすかねえ……」

「それはそれで問題だね、レイには。妹以外の女子中学生に興味がないのは困るんじゃ？」

「いらんこと言わないっすよ、ヒカ！　って、ごめんっす……！」

また大声を出してしまったので、冷泉《れいぜん》が慌《あわ》てて自分の口を手で塞《ふさ》ぐ。

「いえ、こちらこそ口うるさくてごめんなさい。私たち、勉強進めておきますので」

「う、うん。氷川《ひかわ》たちもすぐ下に戻《もど》るから」

「はい、お待ちしてます」

ぺこり、と丁寧《ていねい》に頭を下げて透子《とうこ》はドアを閉じた。

「……なんか、すげーお嬢様《じょうさま》感あるっすね、あのポニテさん」

「透子《とうこ》は老舗《しにせ》旅館の跡取《あとと》りだからな。小さい頃《ころ》から礼儀《れいぎ》作法は叩《たた》き込《こ》まれてんだろ」

「なるほど、育ちが違《ちが》うと。氷川《ひかわ》なんてしがないカフェの娘《むすめ》ですしね」

「ボクも一般《いっぱん》家庭の娘《むすめ》さんっすからね」

「なんで普通《ふつう》の家に生まれ育ったのに、こんなんになったんだろうな、こいつらは」


「なんっすかー？（圧）」

「なんですのー？（圧）」


「その笑顔《えがお》で圧力かけるの、中学で流行《はや》ってんのか？」

どいつもこいつも顔だけは抜群《ばつぐん》にいいせいか、かなり怖《こわ》い。

春太《はるた》は屈強《くっきょう》な体育会系には怯《ひる》まないが、華奢《きゃしゃ》な女子中学生のほうに危険を感じる。

「まあ、霜月《しもつき》さんの件は一度棚《たな》上《あ》げにしてもいいっすよ」

「問題は——ふーたんのことやね。氷《ひ》川《かわ》は先輩《せんぱい》のデートは割とどうでもよくて、レイに付き合ったただけですし」

「その割にはノリノリだったじゃねえか。いや、雪季《ふゆ》がどうかしたのか？　詳《くわ》しく言え」

「先輩《せんぱい》、ふーたんの話題になると身を乗り出してくるやん」

「俺はシスコンだ」

「とうとう、自分から言うようになったっすね。いえ、いいんすけどね……」

呆《あき》れられることくらい、春太《はるた》には虫に刺《さ》されたほどにも感じない。

「えーとですね。フーって、ここんとこちょっと変じゃないっすか？」

「まあ、前から常軌《じょうき》を逸《いっ》してるところはあったけど」

「兄貴の前で妹をディスんなよ、氷川《ひかわ》」

「今のディスになるんですか？　氷《ひ》川《かわ》はふーたんの普通《ふつう》じゃないところが好きなんですけど」

「それなら許そう。で、話の続きは？」

春太《はるた》は、後輩《こうはい》たちを促《うなが》す。

「フーが勉強に集中してたのは旅行に行く前からっすけど、帰ってから余計に……なにがなんでも受かってやるぜって鬼気《きき》迫《せま》る執念《しゅうねん》を感じるんすよねぇ」

「……雪季《ふゆ》は単願《たんがん》だからな。それくらいじゃないと困る」

「むしろ、氷川《ひかわ》たちが先輩《せんぱい》に訊《き》きたいんですよね。ふーたん、なにかあったんですか？」

「…………もし、雪季《ふゆ》になにかあるとしても、俺の口からは言えないだろ。おまえらに言えることなら、雪季《ふゆ》が自分から言うよ。人を通さなきゃ大事なことも言えない関係じゃないだろ、おまえら三人は」

「な、なるほど……それもそうっす！」

「こらこら、レイ。先輩《せんぱい》、丸め込みにきてるから！　隠《かく》し事《ごと》あるの確定だし、氷川《ひかわ》たちに話さずに上手《うま》く逃《に》げようとしてるから！」

「あのー、ひーちゃん……」

「わっ！　ふ、ふーたん？」

今度は、雪季《ふゆ》が春太《はるた》の部屋のドアを薄《うす》く開けて、覗《のぞ》き込《こ》んでいた。

困ったような、すがるような目をしている。

「私、問題集でわからないところがあって……透子《とうこ》ちゃんに教えてもらったんですけど、まだわからなくて……」

「わ、わかった！　氷川《ひかわ》にすべて任せて！」

氷川《ひかわ》は慌《あわ》てて部屋を出て、雪季《ふゆ》と一緒《いっしょ》に一階へ下りていった。

「……冷泉《れいぜん》も合流したらどうだ？」

「先輩《せんぱい》、フーに頼《たよ》ってもらえなくて寂《さび》しいんじゃないっすか？」

「うるさいな。単純な学力なら氷川《ひかわ》のほうが上なんだよ。俺はプライドより、雪季《ふゆ》の勉強が進むほうを選ぶ」

「ボクは、ヒカより先輩《せんぱい》に教えてもらいたいっす。手取り足取り♡」

「もう前払《まえばら》いは済んだだろ」

「ローンの返済は早めに済ませたほうが、利子も安くつきますよ？」

「なんで前払《まえばら》いからローンに話が変わってるんだよ！」

冷泉《れいぜん》が受験に合格したら、えっちする。

そんな冗談《じょうだん》のような約束が、なかば強引《ごういん》に結ばれてしまった。

まだ冷泉《れいぜん》が本気なのか、春太《はるた》は疑っている部分も多々あるのだが。

「しかし、氷川《ひかわ》には世話かけてるな。あいつにも礼をしないと……」

「お礼と称《しょう》してえっちなマネをする気っすか？」

「おまえは俺をなんだと……そこまでいったら俺、完全にクズじゃねぇか」

氷川《ひかわ》は、春太《はるた》の親友の松風《まつかぜ》のことが好きだ。

たとえ氷川《ひかわ》が気の迷いで迫《せま》ってきても、さすがに手は出せない。

いや、他の誰《だれ》だろうとカノジョがいる身で手を出してはいけないのだが。

「ああ、でもヒカにお礼をしたいなら、ちょっと相談に乗ってやるのもいいかもっす」

「なんだ、氷川《ひかわ》は悩《なや》みでも——あるに決まってるか」

氷川《ひかわ》は、悠凜館《ゆうりんかん》より上の高校にも行けるのに、松風《まつかぜ》目当てで進学先を決めている。

それほど思《おも》い詰《つ》めている相手がいて、上手《うま》く行ってないのだから——悩《なや》むのも当然だろう。

「でも、ヒカって意外と自分のこと話さないっすからね。バレバレなくせに」

「そんなもんだろ。そういうことは友達にも身内にも話しづらいんじゃないか」

「そうっすけど、ヒカはけっこう身内には話して——ああ、お姉さんにはいろいろ相談してるみたいっすよ。あの人と一度話すのも——なんつー顔してるんすか、先輩《せんぱい》？」

「………」

春太《はるた》は、鏡があれば見てみたいと思った。

今の自分はどんな顔をしているのだろうと。

氷川《ひかわ》には——氷川流琉《ひかわるる》には姉がいる。

一つ年上、つまり春太《はるた》と同学年だ。

そして、春太《はるた》とは中学ではクラスメイトでもあった。


しかも、ただそれだけの関係とは言えない——

たとえ、最愛の妹が勉強で世話になっている氷川《ひかわ》への礼のためでも、できれば会いたくない相手だった。

氷川流琉《ひかわるる》の自宅は、桜羽家《さくらばけ》からそう遠くない。

春太《はるた》たちと中学の学区が同じなのだから当然だ。

春太《はるた》は、冷泉《れいぜん》からの話を聞いた翌日。

学校帰りに、さっそく氷川家《ひかわけ》を訪ねることにした。

期末試験はまだ終わっていないが、先延ばしにしないためだ。

いろいろなことを先延ばしにしている身としては、これ以上問題を増やしたくなかった。

ちなみに、アポは取っていない。

氷川《ひかわ》が家にいなかったら帰ろう。

そんな後ろ向きな気持ちがないと言ったら嘘《うそ》になる。

「実は私も、ひーちゃんの家、数えるほどしか行ったことないんですよね」

「……雪季《ふゆ》、無理してついて来なくてよかったんだぞ？」

春太《はるた》の隣《となり》を歩いているのは、白いコート姿の雪季《ふゆ》だ。

首元にマフラーをきっちり巻き、モコモコした手袋《てぶくろ》も着用した寒冷地仕様になっている。

それでもコートの下は生足ミニスカートなあたり、この世でもっとも苦手な寒さよりオシャレのほうが優先されるらしい。

春太《はるた》は学校から帰る途中《とちゅう》で雪季《ふゆ》と合流し、一緒《いっしょ》に氷川家《ひかわけ》に向かっているところだ。

「れーちゃんが、一緒《いっしょ》に行ってあげてって言ってたんですよ」

「……余計なことを」

「え？」

「いや、なんでもない」

冷泉《れいぜん》のヤツ、俺がちゃんと氷川家《ひかわけ》を訪ねるか雪季《ふゆ》に監視《かんし》させようとしてるな――

春太《はるた》は後輩《こうはい》の抜《ぬ》け目《め》のなさに感心する。

「私も、たまには気分転換《てんかん》したいですから。ご近所にお出かけくらいいいでしょう」

「割とおまえ、頻繁《ひんぱん》に気分転換《てんかん》してるような……」

いや、雪季《ふゆ》の勉強は予定通りに進んでいるので兄としても文句はつけづらい。

昨日も氷川《ひかわ》や冷泉《れいぜん》、透子《とうこ》と四人で遅《おそ》くまで勉強していた。

夜遅《おそ》くなったので、氷川《ひかわ》と冷泉《れいぜん》を帰宅した父が車で送っていったほどだ。

これだけ頑張《がんば》っていれば、少しくらいの気分転換《てんかん》は許してやりたくなる。

「むしろ、お兄ちゃんはいいんですか？　明日もまだ試験ですよね？」

「俺は前から一夜漬《いちやづ》けはしてないだろ。今日の試験もちゃんとできたぞ」

強がりではなく、これまでの定期テストと大差ない手応えがあった。

一応、授業は聞いていたし、春太《はるた》は元から勉強はできるほうなのだ。

「やっぱり凄《すご》いですね、私のお兄ちゃんは♡」

「………………」

「？　なんですか、お兄ちゃん？」

「いや……」

妹でなくカノジョになりたい、という割に雪季《ふゆ》の態度はまるで変わらない。

呼称《こしょう》も〝春太《はるた》くん・さん〟でなく、まったく変わりなく〝お兄ちゃん〟だ。

以前からの呼び方を継続《けいぞく》してくれるのは嬉《うれ》しいのだが、雪季《ふゆ》の真意がはかりかねる。

「俺のテストは全然余裕《よゆう》だ。まだ一年なんだし、赤点取ったってかまわないくらいだ」

「赤点はダメだと思いますけど……お兄ちゃんがテストで失敗するわけないですもんね」

「………………」

妹からの全幅《ぜんぷく》の信頼《しんらい》が突《つ》き刺《さ》さる……。

春太《はるた》は、今夜は完徹《かんてつ》してでも勉強することに決めた。妹からの信頼《しんらい》だけは裏切れない。

「まあ、テスト勉強サボってまで行くところじゃないけどな……」

「お兄ちゃん、ひーちゃんの家、行きたくないんですか？」

「いや、なんつーか……あんまり、妹の友達の家なんて訪ねないだろ」

「そうですけど、ひーちゃんじゃなくて、ひーちゃんのお姉さんに会いに行くんですよね？」

「………………」

それが嫌《いや》なんだ、とは雪季《ふゆ》には言えない。

雪季《ふゆ》は自分の兄と氷川《ひかわ》の姉が同級生だということは知っている。

今年の春まで同じ中学の先輩《せんぱい》でもあったのだから、当然だ。

だが、具体的にどういう関係なのかは一ミリも知らないようだ。

「ひーちゃんのお姉さん、私もあまり会ったことないんですよね。同じ中学だったのに」

「学年が違《ちが》えばそんなもんだろ」

「でも、お兄ちゃん、ひーちゃんれーちゃんとはよく会ってましたよね」

「そりゃ、雪季《ふゆ》がしょっちゅう氷川《ひかわ》と冷泉《れいぜん》を引き連れて俺んトコに来てたからだろ」

自動的に、春太《はるた》と常につるんでいた松風《まつかぜ》も雪季《ふゆ》たち後輩《こうはい》女子トリオとよく顔を合わせていた。

それで、氷川《ひかわ》が松風《まつかぜ》を好きになってしまったのかもしれない。

「ある意味、雪季《ふゆ》がキューピッドだったのかもな」

「え？　キュートですか？　珍《めずら》しい褒《ほ》め方しますね、恥《は》ずかしい♡」

兄から「可愛《かわい》い」と言われ慣れている妹は、まんざらでもなさそうだ。

もっとも、松風《まつかぜ》と氷川《ひかわ》がくっついたわけではないので、キューピッドは言いすぎかも。

「っと、あの角を曲がるんだったか」

「はい、そうです。お兄ちゃんは本当に久しぶりなんですよね」

「受験勉強してた頃《ころ》はたまに、松風《まつかぜ》たちと行ってたけどな。勉強会させてもらってたんだよ」

春太《はるた》は妹に頷《うなず》きながら、中学三年の夏を思い出す。

夏休み明け、松風《まつかぜ》も部活を引退し、受験勉強を開始したばかりの頃《ころ》だった。

氷川《ひかわ》家を訪ねるときは、いつも松風《まつかぜ》や他の友人たちが一緒《いっしょ》だった。

ある日の帰り道、氷川《ひかわ》の姉が追いかけてきて。

春太《はるた》は、夜道で彼女と二人きりになり——

「お兄ちゃん、ここですよ。お店のほうから入りましょう」

「あ、ああ」

思い出に浸《ひた》りそうになっていた春太《はるた》を、雪季《ふゆ》が呼《よ》び戻《もど》した。

「変わってないな。カフェ〝ＲＵＬＵ《ルル》〟……」

そう、氷川《ひかわ》の家はカフェを経営していて、しかもかなりの老舗《しにせ》らしい。

氷川《ひかわ》姉妹《しまい》の祖父が関西で始めた店で、この街に引《ひ》っ越《こ》してからも移転して続けている。

昔ながらのクラシックな外観のカフェで、大人向けという感じだ。

次女の〝流琉《るる》〟の名前が店名になっているのは、彼女が生まれた頃《ころ》にリニューアルオープンして店名を変更《へんこう》したからだとか。

「こんにちはー」

コミュ障だが、勝手知ったる場所なら愛想《あいそ》のいい妹が、元気にドアを開けて入っていく。

これが知らない店なら、入りやすいチェーンのカフェでも兄を盾《たて》にするのだが。

「あれー、ふーちゃんやん。ひっさしぶりぃ」

「ご無沙汰《ぶさた》してます、涼風《すずか》お姉さん」

「…………うっす」

兄のほうは極《きわ》めて無愛想に挨拶《あいさつ》する。

「つーか、氷川《ひかわ》。なんだその浮《う》かれた格好は？」

「おお？　でっかい兄貴のほうもいるやん。そっちも久しぶりやなあ」

迎《むか》えてくれたのは、一人のウェイトレス。

金に近い茶髪《ちゃぱつ》のツインテールで。

黒いワンピースに白のフリフリエプロンドレス、スカート丈《たけ》はロング。

いわゆるメイド服姿だった。

「ＲＵＬＵはいつからメイドカフェに商売替《が》えしたんだよ？」

「そんなわけないやん。ウチは本格派コーヒーのお店やで？　オムライスに文字書くサービスとかもやってへんし」

「メイド服着たウェイトレスがいたらメイドカフェじゃないのか？」

「ちゃいまーす♡」

「うわぁ、お姉さん、可愛《かわい》いですね！」

「ありがと。兄貴と違《ちご》うて、妹さんは素直《すなお》やなぁ」

メイド──氷川涼風《ひかわすずか》は嫌味《いやみ》たっぷりに言って、ぱちんと春太《はるた》にウィンクしてくる。

確かに可愛《かわい》い──と言わざるをえない顔ではある。

スタイルもすらりとしていて、メイド服の胸元《むなもと》も大きくふくらんでいる。

妹の氷川流琉《ひかわるる》のほうは、黒髪《くろかみ》ショートカットで小麦色の肌《はだ》。

姉の氷川涼風《ひかわすずか》のほうは、茶髪《ちゃぱつ》ロングのツインテール、白い肌《はだ》と対照的な姉妹《しまい》だ。

「しっかし、今日も兄妹で仲良《なかよ》えなあ。無愛想なサクラくんも妹さんには相変わらず甘いんやな。ウチら姉妹《しまい》なんか、一緒《いっしょ》に買い物にも行かんわ」

「え、そうなんですか？　あ、でもひーちゃんはお姉さんの話、よくしてますよ」

「はは、悪口とちゃうの？　ああ、空《す》いてるから好きな席、座ってええよ」

確かに店内は、客が三人しかいなかった。

といっても、このカフェは二〇人も入れない程度のキャパなのだが。

春太《はるた》と雪季《ふゆ》はカウンターに並んで座った。

すぐに涼風《すずか》が水を運んできて二人の前に置く。

「せっかく、元クラスメイトと妹の友達が来てくれたんやし、おごるわ。なんにする？」

「では、私はホットココアお願いします、お姉さん」

「雪季《ふゆ》にはそれとガトーショコラな。俺はカツカレーとミックスサンド、あとホットコーヒーくれ」

「わお、ウチで一番高いメニュー、遠慮《えんりょ》なく頼《たの》むやん」

「あの、お兄ちゃん？　私は飲み物だけでも……」

「ここのガトーショコラ、好きだって言ってただろ。遠慮《えんりょ》するな」

「遠慮《えんりょ》するな、は私の台詞《せりふ》やけどね。でも、りょうか～い」

涼風《すずか》はふざけた調子で言い、カウンターの奥へと引っ込んでいく。

この店は氷川《ひかわ》姉妹《しまい》の両親が経営している店だが、二人ともキッチンに引っ込んでいて普段《ふだん》はあまり顔を見せない。

「あれ？　そういえばお兄ちゃん、お夕飯はいらないんですか？」

「え？　普通《ふつう》に食うよ？」

「……お兄ちゃん、190センチとかいっちゃいそうです」

確かに春太《はるた》は食欲が旺盛《おうせい》な割に横にふくらむ気配はないが、身長はまだ伸《の》びそうだ。

「しかし、氷川《ひかわ》のヤツは相変わらず関西弁なんだな」

「小さい頃《ころ》にこちらに引《ひ》っ越《こ》してきたので、もうだいぶこっちの言葉とまざったって言ってましたよ。ひーちゃんもちょいちょい語尾《ごび》に出るくらいですし」

「そうだな……」

そうだった、と春太《はるた》は訪問の目的を――氷川《ひかわ》妹のことを思い出す。

氷川《ひかわ》姉とは過去の因縁が少しばかりあるが、目的は氷川《ひかわ》妹のお悩《なや》み解決だ。

別に、春太《はるた》に周囲の悩《なや》み事を解決して回る義務はないのだが……。

仮にも教え子の冷泉《れいぜん》が親友を気にしているなら、少しは手を貸してやらなければ。

自分の悩《なや》みが嫌《いや》になるほど山積しているのに、こんなことをしていていいのか？

という疑問はひとまず忘れることにする。

かつて、夜道で春太《はるた》に告白してきた氷川涼風《ひかわすずか》。

今やメイドになった彼女とのトラブルに発展しないことを祈《いの》るしかなかった。

「……我ながらフラグっぽい」

「なんですか、お兄ちゃん？」


「ガトーショコラ、うまうまですっ!?　こ、こんなに美味《おい》しかったでしたっけ？」

「常に味をアップデートしとるからね。ウチは老舗《しにせ》やけど、伝統にあぐらをかかんのよ」

雪季《ふゆ》はガトーショコラを一口食べ、目をキラキラさせて感動している。

春太《はるた》が勝手に注文したケーキだが、妹は大喜びのようだ。

「ああ、たまに甘い物食べるとたまらないですね……はうぅぅ♡」

「ふーちゃん、あんましケーキ食べへんの？」

メイド服姿の氷川涼風《ひかわすずか》が、不思議そうに雪季《ふゆ》を見つめている。

「食べてもあまり太らないことはわかってるんですが、油断は禁物なので……」

「ストイックやねぇ、ふーちゃん。甘い物を楽しむのは女の子の特権やで♡」

「……………」

いや、男も楽しんでいいだろ。

春太《はるた》はカツカレーを食べながら、密《ひそ》かにツッコミを入れる。

カウンター越《ご》しに話している雪季《ふゆ》と氷川涼風《ひかわすずか》をぼんやり眺《なが》めている。

妹は自分を可愛《かわい》くすることが生《い》き甲斐《がい》で、当然ながら食事にも気を遣《つか》う。

雪季《ふゆ》のすらりとした細い身体《からだ》は、綿密なカロリー計算の賜物《たまもの》でもある。

兄としては、妹が美にかける労力を勉強にもつぎ込んでほしかったが……。

「ところで、兄貴のほうは？　ウチの自慢《じまん》のカレーに感想とかないん？」

「ちょっと本格的すぎねぇ？　カツ分厚いし、カレーもじっくり煮《に》込《こ》んでて味は濃厚《のうこう》だし……」

こんな手の込《こ》んだ料理を出してて採算取れてるのか？」

「やー、兄貴のほうは可愛《かわい》ない反応やね。素直《すなお》に〝美味《おい》しい、毎日氷川《ひかわ》のカツカレー食べたいよ〟ってゆうたらええのに」

「毎日カツカレー食ってたら身体壊《からだこわ》すだろ」

いくら健康が取《と》り柄《え》の春太《はるた》でも、さすがに危ない。

「そうですよ、私のカレーには及《およ》ばなくても美味《おい》しいですよね？」

「おっ、ケンカか、ふーちゃん？　ウチのカレーと勝負するんか？」

「い、いえ、お兄ちゃんは私の味で育てたので。妹の味にかなうものはないですよね」

それを言うならお袋《ふくろ》の味ではないだろうか。

さすがに、まだ雪季《ふゆ》の料理より母の料理を食べた回数のほうが多い。

「まあ、家庭の味と勝負する気はないわ。けど、ウチはコーヒーはもちろん、軽食もスイーツも専門店に勝つつもりでやっとるから」

「この店、商売っ気があるのか、ないのかわからねぇな……」

少なくとも、カフェＲＵＬＵは利益至上主義ではないらしい。

たまにしか来ない客の春太《はるた》だが、好ましい話ではある。

「売り上げは悪ないよ。最近は、看板娘《かんばんむすめ》がメイド服でサービスしとるしね」

「その浮《う》かれた格好は、逆効果にならないか？」

「メイドが嫌《きら》いな人なんておらんよ。特に若い男子にバカウケやで」

「なるほど、若い男の人に……これは私も一考の余地が……」

「こらこら、妹が変な影響《えいきよう》受けてるから！　つーか、バカウケって！」

関西弁がどうこう以前に、涼風《すずか》はたまに言葉のチョイスがおかしい。

「ちなみにこのメイド服も、ちゃんと仕立てたヤツやで。専門店にも勝てるし」

「そこは専門店と張り合わなくていいんじゃないか？」

RULUは、いったいなにを目指しているのか。

「ちなみに、涼風《すずか》お姉さん。そのメイド服はおいくらほどですか？」

「あー、オーダーメイドで五万くらいしたかなあ」

「ごまっ……⁉　わ、我が家の経済力では無理です……！」

くっ……と、涙《なみだ》をこらえる雪季《ふゆ》。

期せずして、桜羽家《さくらばけ》の経済状況《じょうきょう》が同級生にバレてしまった。

「商売道具やからお金かけたってだけやで。今は既製品《きせいひん》で安くて良《え》えメイド服もあるやろ」

「本当ですか！　あ、受験に合格して、入学祝いにいただくという手も……？」

「雪季《ふゆ》、入学祝いはもっと良《い》い物もらっとけ」

妹の不毛な企《たくら》みを阻止《そし》するのも兄の役割だ。

「そうですか……では、ケーキの残りをいただきます。もぐもぐ……美味《おい》しっ……」

雪季《ふゆ》は涙目《なみだめ》で、ガトーショコラを丁寧《ていねい》にフォークで切って口に運ぶ。

「ねえねえ、サクラくん。前から思うとったけど、ふーちゃん、食べ方綺麗《きれい》やねぇ」

「ああ、ウチの母親が躾《しつけ》に厳しいからな」

なにしろ、春太《はるた》たちの母は子供にも敬語を使わせる家庭で育ったのだ。

春太《はるた》たちにさほど口うるさくはないが、礼儀《れいぎ》作法についてはなかなか厳しかった。

兄としても妹が上品なのは、見ていて癒《い》やされる。

「ああ……甘いチョコケーキが勉強で疲《つか》れた脳に染《し》み渡《わた》ります……」

言ってることは、まだまだ子供だが。

「ところで、サクラくん」

「ん？」

「昔のオンナんトコに、なにしに来たん？」

「ぶっ⁉」

「お、お兄ちゃん⁉　い、いつの間に私の友達を踏《ふ》み台《だい》にお姉さんを⁉」

「待て待て、雪季《ふゆ》も待て！　そうじゃなくて——冷泉《れいぜん》に頼《たの》まれてきたんだろ！」

「あれ、私たち、なにしに来たんでしたっけ？　美味《おい》しいガトーショコラをいただきに……？」

「違《ちが》う、違《ちが》う。そういや、ちゃんと説明してなかったか」

兄が説明しなくてもついてきてしまう、素直《すなお》な妹だった。

「素子《もとこ》ちゃんなあ、考えすぎやと思うけどな」

「ん？　氷川《ひかわ》、俺らがなんの用で来たのかわかってんのか？」

「妹のことやろ？　あの子もなあ、不毛なことはやめぇと思うけど、私からは言えんやん？」

「…………」

どうやら、涼風《すずか》は本当に春太《はるた》の用向きを察しているらしい。

「流琉《るる》、頭えぇはずやのに、恋《こい》は盲目《もうもく》ってホンマやねぇ」

「おまえ、しみじみと……」

「え？　恋《こい》？　ちょっと、私、なんの話かわからないんですけど……」

「あー、もうっ！　ふーたん、マジで鈍《にぶ》い！」

唐突《とうとつ》にカウンターの奥、キッチンから人影《ひとかげ》が飛び出してきた。

小麦色の肌《はだ》にショートカットの髪《かみ》の女子中学生――

制服の上に黒いエプロンをつけた氷川流琉《ひかわるる》だった。

「氷川《ひかわ》が、松風先輩《まつかぜせんぱい》のことが好きだって話！　もうそろそろ気づこうよ！」

「ひ、ひーちゃん？　いたんですか……って、松風《まつかぜ》さんのこと……えっ、えっ？」

雪季《ふゆ》は突如《とつじょ》現れた氷川《ひかわ》妹に驚《おどろ》き、オロオロしている。

「あー、流琉《るる》？　我慢《がまん》の限界はわかるんやけど、一応お客さんもおるからな？」

「はっ……!?」

氷川《ひかわ》は――氷川《ひかわ》妹は、真っ赤になって口元を押さえる。

春太《はるた》たち以外には客は三人。

三人とも常連らしく、一瞬《いっしゅん》ぽかんとしただけであとはニコニコと微笑《ほほえ》ましそうだった。

「だ、黙《だま》って聞いてれば、ふーたんはしょうがないなあ。あー、桜羽先輩《さくらばせんぱい》も、わざわざすみません。レイになんか吹《ふ》き込《こ》まれたんですよね？」

「おまえも俺が来ること、わかってたんだな?」

もしかしなくても、氷川《ひかわ》妹はキッチンで春太《はるた》たちの会話を立ち聞きしていたのだろう。

「レイが、『来るぜ!』って雑なLINE送ってきてたんで。あいつ、いらんことするなあ」

「まあ、そう言うな。冷泉《れいぜん》もあれで氷川《ひかわ》のことを心配してんだから」

「……あれ? 先輩《せんぱい》、レイにそんな甘かったでしたっけ?」

「気のせいだ」

きっぱりと言い切る春太《はるた》。

冷泉《れいぜん》の家庭教師をしたり、〝前払《まえばら》い〟をしたりで、前より親密になったことは否《いな》めない。

だが、雪季《ふゆ》の前では認めづらかった。

「ま、待ってください。ひーちゃんが松風先輩《まつかぜせんぱい》のことを……? どうしてですか?」

「どうしてって……」

「ウチのお兄ちゃんのほうがかっこいいですよ?」

「いや、さすがに松風先輩《まつかぜせんぱい》のほうがモテるやん?」

「よし、ケンカです、ひーちゃん」

「望むところやん、ふーたん」

ガタッと立ち上がる雪季《ふゆ》と、バサッとエプロンを外す氷川《ひかわ》妹。

「はい、若い二人が肉弾戦《にくだんせん》で決着をつけるのもえーけど、やんならお店の外で」

「わかってるよ、涼姉《すずねえ》」

「わかってます、お姉さん。お兄ちゃん、すぐに片付けてくるので待っていてください」

「……まあ、ケガだけはないようにな」

雪季《ふゆ》と氷川《ひかわ》妹は、二人で店の外へと出て行く。

「大丈夫《だいじょうぶ》か、あの二人？」

「お店の外やなくて、母屋《おもや》のほうに行くんやろ。ウチの妹、そんなアホやないし」

「ウチの妹はそんな頭よくないが、殴《なぐ》り合《あ》いをするほど馬鹿じゃないはず」

ＲＵＬＵの裏手に一軒家《いっけんや》があり、氷川《ひかわ》一家はそこで暮らしている。

「流琉《るる》が松風《まつかぜ》くんとのことを説明するんやろ。マジでふーちゃん、気づいてなかったんやな」

「そうみたいだな。知ってくれたなら、俺も話が簡単になって助かる」

正直なところ、春太《はるた》の周りには秘密が多すぎる。

誰《だれ》がなにを知っていて、なにを隠《かく》すべきなのか、かなりこんがらがってきているのだ。

「しかし、サクラくんも人がええなあ。そっち、そろそろ期末やろ？」

「そろそろっていうか、期末の真っ最中だな」

「大胆《だいたん》やな！　妹どころか、妹の友達の世話焼いてる場合とちゃうやろ？」

「おまえんトコも期末じゃないのか？　働いてていいのかよ？」

涼風《すずか》はその妹と同じく頭がいい。

進学校の悠凛館《ゆうりんかん》より、さらに上の名門女子高に通っている。

「ウチはもう試験終わったんよ。悠凛館《ゆうりんかん》がちょっと遅《おそ》いんちゃう？」

「そうかもな。まあ、俺はいろいろあって、今は試験どころじゃないっつーか」

「君もなかなか難儀《なんぎ》な人生生きとるな。コーヒー、おかわりどう？」

「苦いのをもらおうかな。ああ、これも下げてくれ」

春太《はるた》はコーヒーカップとカラになった皿をカウンターのほうに差し出す。

「綺麗《きれい》に食べてくれたなあ。密《ひそ》かにカツもカレーもライスも１・５倍に増量しといたのに」

「やっぱりな。量多いと思ったよ。料金も１・５倍か？」

「関西人はがめついと思うとるやろ。おごりや言《ゆ》うたのに、信じてなかったん？」

「美味《うま》いメシにはちゃんと金を払《はら》おうと思っただけだ。ま、ありがたくおごられとく」

春太《はるた》も、厚意《こうい》を遠慮《えんりょ》するのは失礼になることくらいは知っている。

「そうしてくれると嬉《うれ》しいわ。でも、真面目な話、難儀《なんぎ》なのは私もやで」

涼風《すずか》は食器をキッチンのほうに運び、コーヒーを持って戻《もど》ってくると。

トン、とカップを春太《はるた》の前に置きつつ真面目な表情を浮《う》かべる。

「松風《まつかぜ》くんって、今も私のこと好きやもんなあ」

「…………」

春太《はるた》は、黙《だま》ってコーヒーを一口すする。

松風陽司《まつかぜようじ》と氷川涼風《ひかわすずか》は、同じ中学の同級生だった。

今は学校も違《ちが》うし、接点もこれといってない。

松風《まつかぜ》と涼風《すずか》の関係を表向きに語るなら、この程度だ。

松風《まつかぜ》の本命のお相手――それが誰《だれ》なのか、春太《はるた》は本人からは聞いていない。

だが、松風《まつかぜ》の気持ちをまったく知らないわけでもない。

とはいえ、まさかその心当たりの人物からズバリ言われるとは。

「氷川《ひかわ》、おまえ今も松風《まつかぜ》と会ってるのか？」

「松風《まつかぜ》くん、たまーに店に来るんや。カツカレーとかピラフとかガツガツ食って、さっさと帰っていくだけなんやけど」

「……あいつらしいな」

涼風《すずか》はそのわずかな時間だけで、今も松風《まつかぜ》の気持ちが変わってないと気づいているのだろう。

春太《はるた》も、松風《まつかぜ》が中学時代から今に至るまで、涼風《すずか》のことが好きなのだろうと感じている。

「松風《まつかぜ》くんは態度に出さんからな。私とサクラくん以外は、ほぼ知らんやろうね」

「松風《まつかぜ》の野郎《やろう》、すっとぼけてるからな」

「しかも、私が未《いま》だにサクラくんのことを好きやと思ってる」

「…………」

　そう、受験まっただ中に春太《はるた》は涼風《すずか》に告られている。

　そのときは受験があるし、付き合い出したら妹が黙《だま》っていないから――とはっきりと断った。妹を告白を断る理由にするのも相当だが、事実なので仕方ない。

　春太《はるた》は涼風《すずか》に告られたことを誰《だれ》にも明かしてはいないが、松風《まつかぜ》は春太《はるた》たちの態度からそれを察したようだった。

「まあ、私と君、ちょっといい感じにはなったからなあ。あれ、付き合ってたといっても過言やないやろ？」

「ちょっと過言じゃないか……？」

　冷泉《れいぜん》あたりは、少し感づいていたらしい。

　涼風《すずか》との関係がただの友達だった――とは、春太《はるた》も言い切れない。

「ま、どっちみち自然消滅《しょうめつ》したと思っとるわ。今の私はただの元カノや。私、そんなに執念《しゅうねん》深《ぶか》いほうやないしね」

「元カノでもないだろ……」

　手を繋《つな》いだことくらいはあっても、キスすらしていない。

　春太《はるた》は、晶穂《あきほ》が最初のカノジョだと思っている。

「私とサクラくんと松風《まつかぜ》くん、それに流琉《るる》。これ以上ややこしくしたくないしなあ。こっちこそ相談があれば受け付けるで。私は束縛《そくばく》しないタイプの元カノや」

「俺、おまえの妹のお悩《なや》み解決にきたんだけどな」

「流琉《るる》はふーちゃんと話せば、スッキリするやろ。ふーちゃんに任せとき」

涼風《すずか》は手際《てぎわ》よく自分の分のコーヒーも淹《い》れて、ずずっとすする。

「ところで、君、カノジョできたらしいな？」

「っ……！　な、なんでそれを……！　他校のおまえまでよく知ってるじゃないか。オフラインのネットワークも馬鹿にできねぇな」

「ちっこくて、すんごい可愛《かわい》くて、おっぱい大きいらしいやん？　私のおっぱいには触《さわ》りもしなかったくせに」

「だ、だから、そういう関係じゃなかっただろ、俺ら！」

「じゃあ、どういう関係やったん？」

涼風《すずか》はカウンターに両肘《りょうひじ》をついて、ニヤニヤしながら見つめてくる。

「どういうって……あのな、俺なんかのどこがよかったんだ？　シスコンだし、松風《まつかぜ》みたいなスポーツマンでもないし」

「シスコンは別に減点要素やないよ。妹を可愛《かわい》がることのどこが悪いん？　家族と仲良うできんヤツよりは、よっぽど信用できるわ。ふーちゃんは、ええ子やしな」

「まったくそのとおりだ」

春太《はるた》は、力強く頷《うなず》く。

身内と対立しているよりは、良好な関係を築いているほうがいいに決まっている。

「でも、あのシスコンのサクラくんがカノジョをつくったのは意外や。意外すぎる」

「結局、そこに戻《もど》るのか」

氷川《ひかわ》妹の件でRULUに来たはずなのに、話が厄介《やっかい》な方向に進んでいる。

「私のことはカノジョにできなかったのに。その子はなんで、カノジョにできたん？」

「氷川《ひかわ》がさっき言ったじゃねぇか。可愛《かわい》くて、おっぱい大きいんだよ」

「アホ。君が身体《からだ》目当てで女子を好きになるほど単純やないことくらい、知っとるわ」

「それは買いかぶりすぎだな……」

春太《はるた》は勢いに流されて、冷泉《れいぜん》や透子《とうこ》に軽く手を出してしまっている。

あれが身体《からだ》目当てでないと言えるだろうか？

「ただ、どうも変やとは思っとったんよ」

「なにがだよ？」

「サクラくんにカノジョができたこと。ふーちゃんがいない時期に付き合い始めたって。余計におかしいやん？　強引《ごういん》に連《つ》れ戻《もど》すくらいふーちゃんが大事だった君が、妹をほったらかして別の女と付き合うなんて考えられん。その子、ホンマにただのカノジョなん？」

「……カノジョに普通《ふつう》も特殊《とくしゅ》もねぇだろ」

嘘《うそ》なのは、春太《はるた》が誰《だれ》よりもよく知っている。

桜羽春太《さくらばはるた》にとっての月夜見晶穂《つくよみあきほ》ほど〝特別なカノジョ〟もなかなかいないだろう。

「そっか。言えんならええわ。でも、元カノとしていつでも相談に応じるのはホンマやから。ついでに、美味《おい》しいコーヒーの一杯《いっぱい》もつけるわ」

「……じゃあ、アドバイスをもらうフリをしてたら、無限にコーヒーがタダで飲めるわけだ」

「素直《すなお》やないなあ。ま、そういうトコが好きやったんやけどね」

氷川涼風《ひかわすずか》は屈託《くったく》なく笑う。

中学時代の、涼風《すずか》からの好意は本物だったと春太《はるた》は思う。

今は──いい友達になれたのだろうか？

このカフェに来た目的は達せたとは言いがたいが──

これ以上、自分の周りの人間関係を複雑にはしたくない。

氷川涼風《ひかわすずか》とは恋人《こいびと》未満の元同級生で、今は友達。

それが自分にとっては、いい落とし所なのだろう。

# 第5話　妹は黙《だま》って聞いておきたい

何事もなく、悠凜館《ゆうりんかん》高校の期末試験も終了《しゅうりょう》した。

春太《はるた》はろくに勉強しなかった割に、手応えはあった。

日頃《ひごろ》それなりに真面目に授業を聞いているし、当然の結果ではある。

最低でも平均点くらいは普通《ふつう》にクリアしているはずなので、問題はない。

「やったー、やっと創作活動に専念できる！」

「うるっせーっ！」

ギャギャギャギャギャーンッ、と轟音《ごうおん》を上げて、晶穂《あきほ》がエレキギターをかき鳴らしている。

ここは、軽音楽部の部室。

今や、正式な部員は晶穂《あきほ》一人なので彼女の城と化した。

第二校舎には文化系の部活の部室が多く集まっている。

軽音楽部の部室は隔離《かくり》されているが、もちろん騒音《そうおん》の凄《すさ》まじさのせいだ。

「卓球部《たっきゅうぶ》じゃないんだよ。軽音楽部がうるさくて文句を言われる筋合いはないね」

「卓球部《たっきゅうぶ》も別に静かじゃねぇけどな」

春太《はるた》は耳を押さえていた手を離《はな》して——

「珍《めずら》しくテンション高いな。つーか晶穂《あきほ》、今回はろくにテスト勉強してなかっただろ。ずっと曲つくってたんじゃないのか？」

「ハルだって、妹とイトコ（仮）相手に〝夜の創作活動〟してたんじゃないの？」

「確かに夜に勉強教えてたよ！　なにもつくってねぇけどな！」

一応、晶穂《あきほ》は表向きには春太《はるた》のカノジョであるはずなのだが。

どうも、妹とイトコとの浮気《うわき》をけしかけているように見えてならない。

「しかも、例のカテキョの教え子とその姉まで毒牙《どくが》にかけようとしてたって？」

「かけてねぇよ！　会ってきたのは、カテキョしてるのとは別のヤツの姉貴だよ！」

「女友達多いね、ハルは。むしろ、あたしより女の友達多いんじゃない？」

「だとしたら、おまえが友達少ないんじゃないか？」

「ロック女は友達多いもんだよ。陽キャ女子は、だいたいみんな友達」

実際、晶穂《あきほ》は友人が多い上に、カースト上位の陽キャグループの女子ばかりだ。

「えーと、なんだっけ。そのお姉さんって、氷川涼風《ひかわすずか》さんだっけ」

「なんで氷川《ひかわ》の姉貴の名前まで知ってんだ⁉」

「妹さん、素直《すなお》に育ってよかったね」

「ウチの妹を言いくるめて情報引き出すのやめないか？」

なんでもぺらぺらしゃべってしまう雪季《ふゆ》にも問題がある。

ただ、妹の素直《すなお》さを歪《ゆが》めたくない兄だった。

「あたしは寛大《かんだい》だから。たとえカレシがメイドさんのお店に行っても許すよ」

「いかがわしい店に行ったみたいに言うな！　メイドは俺も予想外だったんだよ！」

「今日はツッコミ激しいね、ハル」

「……俺もテスト終わってテンション上がってんのかもな」

というより、今日の晶穂《あきほ》がひときわボケてくるせいだろう。

「でもさあ、ハル。妹とか教え子とかならともかく、テストの最中にさらに手を広げるのはどうかと思うよ？」

「手を広げるって表現はともかく、そのとおりだな」

冷泉《れいぜん》に頼《たの》まれたとはいえ、氷川家《ひかわけ》を訪ねるのはテスト明けでもよかったはずだ。

自分は問題解決を急ぐあまり、またもや流されたかもしれない、と春太《はるた》は反省する。

春太《はるた》は、ふーっとため息をついて。

「なあ、妹よ」

「怖《こわ》っっっっっっっっっっっっっっっっ!!!!!!」

ギャーンッとギターから再び轟音《ごうおん》が響《ひび》き、それをかき消すほどの晶穂《あきほ》の大声も響《ひび》いた。

「う、うわぁ、生まれてこの方、こんなに怖《こわ》い台詞《せりふ》、聞いたことない！」

「マジでうるせぇよ、晶穂《あきほ》！　声でかすぎる！」

ギターより晶穂《あきほ》の声のほうがはるかに響《ひび》く。

さすがに歌を得意としているだけあって、晶穂《あきほ》の声量は並みではない。

春太《はるた》の脳みそがシェイクされるほどの声だった。

「そ、そりゃ大声も出るって。とうとう認めたの、あたしが妹だって？」

「はぁ……今さら晶穂《あきほ》が妹だってことを否定しても始まらねぇだろ」

むしろ、春太《はるた》たちがいつまでも恋人同士《こいびと》であることを否定するべきなのだ。

もっとも、晶穂《あきほ》のほうは〝妹になる〟と言い出している。

春太《はるた》がそれを認められず、恋人《こいびと》としての関係も終わらせられずにいるだけだ。

「それで、もしかしてお兄ちゃん、妹に頼《たよ》りたくなっちゃった？」

「お兄ちゃん言うな。妹呼びは冗談《じょうだん》だ」

「悪かったよ、からかったりして。まあ、からかわないあたしなんて、月夜見晶穂《つくよみあきほ》じゃないけどさ」

晶穂《あきほ》がギターをスタンドに立てかけて、ぐいっと身を乗り出してくる。

「どしたん、話聞こか？　試験も終わってご機嫌《きげん》だからね、今日のあたしは」

「機嫌《きげん》悪いと話も聞いてもらえないのか」

「カノジョってそんなもんでしょ？」

「なんか、いちいち晶穂《あきほ》が正しいのがイラっとするよな……」

春太《はるた》は自分が良識のある人間だと思っていたが、間違《まちが》いなのかもしれない。

「いや……氷川《ひかわ》のことは晶穂《あきほ》にも話せないな。他人のプライベートな問題だしな」

氷川涼風《ひかわすずか》、流琉《るる》の姉妹《しまい》、それに松風《まつかぜ》。

さらに言うなら、冷泉《れいぜん》に与《あた》えるご褒美《ほうび》のこともある。

カノジョである晶穂《あきほ》に無関係とは言えないが、彼女たちの事情を勝手に話せない。

「ハルは変なトコ真面目だもんね。あたしとしては、他人のゴシップも作曲のネタになるからすっごく興味あるけど」

「クリエイターって業《ごう》が深いな」

「まだ人間捨ててないから、そこは深掘《ふかぼ》りしないよ。とにかくハルは例によって、また周りに翻弄《ほんろう》されてるわけ？」

「かいつまんで言うと、そうなるな」

「なるほどね」

晶穂《あきほ》は、ギターの横に立てかけてあったベースを手に取った。

べベン、ベンベンと重い音が響《ひび》く。

ギターはうるさすぎるので、ベースに切《き》り替《か》えたらしい。

騒《さわ》がしいことに変わりはないが。

「でも結局、雪季《ふゆ》ちゃんの受験が最優先って基本方針は変わんないでしょ？」

「当たり前だろ」

今日も、朝から雪季《ふゆ》には課題を与《あた》えてきた。

もう十二月も中旬《ちゅうじゅん》に入る時期、さらに気を引《ひ》き締《し》めていかなければならない。

「だったら、それでいいじゃん。さすがに雪季《ふゆ》ちゃんの面倒《めんどう》ばかり見てるわけじゃないだろうから、余った時間を他の人のことに使えばいいって」

「……そりゃそうだが」

実に単純で、わかりきった結論だった。

だが結論が出ていても、悩《なや》んでしまうのが人間なのだ。

特に、春太《はるた》のように迷いやすい人間は。

「もちろん、雪季《ふゆ》ちゃんの次に優先されるのはカノジョだよね」

「デスネ」

もし晶穂《あきほ》がカノジョでなくなっても、雪季《ふゆ》の次に優先するべきは――

この生意気な態度を見ていると、優先順位を下げたくもなるが。

「そうだ、ハル。今日はバイトあんの？」

「いや、バイトは明日からだな」

バイト先のゲームショップ〝ルシータ〟は客が少ない店なので、バイトのシフトは多くない。家庭教師も、冷泉《れいぜん》のカウンセラーのようなもので、毎日教える必要もないのだ。

「じゃあ、ちょうどよかった。今日、ちょっと付き合ってよ」

「は？　どこか遊びに行くのか？」

今日はテストが終わった日なのだから、遊んでもバチは当たらないだろう。

別に意外な誘《さそ》いでもないが――

「ウチの魔女《まじょ》がハルに会いたいって言ってる」

「じゃ、俺は今日はこの辺で」

「知らないの？　魔女《まじょ》からは逃《に》げられない」

「知らんわ！」

魔女《まじょ》――晶穂《あきほ》の母、月夜見秋葉《つくよみあきは》のことだ。

三十五歳という年齢《ねんれい》も高一の娘《むすめ》がいるにしては若いが、見た目はそれより一〇歳は若く見える。

とんでもない美人で、普通《ふつう》ならこちらからお願いして会いたいくらいだ。

だが、なにしろ――

春太《はるた》の父親が、娘《むすめ》を産ませた相手だ。

はっきり言って、並の神経ならお互《たが》いに会いたいとは思わないだろう。

「魔女《まじょ》、ハルの実のお母さんの話をしたいって。聞いておきたいでしょって」

「…………」

春太《はるた》にとって、母親は育ててくれた冬野白音《とうのしらね》だけだ。

だが、実の母であり既《すで》に故人である山吹翠璃《やまぶきみどり》のことが気にならないと言ったら嘘《うそ》になる。

「今日、一緒《いっしょ》に晩ご飯とかどう？　ああ、そうそう」

「おい、まだなにかあるのかよ」

「雪季《ふゆ》ちゃんも一緒《いっしょ》にどうぞって」

「…………」

一番巻《ま》き込《こ》んでほしくない相手を、晶穂《あきほ》の母は堂々と巻《ま》き込《こ》もうとしている。

さすがに、娘《むすめ》に魔女《まじょ》などと呼ばれるだけのことはある。

いったい、魔女《まじょ》はなにを企《たくら》んでいるのか――


「えっ、マジでここなのか……？」

「マジマジ。あたし、前にもいっぺん来たことあるし」

「お、お兄ちゃん……私、外で様子見てていいですか？」

「よくねぇよ。気持ちはわかるが、普通《ふつう》に来い」

十二月の日暮れは早い。

午後六時を過ぎ、あたりはすっかり暗くなっている。

春太《はるた》と晶穂《あきほ》、それに雪季《ふゆ》の三人はとある寿司屋《すしや》の前にいた。

店構えはいかにもな老舗《しにせ》感が漂《ただよ》い、高級感も否《いな》めない。

ビビリな雪季《ふゆ》は、春太《はるた》以上にすっかり怯《ひる》んでいるようだ。

「高くても安くても、店なんだからな。客なら歓迎《かんげい》してくれるから、ビクビクしなくていい」

「お兄ちゃんもちょっと驚《おどろ》いてたじゃないですか……でも、そうですね」

雪季《ふゆ》は頷《うなず》きつつも、まだビクビクしている。

春太《はるた》が、晶穂《あきほ》とその母からの招待だと説明すると、雪季《ふゆ》は特に嫌《いや》がる様子もなかったのだが。

ちなみに、透子《とうこ》は今日は親戚《しんせき》の冬野《とうの》つららと会って一緒《いっしょ》に夕食を食べてくるらしい。

父親には「友達と飯を食ってくる」と大嘘《おおうそ》を連絡《れんらく》しておいた。

まさか、「あんたの不倫《ふりん》相手の女と隠《かく》し子《ご》に会ってくる」とは言えない。

「でもまあ、確かにあたしたちだけだと入りにくいかな？　お母さん来るのを待つ？」

「いや、予約してあんだろ？　こんな寒い中、雪季《ふゆ》を外で待たせられるか」

「あたしなら外で待たせていいのか、訊《き》きたいトコだね」

晶穂《あきほ》は、じろっと春太《はるた》を睨《にら》んでから店の戸をがらりと開いた。

「いらっしゃいませ！　ご予約の月夜見《つくよみ》様ですね！」

店員は晶穂《あきほ》の顔を覚えていたらしい。

その店員に案内され、店の奥へと連れて行かれる。

「おいおい、個室なのかよ」

「前にお母さんと来たときはカウンターだったけどね」

春太《はるた》たちが通されたのは、店の奥にある座敷《ざしき》の個室だった。

四人用の個室らしく、春太《はるた》と雪季《ふゆ》が並んで座り、座卓を挟《はさ》んだ向かいに晶穂《あきほ》が座った。

「お兄ちゃん、このお店……鳳凰寿司《ほうおうずし》さんって」

「ん？」

雪季《ふゆ》は、スマホをぽちぽちしてなにやら検索《けんさく》しているようだった。

「ウチの近所の大鳥寿司《おおとりずし》さん、鳳凰寿司《ほうおうずし》さんからのれん分けされたらしいですよ。のれん分けってなんですか？」

「要するに、この店の親方が師匠《ししょう》で、大鳥寿司《おおとりずし》の親方は弟子《でし》ってことだよ」

「なるほど……つまり、大鳥寿司《おおとりずし》さんよりパワーは上だと」

桜羽家《さくらばけ》の近所にある大鳥寿司《おおとりずし》は老舗《しにせ》で、なかなかお高い。

その分、味は確かで寿司《すし》が大好物の雪季《ふゆ》もお気に入りだ。

晶穂《あきほ》に案内されたこの寿司屋《すしや》は、さらに高級店らしい。

「おい、晶穂《あきほ》。本当に大丈夫《だいじょうぶ》なのか、こんな高そうなお店……」

「ウチの母親、ボロアパートに住んでるけどお金がないわけじゃないんだって」

「そうだとしてもなあ……」

今夜の食事は晶穂《あきほ》の母親のおごりだそうだ。

だが、春太《はるた》にはそんな高い寿司《すし》をおごってもらう理由が見つからない。

「というか、雪季《ふゆ》ちゃん。コートくらい脱《ぬ》いだら？」

「あ、すみません。つい、動揺《どうよう》して……」

雪季《ふゆ》は白のコートを脱《ぬ》いで、壁際《かべぎわ》のハンガーにかけた。

今日は制服ではなく、上品なカーキ色のワンピースに黒のタイツをはいている。

ワンピースは膝丈《ひざたけ》で、自慢《じまん》の美脚《びきゃく》を見せたがる雪季《ふゆ》にしてはおとなしい服装だ。

相手が初対面の大人ということで、慎《つつ》ましいコーディネートにしたのだろう。

「はー、この子はなにを着ても似合うねえ。若いっていいなあ」

「晶穂《あきほ》と一つ違《ちが》いだろ。まあ、雪季《ふゆ》がなにを着ても似合うのは事実だが」

「そんな……あ、晶穂《あきほ》さんもその服、お似合いです」

「制服だけどね」

春太《はるた》と晶穂《あきほ》は学校から来たので、着替《きが》えていない。

雪季《ふゆ》は素直《すなお》すぎるせいか、謙遜《けんそん》もフォローも苦手だ。

とりあえず、晶穂《あきほ》の母が来るのを待つことにして、三人は熱いお茶をすする。

「お母さん、もう来ると思うんだけどな。先に注文して、容赦《ようしゃ》なく食べちゃう？」

「それはさすがに悪いだろ」

「わー、わあぁ……」

春太《はるた》の横で、雪季《ふゆ》がお品書きをキラキラした目で眺《なが》めている。

魚介類《ぎょかいるい》大好きな妹には、たまらないのだろう。

「ふわああ……あっ！」

「どうかしたのか、雪季《ふゆ》？」

「サ、サーモンがないですよ、お兄ちゃん。高級お寿司屋《すしや》さんにサーモンがないって噂《うわさ》は本当だったんですね！」

「都市伝説じゃなかったのか……」

「驚《おどろ》きですね……」

「この二人も、やっぱ兄妹《きょうだい》だよね……」

晶穂《あきほ》が、ぼそりとつぶやいている。

実のところ、なかなかに際《きわ》どい発言だった。

今は、この三人は春太《はるた》と晶穂《あきほ》が兄妹《きょうだい》であること、春太《はるた》と雪季《ふゆ》が実の兄妹《きょうだい》でないことを知っている。

それでも、三人でいて、そのことを話題に出したことはない。

簡単に口に出せるような話ではないからだ。

春太《はるた》も、まだ雪季《ふゆ》と晶穂《あきほ》と三人の複雑な関係について語り合う度胸はない。

もっとも、月夜見秋葉《つくよみあきは》が主催《しゅさい》するこの場では出生の話が出る可能性も高いが……。

「雪季《ふゆ》ちゃん、サーモン好きなの？」

「一番好きなのはマグロだな」

「なんでハルが答えんの。あたしは、ウニとイクラかなあ」

「あ、そうなんですか。晶穂《あきほ》さん、お兄ちゃんと好物、同じですね」


「…………」

「…………」

しーん、と春太《はるた》と晶穂《あきほ》は突然《とつぜん》に沈黙《ちんもく》してしまう。

兄妹《きょうだい》だから味覚が似るものでもないだろうが、意味深すぎる台詞《せりふ》だった。

「マグロは高級店でも種類は同じですね。大トロ、中トロ、赤身、カマトロ……カマトロってなんですか⁉　未知のマグロ来ました！」

雪季《ふゆ》は自分の失言に気づいてないようで、すっかりお品書きに夢中だ。

「カマトロは、エラのあたりで少しだけ取れる稀少《きしょう》部位よ。この店では、炙《あぶ》りでも出してくれるから、そちらもオススメ」

「わっ⁉」

ささっ、と春太《はるた》の後ろに隠《かく》れる雪季《ふゆ》。

急に個室の戸が開いたかと思うと、入ってきたのは——

もちろん晶穂《あきほ》の母、月夜見秋葉《つくよみあきは》だった。

ファーのついたあたたかそうな黒のコート姿だ。

「どうもはじめまして、雪季《ふゆ》さん。私、晶穂《あきほ》の母の秋葉《あきは》です」

「お……お初にお目にかかります……桜羽雪季《さくらばふゆ》です……」

雪季《ふゆ》は、かろうじて春太《はるた》の後ろから出てぺこりと頭を下げた。

苗字《みようじ》が変わったことは、動転して忘れているらしい。

「お初にって、雪季《ふゆ》ちゃん。そんなかしこまらなくても」

「い、いえ……かしこまりそうろう……」

「そういや雪季《ふゆ》、前にチャンバラゲームにハマってたっけな」

春太《はるた》は、妹の人見知りにあらためて苦笑《くしよう》してしまう。

「ま、堅苦《かたくる》しい挨拶《あいさつ》はこれくらいで。ふー、遅《おく》れてごめんなさいね」

「いえ、今日はなんというか……ご招待ありがとうございます」

春太《はるた》は「あまり招待されたくなかったが」という台詞《せりふ》を呑《の》み込《こ》んだ。

秋葉《あきは》はコートを脱《ぬ》ぐと、晶穂《あきほ》の隣《となり》に座る。

下はベージュのスーツの上下で、スカート丈《たけ》はかなり短い。

こちらも美脚《びきゃく》に自信がみなぎっていそうだ。

「一度、春太《はるた》くんとはきちんと話がしたかったからね。妹さんのほうとも」

「い、妹です……」

元から雪季《ふゆ》の人見知りはひどいが、大人が相手だと余計に緊張《きんちょう》してしまう。

さっきからわけがわからないことを口走っている。

「ふーん……ねえ、春太《はるた》くん。めちゃくちゃ可愛《かわい》いわね、君の妹さん」

「はい」

「……春太《はるた》くん、君、変わってるわね？」

「いえ」

そういう春太《はるた》も、秋葉《あきは》相手だと緊張《きんちょう》せざるをえない。

相手は、腹違《はらちが》いの妹を産んだ人なのだから。

しかも、実の母のことを知っている人でもある。

「でも、ウチの晶穂《あきほ》も負けないくらい可愛《かわい》いし、甲乙《こうおつ》付けがたい変わり者よ？」

「後者は別に張り合わなくてもいいのでは……」

「このメスガキ、テスト勉強もせずにジャカジャカギター鳴らしてるからね」

「メスガキって」

そのメスガキ──ではなく、晶穂《あきほ》はお品書きを見ながら聞き流している。

「アンプ通さなきゃいいってもんじゃないのよ。つーか、勉強してほしいわよね」

「まあ、俺も勉強については人のことを言えないので……」

「真太郎《しんたろう》さんの息子《むすこ》なら、君も頭はいいでしょう。あの人、ボンヤリして見えるけど、頭キレるから」

「……そうですかね」

春太《はるた》は、父親のスペックなどはよく知らない。

大卒で、勤め先はごく平凡《へいぼん》、役職にはついているらしいが、四〇歳を過ぎてヒラということもあまりないだろう。

「お母さん、そんな話よりまずはご飯食べたい。雪季《ふゆ》ちゃんもお寿司《すし》楽しみみたいだし」

「あ、いえ、お話が先でも私は……」

「そうね、まず注文しちゃいましょうか。握《にぎ》り特上四人前でいいかしら。ああ、雪季《ふゆ》さんはカマトロも食べたいんだったわね」

「い、いえっ、カマトロ高いですから、お兄ちゃんが払《はら》います！」

「俺⁉」

値段は書いていないが、春太《はるた》のお小遣《こづか》い一ヶ月分を超《こ》えかねない。

雪季《ふゆ》は動揺《どうよう》のあまり口走ったのだろうが、恐《おそ》ろしい話だ。

「あはは、気にしなくていいわよ。じゃあ、とりあえずカマトロも注文して、追加がほしければまたあとで。春太《はるた》くん、だいぶ食べそうだしね。本当に遠慮《えんりょ》はいらないから」

「はぁ……」

確かに、春太《はるた》には普通《ふつう》の寿司《すし》一人前では物足りない。

海鮮丼《かいせんどんぶり》を追加しても余裕《よゆう》なくらいだ。

「それで、おばさ——秋葉《あきは》さん。いったい、今日は……」

「せっかちね。そんなにがっつかなくても、私の秘密、教えてあげるわよ」

「…………」

晶穂《あきほ》はだんまり、雪季《ふゆ》もオロオロするばかりで春太《はるた》が矢面《やおもて》に立たされている。

「私は、先に食事を済ませることをオススメするわ」

「……なぜですか？」

「聞いたら、私のおごりのご飯なんて食べられなくなるでしょうから」

秋葉《あきは》にあんなもったいぶったことを言われては、食事が喉《のど》を通らない。

——なんてことはまったくなかった。

「ふわぁ……美味《おい》しかったです……カマトロ、生も炙《あぶ》りも最高でした……♡」

「…………」

春太《はるた》は、こんなに目をキラキラさせている妹を初めて見たかもしれない。

田舎《いなか》から桜羽家《さくらばけ》に戻《もど》ってきたときでも、ここまでの輝《かがや》きはなかったかも。

意外に食い意地の張っている妹だった。

「二人ともいい食べっぷりだったわね。若いっていいわぁ」

月夜見秋葉《つくよみあきは》は、ニコニコとご満悦《まんえつ》だ。

雪季《ふゆ》は握《にぎ》り一人前に加えて、マグロをいくつか追加するほど気に入ったようだった。

美容のために食事量にも気を遣《つか》う妹が食べすぎるのは珍《めずら》しい。

「雪季《ふゆ》さん、綺麗《きれい》に美味《おい》しそうに食べてくれたし」

「ご、ごちそうさまでした。本当に美味《おい》しかったです」

「春太《はるた》くんも、あれだけ食べてくれたらおごり甲斐《がい》があるわ。握《にぎ》り一人前に海鮮丼《かいせんどんぶり》、ちらしまで食べちゃうなんて」

「す、すみません。つい、いくらでも入る美味《うま》さで……」

もちろん、春太《はるた》は最初は遠慮《えんりよ》するつもりだったのだが。

握《にぎ》りだけでは満足してないのを秋葉《あきは》に見透《みす》かされ、上手《うま》く唆《そそのか》されて雪季《ふゆ》以上に追加注文してしまった。

中高校生の食欲は、険悪な雰囲気《ふんいき》にも軽く勝《まさ》ってしまうらしい。

「男の子の食べっぷりは気持ちいいわ。私、春太《はるた》くんをムシャムシャ食べたくなったくらい」

「はっ⁉」

雪季《ふゆ》が、さっと春太《はるた》に抱《だ》きつくようにしてくる。

防衛本能が働いたのかもしれない。

「お、お兄ちゃんは食べさせません！」

「冗談《じょうだん》よ、冗談《じょうだん》。食べたら犯罪になるしね」

「…………」

食べる、の具体的な意味を知りたいと春太《はるた》は思った。

とりあえず、雪季《ふゆ》は冗談《じょうだん》だと理解したらしく、春太《はるた》から離《はな》れる。

「でも真面目な話、ホントに食いすぎちゃってすみません」

「いいのよ、子供は値段なんて気にしないで。晶穂《あきほ》も遠慮《えんりょ》なく食べてくれたしね」

「おごりのときは遠慮《えんりょ》なく行けっていうのが、月夜見《つくよみ》家の教えだから」

「そんな浅ましいこと教えたかしら……？」

晶穂《あきほ》も、容赦《ようしゃ》なく追加を頼《たの》んでいた。

ただし、椎茸《しいたけ》の味噌《みそ》焼きだのあん肝《きも》だの、渋《しぶ》い一品料理ばかり。

「どうも、晶穂《あきほ》は注文内容が可愛《かわい》くないわね。この子、酒飲みになるんじゃない……？」

「あたしは遵法《じゅんぽう》意識の高いロッカーだから。大人になるまで飲まないよ」

晶穂《あきほ》は涼《すず》しい顔で、熱いお茶をすすっている。

「ジュンポーってなんですか、お兄ちゃん？」

「法律を守るって意味だよ」

一方、ヒソヒソと話す兄妹《きょうだい》。

晶穂《あきほ》もあれで名門高校に合格しているので、知識も豊富だ。

「でも、そういう秋葉《あきは》さんは、全然お酒飲んでなかったですね？」

「毎日、仕事絡《がら》みで嫌《いや》でも飲まなきゃいけないのよ。お酒は好きだったけど、プライベートでは全然飲まなくなっちゃったわ」

「そ、そうなんですか」

「この業界、酒飲み多いからね」

晶穂《あきほ》母はイベント会社勤めで、音楽関係の仕事らしい。

酒の席が多そうなイメージだが、実際にそのとおりのようだ。

「おかげですっかり肝臓《かんぞう》やられたのよね。毎年人間ドックで、医者にイヤミ言われてるわ」

「人間ドック、ね……」

晶穂《あきほ》が、なにやら呆《あき》れたような顔をしている。

「なんだ、晶穂《あきほ》？」

「ううん、別に。ウチの母は医者の言うこと聞かないんだよね。いい歳《とし》して困ったもんだよ」

「歳《とし》を取るほど頑固《がんこ》になって、人の言うこと聞かなくなるのよ。晶穂《あきほ》もおばさんになればわかるわ」

「あたし、おばさんになる予定ないから」

「いや、それは誰《だれ》でもいつかなるだろ」

「雪季《ふゆ》ちゃんも？」

「なるわけないだろ」

「ハル、雪季《ふゆ》ちゃんのことになると理屈《りくつ》吹っ飛《と》ぶよね！」

怒《おこ》られても、この妖精《ようせい》のような雪季《ふゆ》が歳《とし》を取るところは想像もつかない。

その妖精《ようせい》は、春太《はるた》たちの会話を困ったような顔で聞いている。

「ま、お母さんも見た目ほど若くないんだから、身体《からだ》に気をつけないとね。ハルたちの食欲に付き合ってたら、胃もやられちゃうよ」

「大丈夫《だいじょうぶ》よ、春太《はるた》くんたちとの食事は、これが最初で最後でしょうから」

「………」

むろん、春太《はるた》はさっき秋葉《あきは》が言ったこと——

話が先だったら、秋葉《あきは》のおごりでものを食べる気になれない。

その台詞《せりふ》を忘れてはいない。

「ねえ、一杯《いっぱい》だけお酒飲んでもいいかしら？」

「え？　ええ、俺たちは別に」

突然《とつぜん》、話が変わって春太《はるた》は戸惑《とまど》いつつも頷《うなず》く。

酒でも入れないと話せないような内容なのかもしれない。

秋葉《あきは》が注文すると、すぐに熱燗《あつかん》の日本酒が運ばれてきた。

「……ふぅ、美味《おい》しい。春太《はるた》くんも、ちょっと舐《な》めてみる？」

「俺も、こう見えて真面目なんですよ」

「でしょうね。真太郎《しんたろう》さんもそういうタイプだったわ」

秋葉《あきは》はにっこり笑うと、くいっと杯《さかずき》を飲み干した。

「私にお酒を教えてくれたのが、翠璃先輩《みどりせんぱい》だったのよ」

「え？」

「翠璃《みどり》さんって……お兄ちゃんのママですか？」

雪季《ふゆ》がきょとんとして、無邪気《むじゃき》に聞き返す。

妹は、晶穂《あきほ》の母が何者なのかわかっているはずだ。

晶穂《あきほ》が春太《はるた》の実の妹だと知っているのだから。

それでいて、雪季《ふゆ》は特に嫌悪《けんお》を示すでもない。

まだ、春太《はるた》と晶穂《あきほ》が兄妹《きょうだい》という話が、ピンときてないのだろうか。

「そう、山吹翠璃《やまぶきみどり》さん。量は飲めないけどお酒は好きだったのよ。いかにも清楚《せいそ》そうな見た目だから意外だったけれどね」

「…………」

春太《はるた》は、母を写真で見ただけで、生みの親だという実感は持てていない。

だが、酒好きという情報を一つ聞いただけで、急に母の存在がリアルになってくる。

春太《はるた》は、ふうっと一度深呼吸して――

「秋葉《あきは》さん、俺の母親とどういう関係だったんですか……？」

「あの人、生きてたら三十七歳ね。私より二つ上だったから」

「……ええ」

以前、春太《はるた》が墓参りしたときに見た墓誌に没年《ぼつねん》月日とともに享年《きょうねん》も書かれていた。

春太《はるた》の実の母、山吹翠璃《やまぶきみどり》は五年前に亡《な》くなっている。

「若い頃《ころ》に俺を産んだんですね……」

「私も若かったけどね、これ産んだときは」

「これ言うな、可愛《かわい》い娘《むすめ》に向かって」

「そうね。でも、こっちもなかなか可愛《かわい》いでしょ？」

秋葉《あきは》はそう言うと、８インチのタブレット端末《たんまつ》をテーブルに置いた。

そこには、制服姿の女子高生二人の写真が表示されている。

マイクを握《にぎ》って歌っている少女と、キーボードを奏《かな》でている少女。

ボーカルのほうは間違《まちが》いなく秋葉《あきは》だ。

今も娘《むすめ》の晶穂《あきほ》に似ているが、ＪＫ時代の秋葉《あきは》はもう瓜二《うりふた》つと言っていい。

秋葉《あきは》は長身で晶穂《あきほ》は小柄《こがら》ではあるが、写真で見る分には体格の違《ちが》いはわかりづらいので、余計そっくりに見える。

春太《はるた》の父が、晶穂《あきほ》のライブ映像を一目見てすぐに秋葉《あきは》の——自分の娘《むすめ》だと気づいたのも頷《うなず》ける。

「私も可憐《かれん》だけど、翠璃先輩《みどりせんぱい》も美人でしょ。この人はロックは別に好きじゃなかったけど、ピアノが得意でね。強引《ごういん》に軽音楽部に引っ張り込まれたらしいわ。人がよくて断れなかったのね」

「軽音楽部……ですか」

「ええ、私と翠璃先輩《みどりせんぱい》は、軽音楽部の先輩後輩《せんぱいこうはい》だったの」

「……その割に、娘《むすめ》の音楽活動に理解がないですね」

「この子がやってるのはロックじゃないわ。可哀想《かわいそう》に、本物のロックを知らない世代なのよ」

「ハイハイ、出た出た、懐古厨《かいこちゅう》が」

バチバチと火花を散らせる晶穂《あきほ》と秋葉《あきは》。

どうも、たびたび会話が脱線《だっせん》してしまっている。

「ま、そんなわけで、軽音楽部で翠璃先輩《みどりせんぱい》と知り合って、大学は別になったけど、それからも付き合いは続いたのよ」

「ウチの父親とは……？」

「翠璃先輩《みどりせんぱい》、真太郎《しんたろう》さんとはご近所で幼なじみだったらしいわ」

「幼なじみ？」

春太《はるた》は、今さらながら気づく。

母の墓は、電車ですぐに行ける距離《きょり》だった。

父はこちらの出身だし、少なくとも夫婦《ふうふ》が同県人だったことは気づいてよさそうなものだった。

それにしても、また新たな人間関係が生まれてしまっている。

月夜見秋葉《つくよみあきは》と山吹翠璃《やまぶきみどり》が、部活の先輩後輩《せんぱいこうはい》。

その翠璃《みどり》は、桜羽真太郎《さくらばしんたろう》とは幼なじみ。

どうも、世間というやつはかなり狭《せま》いらしい。

「真太郎《しんたろう》さんは、翠璃先輩《みどりせんぱい》より五つくらい年上だったかしらね。でも、そうね——」

「なんですか？」

情報はもうこのくらいでいいような気もしたが、春太《はるた》はつい尋《たず》ねてしまう。

「幼なじみで、大人になっても仲が良くて——まるで兄妹《きょうだい》みたいだったわ」

「…………」

「…………」

「…………」

春太《はるた》だけでなく、黙《だま》っていた雪季《ふゆ》と晶穂《あきほ》もわずかに反応する。

兄妹《きょうだい》、というワードには反応せざるをえない三人だった。

「私は翠璃先輩《みどりせんぱい》を通して、桜羽真太郎《さくらばしんたろう》さんとも知り合ったのよ。それから、三人の間になにがあったかは——大人の話ね。たとえ、春太《はるた》くんと雪季《ふゆ》さん、晶穂《あきほ》にも話すようなことでもないわね」

「……ええ、俺も別に聞きたくありません」

そこが肝心《かんじん》なのかもしれないが、父と母、その浮気《うわき》相手の話を聞き出す必要はないだろう。

少なくとも、雪季《ふゆ》には聞かせたくない。

「でも、一つだけ春太《はるた》くんに話しておきたいことがあるの」

「なんでしょうか……」

春太《はるた》は、思わず身構えてしまう。

ここまでの話だけなら、秋葉《あきは》に好意を持つには至らなくても、二度と食事もしたくないと思えるほどでもない。

「翠璃先輩《みどりせんぱい》が、どうして亡《な》くなったか知ってる？」

「え？　ああ、はい。交通事故だったって聞いてますけど……」

「真太郎《しんたろう》さんも、さすがにそれくらいは話したか。でもね、春太《はるた》くん」

秋葉《あきは》は、じっと春太《はるた》の目を見つめてから――

テーブルに頬杖《ほおづえ》をついた。

「私がね、あなたのお母さんを殺したの」


河岸《かし》を変えましょう。

そう言うと、晶穂《あきほ》母は立ち上がった。

春太《はるた》はそんな言い回しを初めて聞いた。

つまり、別の店に移動するという意味らしい。

春太《はるた》は秋葉《あきは》の言葉に、さほどの衝撃《しょうげき》は感じていない。

まさか、秋葉《あきは》が春太《はるた》の母の首を絞めたり刺《さ》したりして殺したとは思えないからだ。

もちろん、寿司屋《すしや》の支払《しはら》いは晶穂《あきほ》母がしてくれた。

総額いくらだったのかは、怖《こわ》いので想像もしていない。

春太《はるた》には、晶穂《あきほ》母の言葉の意味より金額のほうが怖《こわ》いくらいだ。

「お兄ちゃん、これで帰ってもいいと思います」

「……万単位のおごりだぞ。ここでごちそうさまって帰るわけにはいかんだろ」

店を出ると、春太《はるた》の袖《そで》を引いてボソボソとささやいてきた雪季《ふゆ》に答える。

晶穂《あきほ》母の目的は、まだ達せられていないはず。

高いエサだけ食わせて逃《に》げられてはたまらないだろう。

「いんや、あたしも帰ってもいいと思うけど？」

「俺も一応、礼儀《れいぎ》ってものをわきまえてるんでな」

春太《はるた》たちの話が聞こえたのか、晶穂《あきほ》が話しかけてくる。

晶穂《あきほ》母のほうは、まだ支払《しはら》いに時間がかかっているのか、出てこない。

「言っとくけど、さっきお母さんが言ってた話、あたしも知らないからね？」

「……だろうな」

晶穂《あきほ》はいつもどおりクールを装《よそお》っていたが、驚《おどろ》きを隠《かく》し切《き》れていなかった。

母親が本当に人を殺したなどとは思っていないだろうが。

「それとも、警察に通報するべき？」

「おまえ、母親にも容赦《ようしゃ》ないいな」

晶穂《あきほ》の場合、本気でやりそうなところが怖《こわ》い。

「大丈夫《だいじょうぶ》です、なにかあればお兄ちゃんが取《と》り押《お》さえてくれますから。ウチの兄は不死身です」

「いや、殺されたら普通《ふつう》に死ぬからな、俺」

妹の盲信《もうしん》は普段《ふだん》は嬉《うれ》しいが、たまに怖《こわ》い。

「でも、雪季《ふゆ》。おまえは今日はもう帰っていいぞ。タクシー代やるから」

「いえ、さっきのお話を聞いて一人だけ帰るなんて無理ですよ」

「……そりゃそうか」

たとえここで雪季《ふゆ》を帰らせても、晶穂《あきほ》母の発言の真意が気になって仕方ないだろう。

「ああ、寒いとこお待たせしちゃってごめんなさい。顔見知りの店員さんとちょっと話し込んじゃってて」

「あ、いえ。ごちそうさまです。マジで美味《うま》かったです」

店から出てきた晶穂《あきほ》母に、春太《はるた》はぺこりと頭を下げる。

雪季《ふゆ》も兄にならい、小声で「ごちそうさまでした」と言って一礼する。

「いえいえ、どういたしまして。それじゃ、二軒目《にけんめ》にいきましょうか。バーってわけにもいかないし、女の子のいるお店はもっとまずいわよね」

「あっ、あたしいかがわしいお店にちょっと行ってみたい。ハルも行きたいよね？」

「当然のように同意を求めんな！」

興味がないと言ったら嘘《うそ》になるが、妹と一緒《いっしょ》に美人に接待されるお店に行くなど、なんの拷《ごう》問《もん》なのか。

「お兄ちゃん……そういうお店、行ったことあるんですか？」

「そんなに人生経験豊富じゃねぇよ」

案の定、素直《すなお》な妹が春太《はるた》を疑い始めていた。

危ないところだった。

二軒目《にけんめ》は、落ち着いたカフェだった。

照明がなにやらムーディで、ジャズなど流れていて、春太《はるた》はどうも落ち着かない。

テーブル席で、春太《はるた》と雪季《ふゆ》が並んで座り、その向かい側に晶穂《あきほ》と秋葉《あきは》母娘《おやこ》が並ぶ形だ。

春太《はるた》と秋葉《あきは》はコーヒー、雪季《ふゆ》はココア、晶穂《あきほ》はハーブティーを飲んでいる。

「ふう……いいお店でしょ？　大学の頃《ころ》からよく通ってるのよ、ここ」

「あの、言い忘れてましたけど、妹はまだ中学生なんで……」

「わかってるわ。遅《おそ》くまで連れ回せないわよね。話は手短《てみじか》に済ませるわよ」

秋葉《あきは》はコーヒーを一口すすり、ソーサーの上に置いた。

「私、翠璃先輩《みどりせんぱい》とはしょっちゅう会ってたのよ」

「え？　ああ、大学は別になったけど——ってさっきも言ってましたね」

春太《はるた》が聞き返すと、秋葉《あきは》は頬杖《ほおづえ》をついた。

「ええ、私は娘《むすめ》と同じで無愛想だから、すぐに人間関係リセットしちゃうんだけど、翠璃先輩《みどりせんぱい》とは不思議と長続きしたのよね」

「母は五年前に亡《な》くなったたって話でしたけど……」

口を挟《はさ》むのは春太《はるた》だけだ。

雪季《ふゆ》も晶穂《あきほ》も、黙《だま》って飲み物をするだけ。

「春太《はるた》くん、星河《ほしかわ》病院って知ってる？」

「ああ、けっこうでかい病院ですよね」

桜羽《さくらば》一家は全員健康なので、お世話になったことはないが、このあたりでは有名だ。

電車で二〇分ほどかかる距離《きょり》にあるが、大きな総合病院なので春太《はるた》でも知っている。

「翠璃先輩《みどりせんぱい》は、成人してから何年もあそこで入退院を繰《く》り返《かえ》してたの」

「入退院……どこか悪かったんですか？」

「元々、身体《からだ》が弱かったのよ、先輩《せんぱい》は。子供の頃《ころ》は二〇歳まで生きられないなんて言われたこともあったとか。二〇歳までって、決まり文句みたいになってるわよね」

「……軽音楽部で元気にやっていたのでは？」

「意外と元気になるのもよくあることよ。ただ、翠璃先輩《みどりせんぱい》はそれが長続きしなかったの」

「…………」

春太《はるた》の母も、若くして――おそらくまだ学生の頃《ころ》に春太《はるた》を出産している。

休学したのか辞《や》めたのか、わからないが……。

あるいは、出産ののちに体調を崩《くず》したのではないか？

「翠璃先輩《みどりせんぱい》は、春太《はるた》くんを産んだことはまったく後悔《こうかい》してなかった。それだけは、先輩《せんぱい》の友人として保証できるわ」

「……ありがとうございます」

まるで春太《はるた》の思考を読んだかのような話だった。

だが、春太《はるた》は秋葉《あきは》のその言葉を信用できる。

写真で見た、赤《あか》ん坊《ぼう》の春太《はるた》を抱《だ》いた母の顔は喜びに満ちていたからだ。

「ちなみに、星河《ほしかわ》病院って翠璃先輩《みどりせんぱい》の親戚《しんせき》が経営してるのよね」

「え、親戚《しんせき》？」

「君のお母さんの実家――山吹家《やまぶきけ》はとんでもない大金持ちよ。医者に弁護士、政治家までいる。上流階級の見本みたいな一族なのよね」

「…………」

つまり、春太《はるた》にとっても親戚《しんせき》ということになるが――

母が家の事情で春太《はるた》から引《ひ》き離《はな》され、会いに来られなかったという話は聞いている。

どう考えても普通《ふつう》の家ではないのだろうと、想像はついていた。

「ついでに言うと、晶穂《あきほ》も翠璃《みどり》さんに何度か会ったことあるわよ」

「えっ？　記憶《きおく》にないけど」

突然《とつぜん》話を振《ふ》られて、晶穂《あきほ》がきょとんとする。

「まだ小さかったからね。急に、翠璃《みどり》さんが会ってみたいって言い出したのよ。会わせたら大喜びで、『もう私の子にしたい』とかはしゃいでたわ」

「…………」

晶穂《あきほ》は、カフェのテーブルを見つめて考え込んでいる。

記憶《きおく》を辿《たど》っているのだろう。

「そういえば――」

「あら、覚えてた？　まあ、五、六歳の頃《ころ》だったから覚えてても不思議はないわね」

「……うーん、お母さんの友達なんてレアだからね。覚えてそうなもんだけど、やっぱダメ」

「晶穂《あきほ》ちゃん、できればお母さんを傷つけずに言ってくれないかしら。翠璃先輩《みどりせんぱい》、この子を養子にしなくてよかったんじゃない？」

「母よ、あなたも娘《むすめ》を傷つけてるよ」

こんなときでも軽口の応酬《おうしゅう》をやめられない母娘《おやこ》だった。

「残念ながら、晶穂《あきほ》をあげるわけにはいかなかったけどね。こんなのでもお腹《なか》を痛めた我が子だから。あー、出産キツかったわー。二度とごめんだわー」

「ウチの母が、産んだことを恩に着せようとしてる件について」

再び睨《にら》み合《あ》う、月夜見母娘《つくよみおやこ》。

なんだかんだで、やはり仲の良《い》い二人だ。

「お兄ちゃんのママは……お兄ちゃんに会えない代わりに晶穂《あきほ》さんに……？」

「そういうことね。翠璃先輩《みどりせんぱい》は愛情を向ける対象を求めてたのよ」

「俺の代わりに……」

写真で見た母は、優《やさ》しそうな人だった。

あの人は、その溢《あふ》れる愛情を誰《だれ》かに向けずにはいられなかった――

多少歪《ゆが》んではいるが、春太《はるた》にも納得《なっとく》できる話だ。

「私にも断る理由はなかったわ。娘《むすめ》に会わせるだけなら減らないもの」

「ですが、自分の子供が誰《だれ》かの代わりに……だいたい秋葉《あきは》さんとお兄ちゃんのママって……いえ、すみません。余計なことでした」

「そこはね、気にしなくていいのよ、雪季《ふゆ》ちゃん」

秋葉《あきは》は、にっこり笑ってコーヒーを一口飲んだ。

「一般論《いっぱんろん》なら、私と真太郎《しんたろう》さんが責められるべきなんだろうけどね。真太郎《しんたろう》さんと結婚《けっこん》してたのは翠璃先輩《みどりせんぱい》で、私がやったことは世間では認められないのもわかってるわ」

「そ、そうです！　お兄ちゃんは優《やさ》しいのでなにも言えないなら、私が――」

「お、おい、雪季《ふゆ》。落ち着けって」

もちろん、春太《はるた》も父と生みの母、それに秋葉《あきは》の関係が気にならないと言ったら嘘《うそ》になる。

だが、母は既《すで》にこの世の人ではないし、晶穂《あきほ》も秋葉《あきは》も父を責める素振《そぶ》りは見せていない。

ならば、春太《はるた》がどうこう言うことではない――

「翠璃先輩《みどりせんぱい》の本心なんて、私にだって――本人にもわからないかもしれない。でも、あの人は最後まで私の友達でいてくれたわ。私は、それ以上は深く考えないことにしたの。それ以上は、今はもう考えても答えは出ないことだしね」

「………そういうことだ、雪季《ふゆ》」

「は、はい……」

雪季《ふゆ》は、春太《はるた》の言葉にこくりと頷《うなず》いた。

秋葉《あきは》の言うとおり、山吹翠璃《やまぶきみどり》が亡《な》くなっている以上、誰《だれ》かが誰《だれ》かを責めてみても意味はない。

文句を言えるとしたら、晶穂《あきほ》だろうが――

「そうそう、あたしだって別に気にしてないし。母親だけでキャラ濃《こ》すぎなんだから、これ以上オヤジがどうとか絡《から》んできたら、ウザくてしゃーないね」

「……おまえはおまえでクールすぎる」

初期の晶穂《あきほ》の印象はクールキャラで、実はそうでもなく面倒《めんどう》くさいところも多々ある――

だが、こうしてクールな顔も思い出したように見せるので、困惑《こんわく》させられる。

「あ、すみません。話の脚《あし》を折ってしまって……」

「話の腰《こし》、な」

春太《はるた》が少し教養の足りない妹にツッコミを入れ、雪季《ふゆ》は顔を赤くする。

「いいのよ、私も言いたいこと言ってるんだしね。でも、私の話はもう終わるから」

「は、はい……ご静聴《せいちょう》します……」

雪季《ふゆ》は、すすっと春太《はるた》に寄《よ》り添《そ》ってくる。

また人見知りモードが発動しているらしい。

「五年前――翠璃先輩《みどりせんぱい》はね、もう自分が長くないって思ったみたい。あとで担当医に聞いた話、実際にそのとおりだったのだけど。それでね――」

秋葉《あきは》が、じっと春太《はるた》を見つめてきた。

「最後に、どうしても息子《むすこ》に会いたくなったのね。まあ、当然だわ。入院中も、あなたのことばかり気にしてたから」

「……会いに来れば、ウチの父も母も拒否《きょひ》はしなかったと思いますよ」

「は、はい、パパとママなら……」

「でしょうね。でも、離婚《りこん》したばかりの頃《ころ》は翠璃《みどり》さんは春太《はるた》くんに近づけないように見張られてたし――五年前は、もう自力で会いに行く体力もなくて、病院からの外出も禁止だったの」

「そんなに悪かったんですね……」

五年前なら、春太《はるた》は十一歳。

その気になれば、電車に乗って星河《ほしかわ》病院に行くくらいは簡単にできた。

生みの母の存在さえ知っていれば——

「翠璃《みどり》さんには、悪い後輩がいてね。無茶を承知で、翠璃《みどり》さんが息子《むすこ》に会うために病院を抜《ぬ》け出《だ》すのを手伝っちゃったのよ」

「…………」

「桜羽家《さくらばけ》に向かう途中《とちゅう》で車を降りたの。息子《むすこ》が住んでる街を見たいって、翠璃先輩《みどりせんぱい》が言い出してね。でも、悪い後輩《こうはい》がうっかり目を離《はな》してしまった。翠璃先輩《みどりせんぱい》は、もう歩くのもおぼつかなかったのに。そのせいで——あの人は死んだわ」

秋葉《あきは》は、コーヒーカップを手に取った。

春太《はるた》は、晶穂《あきほ》母のその手がわずかに震《ふる》えているのを見た。

母は事故で亡《な》くなったと、そんな話を春太《はるた》は思い出す。

だが、母が死んだ事故は単純なものではなく——

「悪い後輩《こうはい》が、翠璃《みどり》さんを——君のお母さんを殺したのよ」

24インチモニターに、〝DEFEAT!〟と大きく赤文字で表示された。

毎度おなじみFPSゲーム〝CS64《コールサインシックスフォー》〟、6vs6でひたすら敵チームをキルする〝キルゼムオール〟ルール。

春太《はるた》のチームは、デス数がキル数を大幅《おおはば》に上回る惨敗《ざんぱい》をくらってしまった。

「くっそ、6キル15デスとか笑えねぇー……」

「うーん、中盤《ちゅうばん》での全落ちが致命的《ちめいてき》でしたね。あのときに、敵に強ポジに陣取《じんど》られて完全に守りを固められましたからね。フルパーティにアレをやられると打開は不可能です」

「うわっ⁉　ふ、雪季《ふゆ》⁉」

モニターの前に座っている春太《はるた》の隣《となり》に、いつの間にか雪季《ふゆ》が現れていた。

モコモコのあたたかそうなパジャマにショートパンツ、足元にも分厚い靴下《くつした》をはいて、防寒対策は完璧《かんぺき》だ。

「お、おまえ、寝《ね》たんじゃないのか？」

春太《はるた》が時計を確認《かくにん》すると、夜中の二時を過ぎている。

雪季《ふゆ》は昼間にたっぷり勉強しているし、零時《れいじ》くらいにはベッドに入るのが常だ。

「透子《とうこ》ちゃんはもうスヤスヤですよ。一度寝《ね》たら起きないんですよね、彼女。旅館の従業員は寝《ね》られるときにぐっすり寝《ね》られるように訓練されてるとか。あ、それより――」

「ん？」

「お兄ちゃん、前に出すぎでしたよ。敵は明らかに陣形固《じんけいかた》めにきてましたから、迂闊《うかつ》に突《つ》っ込《こ》まずに投げ物とかスナイパーライフルで牽制《けんせい》してから攻《せ》めないと」

「ゲームのダメ出しにきたのかよ」

「そうでした。これ、持ってきたんです、どうぞ」

「あ、ああ……サンキュー」

春太《はるた》も今気づいたが、床《ゆか》にトレイが置かれてそこにホットミルクのカップが二つある。

「夜中なのでコーヒーはやめておいたほうがいいかと思いまして」

「ああ、喉《のど》も渇《かわ》いてたし、ちょうどいい。助かるよ」

春太《はるた》はカップを取り上げ、熱いミルクをすする。

「ふう……美味《うま》い。いい熱さだ。さすが雪季《ふゆ》、気が利《き》くな」

「えへへ……ぽかぽかしますね。今日は食べすぎたせいでしょうか、どうも寝《ね》つけなくて」

「ああ、それで起きてたのか」

春太《はるた》は満腹になると眠《ねむ》くなるが、雪季《ふゆ》は逆らしい。

確かに雪季《ふゆ》の場合、今夜の食事量は明らかに胃のキャパを超《こ》えていた。

「そしたら、お兄ちゃんがゲームしてたので。ゲームしてると飲み物ほしくなりますよね」

「まー、対戦ゲーしてると特にそうだな。緊張《きんちょう》してるからだろうなあ」

雪季《ふゆ》もゲームを遊ぶときは、必ず飲み物をそばに置いている。

もっとも、雪季《ふゆ》はゲーム中に身体《からだ》が動くタイプなので、離《はな》れたところに置かないと、カップやペットボトルを倒《たお》して大惨事《だいさんじ》だ。

「お兄ちゃん、こんな時間までゲームなんて最近では珍《めずら》しいじゃないですか」

「期末テストが終わって解放されたからな。雪季《ふゆ》に内緒《ないしょ》でＣＳ64《シーロク》のランク上げて、〝エリミネーター〟になろうかと」

「ＳＳランクの上じゃないですか！　日本でもほんの数人しかいませんよ！　ダ、ダメです、そこまで上がられたら追いつけません！」

「兄貴は常に一歩先を行きたいんだよ」

春太《はるた》は本気で焦《あせ》っている雪季《ふゆ》の頭を、ぽんと軽く叩《たた》く。

「ＣＳ64《シーロク》に関しては何歩も先を行かれてますけどね……ぐぬぬ、受験さえなければ」

じろっ、と雪季《ふゆ》が大きな目を細めて睨《にら》んでくる。

顔が天才すぎて、睨《にら》んでいても可愛《かわい》いのが凄《すご》い。

「ああもうっ、私は真面目な話をしにきたのに」

雪季《ふゆ》はカップをトレイの上に置き、春太《はるた》の隣《となり》にぴったりと寄《よ》り添《そ》ってくる。

「お兄ちゃんは優《やさ》しい人ですから」

「なんだ、いきなり？」

「優《やさ》しいから――実のママのことは気にしてないフリをしても、本当は気になって仕方ないんですよね？」

「…………」

「もう亡《な》くなっていても……亡《な》くなってるから、余計に。実のママのお話を聞いて、あんなお話を聞いて、落ち着いてゲームなんてできませんよね」

「……雪季《ふゆ》に隠《かく》し事《ごと》はできないな」

「当然です」

ぐっ、と雪季《ふゆ》がさらに身体《からだ》をくっつけてきた。

柔《やわ》らかな感触《かんしょく》と、シャンプーの甘酸《あまず》っぱい香りが伝わってくる。

「私は物心ついた頃《ころ》から、十年以上も妹をやってきたんですよ。悪いですけど、晶穂《あきほ》さんよりお兄ちゃんのことをわかってます。誰《だれ》よりもわかってます」

「そこは……さすがに晶穂《あきほ》もかなわないな」

「私、実は負《ま》けず嫌《ぎら》いなんです」

「知ってるよ」

春太《はるた》は、雪季《ふゆ》の小さな頭を優《やさ》しく撫《な》でてやる。

「だから、誰《だれ》よりもお兄ちゃんの気持ちをわかりたいんです。お兄ちゃん、今日は私に甘えてみませんか？　妹じゃなくて……カノジョだと思って」

「どさくさに紛《まぎ》れて自分の野望を果たそうとしてるな」

「あ、バレました？」

可愛《かわい》く舌を出す雪季《ふゆ》。

冗談《じょうだん》めかしているが、春太《はるた》を慰《なぐさ》めるモードが続いているのは明らかだ。

雪季《ふゆ》が春太《はるた》をよく理解しているように、春太《はるた》もまた誰《だれ》よりも雪季《ふゆ》を知っている。

「妹だろうとなんだろうと、年下に慰《なぐさ》められるのはな。こんなデカいナリして、キモいだろ」

「お兄ちゃん……いいじゃないですか。今夜は、思ってることを吐《は》き出《だ》してください」

雪季《ふゆ》は本気で甘えてもらいたがっているようだ。

「でも、そうだな。俺の母親は、あくまで母さんだ。それは変わらない。けど……今夜、秋葉《あきは》さんに話を聞いて、翠璃《みどり》って人が存在感を持つようになった」

「そうですね……これまでは、写真を一枚見て、お墓参りしただけですからね」

「バンドをやってたとか、身体《からだ》が弱かったとか——最後は俺に会いにきたとか。いくつかエピソードトークを聞いただけなのにな、どっかで会った気さえしてきたよ」

「いえ、会ってることは会ってますよね」

「そうだった」

春太《はるた》は生みの母から出産直後に引《ひ》き離《はな》されたらしいが、一度も顔を合わせていないということはありえない。

物心ついていないので、母の記憶《きおく》があるはずはないが。

「会ったような気がしたからかな……もう俺を産んだ母親はいないんだって実感が湧《わ》いてきたんだよ」

「お兄ちゃん……」

「五年前っつーと、俺が十一歳とかか。会っていればもう親の事情を理解できる歳《とし》だったし、い、いや、もう一人の母親として受け入れることもあったかも」

だからこそ——悲しい。

誰《だれ》のせいで生みの母が死んだか、それは正直気になっていない。

秋葉《あきは》が気にしているのはわかっていても、彼女を責めようという気持ちは湧《わ》いてこなかった。

春太《はるた》は、実の母がもうこの世にいないことが。

決して母の声を聞くことはないと実感できてしまったことが、悲しい。

「お兄ちゃん、もう少しお話ししましょう。コーヒー、淹《い》れましょうか？」

「ああ、頼《たの》む。今夜は雪季《ふゆ》を寝《ね》かさないかもな」

「ちょっとドキドキしますね。私もココア、いただきます」

雪季《ふゆ》は冗談《じょうだん》めかして言い、カラになった二つのカップをトレイに載《の》せて立ち上がった。

真夜中に雪季《ふゆ》と二人きりでいても、今夜だけは絶対になにも起きないだろう。

だからこそ、春太《はるた》は今は雪季《ふゆ》がそばにいてくれることを素直《すなお》に受け入れられた——

# 第6話　妹はワクワクを抑《おさ》えられない

「お疲《つか》れさまです！」

「お疲《つか》れさま、じゃないんだぜ、サクよ」

ゲームショップ〝ルシータ〟の事務室にダッシュで飛び込んだ春太《はるた》に、不機嫌《ふきげん》そうな声がかかった。

事務室のパイプ椅子《いす》に、陽向美波《ひなたみなみ》がふんぞり返って座っている。

セミロングの赤い髪《かみ》に、口元のホクロ、銀のピアス。

胸のふくらみを強調するタートルネックセーターに、白のミニスカート。

いつものことながら、無闇《むやみ》やたらと色っぽい女子大生だった。

「十分も遅刻《ちこく》だよ。たるんどるなあ」

「すみません、美波《みなみ》さん！　バイト前にちょっと仮眠《かみん》——と思ったら、起きられなくて！」

「よし、素直《すなお》に理由を話したのは悪くない」

美波《みなみ》は、うんうんと頷《うなず》く。

「でもサク、いくら優《やさ》しくて美人で美人な美波先輩《みなみせんぱい》でも、寝坊《ねぼう》を見逃《みのが》しちゃ他のバイトに示しがつかないね」

「陽向《ひなた》さん、君も昨日遅刻《ちこく》した記憶《きおく》があるんだけど……」

「でも、まずは仕事だよ。ほら、タイムカード押してエプロン着けて。仕事の失敗は仕事で挽《ばん》回《かい》するんだよ」

「僕の話、聞いてないよね。というか、陽向《ひなた》さんもタイムカード押してるのにまだ仕事始めてないね」

ボソボソと事務室の隅《すみ》で美波《みなみ》にツッコミを入れているのは店長だ。

ヒゲ面《づら》の中年で、世界一有名な配管工に似ている。

「気にしなくていいからね、桜羽《さくらば》くん。そんなに全速力で駆《か》け込《こ》んでこなくてよかったのに。ゆっくり出てくるといいよ」

「は、はい、店長、ありがとうございます」

店長はドアを開けて、フロアへと出て行った。

春太《はるた》は息を整えてからタイムカードを押し、ロッカーからエプロンを取り出して着ける。

「ほら、タオルあげる。汗《あせ》だくでお店出たらお客さんが不愉快《ふゆかい》でしょ」

「あ、すみません」

春太《はるた》は、美波《みなみ》が投げてよこしたタオルを受け取る。

洗って使っていないタオルらしく、ふわっといい香りがする。

「まあ、ツンデレ先輩《せんぱい》ゴッコはともかく……」

「ゴッコだったんですか」

もっとも、春太《はるた》も美波《みなみ》が説教するタイプではないとよく知っているので、あまり真に受けていなかった。

「どしたん？　勉強で疲《つか》れてた——ってことはないか。もう冬休みみたいなもんでしょ？」

「ええ、終業式までほぼ休みですね。ゆうべ、遅《おそ》くまでゲームしてたんで」

「単純な理由だね。ま、この時期はお布団《ふとん》から出たくないよねぇ」

美波《みなみ》が昨日遅刻《ちこく》した理由が判明したようだ。

春太《はるた》の場合は、別に今が寒い時期だということは関係ない。

昨夜は遅《おそ》くまで雪季《ふゆ》とゲームで遊んでいて、今日は眠《ねむ》くて仕方なかった。

ただ、バイト前に軽く寝《ね》ておこうとしたのは間違《まちが》いだった。

ゲームのせいというより、秋葉《あきは》からあんな話を聞かされていつもどおり眠《ねむ》れるはずもなかったが……。

「まあ、急ぐことはないね。ほら、これさっき買ってきたお茶だけど、あげる」

「ありがとうございます」

なんだかんだで親切な美波《みなみ》だった。

ペットボトルのお茶を受け取り、ごくごくと飲む。

「ふぅ……いえ、くつろいでる場合じゃないですね。フロアに出ないと」

「新作の発売日か大量買い取りでもなきゃ、三人も必要ないけどね。なんならワンオペ余裕《よゆう》」

「店長は発注とか値付けとかあるんでしょう。フロアに出てもらっていいんですかね……」

フロアでのレジや陳列《ちんれつ》、店内のチェックは春太《はるた》や美波《みなみ》たちバイトの仕事だ。

店長の本来の仕事は、この事務室での事務作業のはず。

「まあ待ちなって。テンチョーはフロアに出るの好きなんだから。お客さんがゲームを満足げに眺《なが》めてるのを見て満足してんだよ」

「……さすが元常連ですね」

「サクも元常連でしょ。君ら兄妹《きょうだい》は、テンチョーのお気に入りなんだから。テンチョー、サクの妹さんがワゴンのゲームを嬉《うれ》しそうに買っていくと、ずーっとご機嫌《きげん》だったね」

「意外なところで人を笑顔《えがお》にしてたんですね、ウチの妹」

店の利益という意味では、春太《はるた》たちのお買い上げ額など微々《びび》たるものだが。

桜羽家《さくらばけ》の天使は本人もあずかり知らぬところで、世界に優《やさ》しさを振《ふ》りまいていたらしい。

とりあえず、春太《はるた》がお茶を飲み終えてから。

店長と交代して、春太《はるた》と美波《みなみ》はフロアに出た。

客の姿はなく、春太《はるた》がレジにつき、美波《みなみ》はレジ前のワゴンに商品を陳列《ちんれつ》していく。

「ああ、美人の妹ちゃんは元気？　受験勉強の調子はどう？」

「大丈夫《だいじょうぶ》そうですね。一緒《いっしょ》に受験する友達もできたんで」

「へぇ、ミナジョだっけ。あそこ、おとなしい子が多くて雰囲気《ふんいき》も良《い》いって聞くなあ」

「よく知ってますね……って、そういえば美波《みなみ》さんも地元こっちなんでしたね」

美波《みなみ》は一人暮らしなので、ついヨソの出身のように思ってしまう。

「そうそう、ミナジョに行った友達も何人かいるよん」

「そういや、聞いたことなかったですね。美波《みなみ》さんは、どこの高校だったんです？」

「聖リーファ女学院」

「ふざけてます？」

「ふざけてねぇーっ！」

今の会話には補足が必要だ。

聖リーファといえば、お嬢様《じょうさま》か超《ちょう》優等生が通う女子高で——

何気に才女の氷川涼風《ひかわすずか》が通っている学校でもある。

意外に優等生な春太《はるた》がたとえ女子であったとしても、合格は厳しい難関校だ。

「あのね、これでも高校時代はすげー優等生だったんだよ。ウチの母が厳しくてねー、地元なら聖リーファくらいじゃないと受験料も出してくれない勢いで」

「そりゃ凄《すご》いっすね……」

トップ以外は認めない、と言ってるのも同じだ。

「あれ？　でも美波《みなみ》さん、今通ってる女子大は二りゅ——普通《ふつう》ですよね？」

「そのとおり、二流だよ。でも、面白《おもしろ》い講義が多いの。ロリ時代から厳しくされ続けた反動で、美波《みなみ》さんは大学は自分が行きたいところに行くとダダをこねました」

「はぁ、なるほど」

親をねじ伏《ふ》せて、自分の希望を押し通したらしい。

おしとやかな美波《みなみ》など、春太《はるた》には想像もつかないが、そちらがいかにも彼女らしいやり方だ。

「ま、美波《みなみ》なんてまだマシだったよ。女の子だからって親も手加減してくれたからね。ウチの弟なんて――」

そこまで言って、美波《みなみ》はワゴン内を整理していた手を止めた。

「うわ、これパッケが割れてる。たまに見逃《みのが》しあるんだよね。サク、そっちに置いといて」

「はい」

春太《はるた》は美波《みなみ》からソフトを一本受け取り、回収用の箱に収めておく。

「えーと、なんの話をしてたっけ？」

「どこのご家庭も、親とはいろいろあるもんですねって話ですよ」

「おや？　なんか、意味深じゃん？」

「いえ、俺のトコなんてたいしたことは……」

関係が複雑極《きわ》まりない上に、どう判断していいかわからないことも多いだけだ。

昨日の、晶穂《あきほ》母の告白を思い出す。

だが、春太《はるた》は月夜見秋葉《つくよみあきは》にあんな衝撃《しょうげき》の告白をされても——自分がどう反応すればいいのか、決めきれずにいる。

なにも言えなかった春太《はるた》に、秋葉《あきは》は残念そうな顔をしていたが——

もしかすると、あの魔女《まじょ》は春太《はるた》に責められたかったのかもしれない。

だが、春太《はるた》には晶穂《あきほ》母を責める理由を見つけられなかったのも事実だ。

「まー、美波《みなみ》も人様の家庭にまで踏《ふ》み込《こ》むほど図々《ずうずう》しくないからね。聞きはしないけど」

「そうしてもらえると助かりますね」

春太《はるた》周辺の血縁《けつえん》関係、春太《はるた》の母の話——

この物事に動じない先輩《せんぱい》でも、ドン引きすること確実だ。

「そうしてあげるからさー、サクよー、たまには美波《みなみ》にもかまえよ？」

「それが大学生の台詞《せりふ》ですか？」

「まだ厳しくされた反動があるのさ。メンタルは中学生みたいなもんだよ」

まったくそのとおりだった。

「つーか、もうすぐクリスマスじゃん。サクはあのちっこいカノジョとイイコトすんの？　遂《つい》にご休憩《きゅうけい》からお泊《と》まりに？」

「妹の受験が近いんで、俺もおおっぴらにははしゃげないですね」

「そんなこと気にすんの？　予定ないなら、ちょうどいいけど。なんと、奇跡的《きせきてき》に美人の美波《みなみ》さんもフリーだから、デートしちゃう？」

「堂々と後輩《こうはい》を浮気《うわき》に誘《さそ》わないでください。だいたい、店はクリスマスも営業するのでは？」

クリスマスプレゼントにゲームを買いに来る親も多いのではないか。

オモチャ屋ほどではなくても、そこそこの稼《かせ》ぎ時だろう。

「大丈夫《だいじょうぶ》、大丈夫《だいじょうぶ》。クリスマスはテンチョーが働いてくれるから」

「店長、妻も子もいるんでしょ？　クリスマスに出勤させるのは可哀想《かわいそう》じゃ……」

「そんなこと言ったら、社会人の大半が可哀想《かわいそう》になっちゃうよ」

「そりゃそうですね……」

春太《はるた》はまだ気楽な学生の身分だが、社会は厳しいようだ。

「あ、じゃあさあ、サクとその愉快《ゆかい》な仲間たちと一緒《いっしょ》にクリパやろうぜ！」

「俺の愉快《ゆかい》な仲間たち⁉」

「ちっこいカノジョと、妹さんと——サクが家庭教師してる子とか、いろいろ取《と》り揃《そろ》えてるんでしょ？」

「俺が揃《そろ》えたわけじゃないですけどね……」

周囲の人間のバリエーションが豊富すぎて、困っているくらいだ。

「妹さんとか受験生も、一瞬《いっしゅん》ぱっとハシャぐくらいはしなくちゃ。二時間くらい遊んだって、受験に支障はないでしょ？」

「そりゃそうですが……」

少しくらいはOK、で妹を既《すで》にかなり甘やかしている気もするが。

「そうと決まれば会場を手配しないと。こいつは忙《いそが》しくなってきた！」

「店で忙《いそが》しく働いてください……」

どうやら、美波《みなみ》を止めることはできそうにない。

「ほほー、おもろそうな話しとるやん、サクラくん」

「ひ、氷川《ひかわ》……!?」

いつの間に、店内に入ってきたのか。

上品な白いコートに、マフラーを巻いた氷川涼風《ひかわすずか》の姿があった。

「聖リーファの学校指定のコートか。美波《みなみ》の後輩《こうはい》だね」

「あっ、先輩《せんぱい》なんですか？　一年の氷川涼風《ひかわすずか》いいますー。サクラくん——桜羽春太《さくらばはるた》くんとは、中学んときにただならない関係でー」

「ほほう、詳《くわ》しく」

「詳《くわ》しく聞き出さなくていいです！　なにしにきたんだよ、氷川《ひかわ》!?」

「お客さんに舐《な》めた口利《き》くやん？　同じ接客業やってる身として、聞き流せへんなあ」

「おまえも店で俺らにタメ口利《き》いてただろ」

涼風《すずか》にだけは、接客態度をどうこう言われる筋合いはない。

「はは、口が減らんなあ。いや、この前はサクラくんに仕事中の姿を見られて辱《はずか》しめられたからなあ。今度は、サクラくんのバイト姿をじっくり見物したろと思って。妹からバイト先を聞いてきたんよ。でも、普通《ふつう》の格好なんやなあ」

「おまえが専門店でもないのに、あんな服着てるのがおかしいんだよ。俺が執事《しつじ》服《ふく》でも着てバイトしてると思ってたのか？」

「せやったらおもろかったのに。もっとどん欲に笑いを取りにいかんと」

「おまえはひと笑いがほしくて、メイド服着てんのかよ。つーか氷川《ひかわ》はゲームしねぇだろ。ウチの店にきてどうすんだよ」

「ゲームを遊ばない人にススメて、客層を拡《ひろ》げんと頭打ちになるで？」

「ゲームショップの、それもバイトが業界の拡大まで考えてどうすんだよ」

「君ら、面白《おもしろ》いねえ。氷川《ひかわ》さんだっけ。ウチの母校は楽しい人材を育ててるみたいね」

美波《みなみ》がケラケラと楽しそうに笑っている。

確かに、聖リーファの教育は名門校の割に勉強一辺倒《いっぺんとう》ではないようだ。

「ああ、そうや。クリパのお話でしたね。えーと……陽向先輩《ひなたせんぱい》」

涼風《すずか》は、美波《みなみ》が胸に着けているネームプレートを読んだらしい。

「陽向先輩《ひなたせんぱい》、実は私の家、カフェを経営してるんですよ。クリパの会場をお探しならご相談に乗れますよ」

「ほほう、それこそ詳《くわ》しくだね」

「…………」

たちまち美波《みなみ》が興味を示して、涼風《すずか》のほうに身を乗り出している。

春太《はるた》は、頭が痛くなってきた。

まさか、こんなところで春太《はるた》が逆らいがたい女子二人が夢のタッグを組むとは。

クリスマスパーティはなにも決まっていないのに、早くも波乱は避《さ》けられなくなってきた。


「はぁ……いつになったら脳みそ直結のVRでFPSが遊べるようになるんでしょう……現実を捨て去ってガチで撃《う》ち合《あ》いたい……むしろログアウトボタン廃止《はいし》でおっけーです」

「現実逃避《とうひ》にもほどがある」

春太《はるた》は、妹に苦笑いを向ける。

雪季《ふゆ》はシャーペンを置き、ふうっと息をついてから妄言《もうげん》を吐《は》いている。

だいぶ受験勉強のダメージが大きいらしい。

このゲーマー妹は、〝ログアウトできないデスゲーム〟をむしろ喜びそうで怖《こわ》い。

「なあ、透子《とうこ》。雪季《ふゆ》はいつもこんな話をしてんのか？」

「それは、お兄さんのほうがご存じでは」

「……そうだな」

十二月も中旬《ちゅうじゅん》を過ぎつつある、平日の夕方。

今日は透子《とうこ》の塾《じゅく》も休みで、春太《はるた》が雪季《ふゆ》たちの勉強を見てやっていた。

「だいぶ参ってるみたいだな、雪季《ふゆ》は。透子《とうこ》はどうだ？」

「私は大丈夫《だいじょうぶ》です。勉強するためにこちらに来たんですし、このくらいで参っていては……」

「そうは言っても、慣れない環境《かんきょう》だし、大変だろ」

「……お兄さん、なんだか優《やさ》しくなってきましたね」

「そんなことないだろ」

透子《とうこ》は赤くなってもじもじしていて、なんだか可愛《かわい》い。

この可愛《かわい》く慎《つつ》ましい姿が、本来の透子《とうこ》だということを春太《はるた》はもう理解している。

「お兄ちゃんが、私の目の前で他の女を口説いてる件につきまして」

「ほ、他の女って！　血が繋《つな》がってなくても、私はイトコみたいなものですよ！」

「イトコ同士は結婚《けっこん》できるんですよ。透子《とうこ》ちゃん、私の義姉《あね》になるつもりですか？」

「際限なく人を疑いますね、雪季《ふゆ》さん……」

春太《はるた》の目の前で、堂々と女同士の戦いが繰《く》り広《ひろ》げられている。

雪季《ふゆ》は透子《とうこ》と普通《ふつう》に付き合っているかと思ったら、田舎《いなか》での揉《も》め事《ごと》とはまったく関係ないところで、関係がギスギスしてきたらしい。

「ふう……ギリギリでもいいかと思ったが、今のうちに話すか。良《い》い報《しら》せだ、雪季《ふゆ》、透子《とうこ》」

「え？　なんですかなんですか、お兄ちゃん」

「実はな――」

美波《みなみ》発案のクリスマスパーティについて、雪季《ふゆ》と透子《とうこ》に説明する。

既《すで》に晶穂《あきほ》、氷川《ひかわ》と冷泉《れいぜん》、松風《まつかぜ》には連絡《れんらく》済みであることも。

雪季《ふゆ》たちへの連絡《れんらく》は、春太《はるた》に一任されていた。

「ク、クリパですか！　えっ、私たちも参加していいんですか⁉」

「受験生だからって、勉強だけっていうのも可哀想《かわいそう》すぎるだろ」

「そうです、可哀想《かわいそう》です！」

「自分で言うなよ」

春太《はるた》は、また苦笑《くしょう》してしまう。

予想どおりだが、妹は大喜びだ。

「で、でも、いいんでしょうか。クリスマスといっても、受験生なのに……」

従姉妹《いとこ》の少女のほうは、ためらいがあるようだ。

「透子《とうこ》もこんな遠くまで出てきたんだし、クリスマスを楽しみたくないか？」

「ちなみに透子《とうこ》ちゃんは、クリスマスっていつもどうしてたんです？」

「ウチは旅館ですから。特に関係なさそうに見えても、クリスマスはほぼ確実に満室になるので、猫《ねこ》の手も借りたい忙《いそが》しさですね」

「お手伝いだけだったんですか。だったら、透子《とうこ》ちゃんもパーティに出て楽しまないと！」

「そうそう、透子《とうこ》のほうが勉強できるんだし。できるほうの透子《とうこ》が出ないのはおかしいだろ」

「……できないほうの雪季《ふゆ》ちゃんがいるような言い方ですね、お兄ちゃん」

妹が、じろりと兄を睨《にら》んでくる。

この素直《すなお》な妹にしては皮肉が効いた発言だった。

「えーっと……そうだ、会場はRULUを貸し切りにできるらしい」

春太《はるた》は、RULUが氷川《ひかわ》の家が経営するカフェであることを透子《とうこ》に説明する。

残念ながら、氷川涼風《ひかわすずか》と陽向美波《ひなたみなみ》の間で話はまとまってしまったのだ。

「凄《すご》いですね、クリスマスにカフェを貸し切りにさせてくれるなんて。氷川《ひかわ》さんのお家《うち》は、商売っ気が薄《うす》いんですね」

「言われてみりゃそうだな。カフェだって、クリスマスは客が多そうなのに」

「あ、ひーちゃんに聞いたことがあります」

雪季《ふゆ》が、さっと片手を挙げて発言する。

「RULUはクリスマスに営業するか迷ってたとか。去年、カップルさんが別れ話を始めて、男の人のほうが刃物《はもの》を抜《ぬ》いたみたいです」

「そんなすげー話、初耳だぞ。危ねぇなあ……」

「客商売をしているとあるあるです。〝そうげつ〟も私が生まれる前に、お客さん同士の刃傷《にんじょう》沙汰《ざた》があったとか」

「マジかよ」

透子《とうこ》はさらっと説明したが、大事件だ。

雪季《ふゆ》が「ニンジョーザタ？」と首を傾《かし》げているのは、意味がわからないのだろう。

「あ、結局RULUの事件は誰《だれ》もケガしなかったみたいですけど」

「そりゃよかった」

涼風《すずか》や氷川《ひかわ》妹がケガをしていたら、春太《はるた》もその男をぶん殴《なぐ》りたくなっているところだった。

「ただ、RULUでは一昨年も昼間から大学生のグループが酔《よ》って大騒《おおさわ》ぎして、その前の年にはどこかの男子高校生が〝クリスマス中止集会〟を強行したらしいです」

「RULUはやべー奴《やつ》らを吸い寄せるアロマでも焚《た》いてんのか？」

同級生と後輩《こうはい》女子の実家の店で、そんな騒《さわ》ぎがあったとは。

実家の仕事でトラブルにも慣れているであろう透子《とうこ》も、「都会怖《こわ》っ……」とつぶやいている。

「三回続けてクリスマスに笑えないトラブルが起きたので、ひーちゃんたちのパパママも営業するか迷ってるって聞いてました」

「なるほど、ただ店を休むよりは知り合いに貸し切りさせたほうがいいって判断か」

春太《はるた》も氷川《ひかわ》の両親とは面識があるし、主催《しゅさい》者の美波《みなみ》は聖リーファという名門校の卒業生だ。

ＲＵＬＵも貸し切りの相手としては悪くないと思うだろう。

「ですが、パーティをするならやっぱり大騒《おおさわ》ぎになるんじゃないですか？」

「お兄ちゃんがいるから大丈夫《だいじょうぶ》ですよ、透子《とうこ》ちゃん」

「なるほど、それもそうですね、雪季《ふゆ》さん」

「…………」

なんだろう、この俺への絶大な信頼《しんらい》は。

春太《はるた》は嬉《うれ》しいような、困るような、複雑な気持ちだった。

「まあ、会場も決まったし、雪季《ふゆ》と透子《とうこ》も楽しみにしといてくれ。ああ、準備とかは考えなくていいからな？　プレゼント交換《こうかん》は禁止ってことになったから」

「ええ～」

「そこが準備に時間かかるからな。悪いが、禁止だ。受験生組は特にな」

「しょうがないですね……プレゼント禁止はわかりました」

「……本当にわかってるんだよな、雪季《ふゆ》？」

「はぁい！」

「…………」

返事のイキがよすぎて、若干《じゃっかん》不安だった。

妹は物わかりのいい性格だが、意外と抜《ぬ》け目《め》のないところがある。

必ずしも兄の言いつけを守るとは言い切れない。

でも、準備もパーティの楽しみのうちだしな……少しくらいは目こぼししよう。

春太《はるた》は、ニコニコしている雪季《ふゆ》と、従姉妹《いとこ》を不安そうに見つめる透子《とうこ》を眺《なが》めて一つ頷《うなず》く。

パーティのメンツからして不安はあるが、妹たちはトラブルも楽しんでくれるだろう。

受験生組の気晴らしになってくれれば、言うことはない。

あとは、最近悩《なや》みが絶えない春太《はるた》の気晴らしにもなれば最高だが……多くを望まなくなっている自分に、春太《はるた》は気づいている。


多くは望まない、そう決めたはずなのに。

「サクラくん、そんな嬉《うれ》しそうな顔して。元カノのお迎《むか》えでそこまで喜ばれたら、なんか申し訳なくなるわ」

「……なにしてんだよ、氷川《ひかわ》」

今日、悠凜館《ゆうりんかん》高校では終業式前最後のイベント、期末テスト結果の返却日《へんきゃくび》だった。

春太《はるた》の結果は予想どおりで、中間テストから特に上がってもいないが、下がってもいない。

多くを望まないと決めた春太《はるた》にはお似合いの結果だった。

「多くは望まないが、せめて穏《おだ》やかな放課後を過ごしたい」

「おっとり系元カノが現れたんやから、お望《のぞ》みどおりやない？」

「おまえがおっとりしてんのは、ごくごく上《うわ》っ面《つら》だけじゃねぇか」

涼風《すずか》が元カノかどうかはともかく、春太《はるた》は彼女のことは多少なりとも知っている。

いろんな意味でタチの悪い女――春太《はるた》の印象は、それに尽《つ》きる。

「つーか、マジでなんでここにいるんだよ。名門聖リーファの生徒さまが」

「ちゃんと制服見せてへんかったなあ。ほら、似合うやろ？」

涼風《すずか》は白いコートの前を開け、中の制服を見せてきた。

濃紺《のうこん》のボレロに、胸元《むなもと》に赤いリボン、それにグレーのミニスカート。

クラシックでありながら、上品さが漂《ただよ》うデザインだ。

聖リーファは伝統ある名門女子高なだけあって、制服も評判がいい。

「わざわざコートの前を開けて露出《ろしゅつ》して見せなくてもいい」

「コート開けて露出《ろしゅつ》て。変態みたいに言わんとって。まあ、ええわ。それより、サクラくん、ちょお顔貸してや」

「な、なんだよ。クリパの話なら、美波《みなみ》さんと打ち合わせしてんだろ？」

「前はふーちゃん、美波《みなみ》ちゃんが一緒《いっしょ》やったし、二人きりになってなかったやろ？」

「美波《みなみ》ちゃんって、あの人年上だぞ」

いつの間に、美波《みなみ》とそんなに打ち解けたのか。

春太《はるた》は涼風《すずか》が頭脳明晰《めいせき》なだけでなく、コミュ強だったことも思い出した。

「だって、美波《みなみ》ちゃんがそう呼んでくれって言うんやもん。それより、ちょっと行こ」

「しょうがねぇな……」

春太《はるた》としても、クリパの件を美波《みなみ》と涼風《すずか》に任せっきりなのは気になっていた。

雪季《ふゆ》、透子《とうこ》と冷泉《れいぜん》の勉強を見なければならないし、バイトもあるが、そこまで多忙《たぼう》なわけでもない。

「サクラくん、話が早《はよ》うて助かるわ」

涼風《すずか》は嬉《うれ》しそうに言い、先に立って歩き出した。

春太《はるた》はその少し後ろを歩きつつ、ふと思い出す。

そういえば、こんな風にして二人で歩いたことが何度かあったな――と。

涼風《すずか》とは〝元カノ〟と言えるほどの付き合いではなかったと思うが、二人きりで下校というカップルのようなマネをしていたのは事実だ。

横に並ぶことなく、春太《はるた》と涼風《すずか》は歩き続け――

「って、おい。RULUに行くんじゃなかったのか？」

「そんなこと言うてないやん」

「………」

そのとおり、涼風《すずか》は目的地を言っていない。

たどり着いたのは、春太《はるた》と涼風《すずか》が通っていた中学校だった。

「まあ、ええやん。卒業生なんやし、遠慮《えんりょ》せんでええやろ」

「我が物顔だな……」

中学はちょうど授業が終わったところらしく、校門には大勢の生徒たちの姿があった。

彼らは春太《はるた》たちに不審《ふしん》な目を向けてきて、何人かは「桜羽先輩《さくらばせんぱい》じゃね？」「あのすげー可愛《かわ》い先輩《せんぱい》の兄貴じゃん」「つか、氷川先輩《ひかわせんぱい》のお姉さんもいるし」などとヒソヒソ話している。

春太《はるた》たちを知っている生徒も少なくないようだ。

「有名人やねえ、私たち」

「俺は雪季《ふゆ》の兄貴として有名なだけじゃねぇ？」

とはいえ、目立ちすぎなので春太《はるた》と涼風《すずか》はさっさと校内に入り、校舎の裏手へ向かった。

「ふぅ……先生に見つかったら怒《おこ》られるんじゃね？　このご時世だし、つまみ出されるかも」

「サクラくんをつまめる先生なんて、そうおらんよ。私も優等生やったし、見つかっても笑って許してくれるわ。職員室でお菓子《かし》出してくれるかもしれん」

「そりゃ都合良すぎだろ……」

二人は校舎裏を歩き、非常階段のところまで来た。

涼風《すずか》は「よいしょ」と年寄り臭《くさ》く階段に座り、春太《はるた》は階段の手すりにもたれかかる。

「ああ、こういうのええやん。青春っぽくて」

「青春ねぇ……不法侵入《しんにゅう》じゃなきゃ、もっと楽しめたんだがな」

「私もサクラくんも中学時代は悪いことの一つもせんタイプやったからなあ。今ならアリやろ、こういうのも」

「卒業してから母校でハシャぐのはダメだろ……つか、なんでここなんだよ、本当に」

「別にたいした用件やないんやけどね」

涼風《すずか》はニヤっと笑うと、持っていたスクールバッグからランチボックスを取り出した。

「これ、RULUの新メニュー。クリパで出そう思うとるんやけど、まずは試食してみんと。内輪のパーティでも不味《まず》いものを出すのは老舗《しにせ》の誇《ほこ》りが許さんからな」

「それなら、RULUでよかっただろ……」

春太《はるた》は苦笑《くしょう》しながら、涼風《すずか》が差し出してきたサンドイッチを受け取った。

それから、「いただきます」と一口齧《かじ》ろうとして――

「新メニューっつったよな？　まさか俺で実験しようっていうんじゃ……？」

「ナメたらあかん。私はカフェの仕事は真面目にやっとるから、食べ物で遊んだりはせんわ」

「……悪かった」

「素直《すなお》に謝れるんが、サクラくんのええトコやわ」

涼風《すずか》はにっこり笑い、水筒《すいとう》も取り出して熱いコーヒーをコップに注《つ》いだ。

「おっ……これ、美味《うま》いな」

いちご、それにミカンが丸ごと入った分厚いフルーツサンドイッチだった。

生クリームもたっぷりで、それでいて甘すぎなく、いくらでも入りそうだ。

「お、ウケたウケた。フルーツサンドは元からメニューにあったんやけど、小さくカットしとったからな。フルーツ丸ごとで食べやすさを両立させるのが難しくてなあ」

「うん、味のバランスもいいし、分厚い割に意外と食いやすいな。いいんじゃないか」

「サクラくんのお墨付《すみつ》きがもらえたんなら、オッケーやね。ウチのコーヒーも合うやろ」

「甘いフルーツサンドと、苦いコーヒーが意外に合うな。これ、氷川《ひかわ》のアイデアなのか」

「サンドイッチ系は、私が担当してるんよ。コーヒーと他の軽食はオトン、スイーツはオカンにはかなわんけど、サンドイッチだけは私やないとな」

「ふーん……」

涼風《すずか》もまだ高一の子供だが、責任ある仕事を任されているらしい。

「一応、本気であの店を継《つ》ぐつもりやからね。もし、流琉《るる》もその気やったら姉妹《しまい》で血で血を洗う戦争になるわけや」

「二人でやってく選択肢《せんたくし》はないのかよ！」

もちろん、春太《はるた》も涼風《すずか》が冗談《じょうだん》を言っていることはわかっている。

「中学んとき、たまにサンドイッチつくって学校に持って行ってたやろ。クラスのみんなに食べてもろうて、一番素直《すなお》に感想言ってくれたんが、サクラくんやったんよ」

「なんだ、いきなり。うーん……そうだったか？」

「しかも、割と的確な指摘《してき》してくれたんよね。バターが足りんとかマスタードを入れたらええとか、あんた何者やねんって感じで」

「ウチの妹、サンドイッチつくるのも上手《うま》いんだよ」

春太《はるた》は別に細かい指摘《してき》をしていた記憶《きおく》はない。

おそらく、雪季《ふゆ》のサンドイッチと比べて文句を言っていたのだろう。

「ほー、ふーちゃんの味と比べてたんか。今度、勝負せなあかんな」

「すぐにバトルに持ち込もうとすんなよ」

「はは、でもなあ……まーったく忖度《そんたく》もせんかったからな、サクラくんは。あのざっくりしてる松風《まつかぜ》くんとか、無神経な北条《ほうじょう》でも多少は気を遣《つか》ったコメントしとったのに」

「俺、北条《ほうじょう》以上にノンデリなのか？」

北条《ほうじょう》は春太《はるた》や涼風《すずか》と同中《おなちゅう》で、春太《はるた》とは高校でもクラスメイトだ。

周りに気を遣《つか》うことを知らない、困った男でもある。

「はは、そうやな。サクラくん」

「ん？　なん――うおっ⁉」

涼風《すずか》が立ち上がり、ぐいっと春太《はるた》の口にサンドイッチを押し込んできた。

春太《はるた》はそのままサンドイッチをもぐもぐ食べ、呑《の》み込《こ》んでから――

「な、なんだ？　あ、でも美味《うま》いな。テリヤキチキンサンドか。これは新メニューじゃなくて、前からあるんじゃねぇ？」

「サクラくん、なに食わせても文句ばっかりやったよな。けど、初めて〝美味《うま》い〟って言うてくれたんがテリヤキチキンサンドやったんよ。それから、私の一番の得意料理はテリヤキチキンサンドや」

涼風《すずか》はまた非常階段に座り、コーヒーのおかわりを注《つ》いだ。

それから、春太《はるた》にコップを差し出してくる。

「……どうも。でも、得意料理がテリヤキチキンサンドって珍《めずら》しいな」

「君の周りにいる可愛《かわい》い子らに比べれば、私なんて普通《ふつう》や。でも、普通《ふつう》やからって……可愛《かわい》い子らが隙《すき》を見せたら私も参戦するかもしれんで？」

「…………」

バトル好きの涼風《すずか》が、なんの戦いに参加するつもりなのか。

春太《はるた》はそれを訊《き》けないまま、コーヒーをごくりと飲んだ。

涼風《すずか》のコーヒーは苦くて、それでいて春太《はるた》の語彙《ごい》ではまだ表現できないような深い味わいがあった――

# 第7話　妹はクリスマスを楽しみたい

クリスマスパーティ。

言うまでもなく、陽キャたちの戯《たわむ》れである。

実のところ、春太《はるた》はあまり興味のないイベントでもある。

だが、今年は「興味ない」などとスルーできない事情ができた。

大切な妹のためなら、陽キャらしい振《ふ》る舞《ま》いもためらわない。

クリスマス——正確にはクリスマスイブ。

夕方の六時、カフェＲＵＬＵ。

現在は、店主の娘《むすめ》たちのお願いで貸し切りとなっている。

その娘《むすめ》たちと同年代の少女が多く集まり——

あまり広いとはいえない店内は、ワイワイとにぎわっている。

「……こうして見ると、意外と多いな」

「だなあ。はっはっは、バスケ部のクリスマス会ほったらかして、こっち来てよかったな」

春太《はるた》と松風《まつかぜ》は、出入り口のそばに立って、店内を見回している。

参加者のほとんどが中高生で、学校からの直行なのか、何人かは制服姿だ。

春太《はるた》は今日は終業式だったが、一度家に帰る余裕《よゆう》があったので、着替《きが》えてきている。

白のタートルネックのニットの上に、黒のジャケットとズボン。

無駄《むだ》に長身なので、大人っぽい格好が似合うのだ。

実は、雪季《ふゆ》によるコーディネートだったりする。

「お兄ちゃんは背が高いから、大人っぽいコーデが似合うんですよ」

などと、妹は嬉《うれ》しそうだった。

妹が喜ぶなら、春太《はるた》は着《き》せ替《か》え人形になるくらいなんでもない。

ちなみに松風《まつかぜ》は、放課後に軽く部活してきたので、ジャージ姿だ。

しかもそれが異様に似合っていて、パーティでもあまり違和感《いわかん》がないのが不思議だ。

上背があって、顔がよければファッションなどなんでも良《い》いのかもしれない。

「女子率高すぎだよなあ。店内にいる男、俺と春太郎《はるたろう》と、マスターさんだけじゃねぇ？」

「そもそも幹事が女子大生だしな」

といっても、美波《みなみ》が連れてきたのは同じ女子大の友人が一人だけだ。

セミロングの黒髪《くろかみ》に銀のメッシュが入った派手な美人で、なんと現役《げんえき》のモデルらしい。

青葉《あおば》キラ、と名前にまで華《はな》があるが、本名なのか芸名なのかは謎《なぞ》だ。

「俺はありがたいよ。普段《ふだん》、男の世界で生きてっからなあ。クリスマスくらい、野郎《やろう》どものいない空間にいたい」

「まあ、楽しんでくれ」

春太《はるた》は、どうでもよさそうに言う。

松風《まつかぜ》がその気になれば、女子に囲まれた生活などいくらでも楽しめるだろう。

「幹事の女子大生のお姉さんとその友達、月夜見《つくよみ》さん、桜羽《さくらば》さんと友達二人に――霜月《しもつき》か。あのセーラーの人は誰《だれ》だ？」

「ああ、冬野《とうの》つららさんだな。透子《とうこ》の親戚《しんせき》で――あと、ウチの母親の友達の娘《むすめ》さんらしい」

「春太郎《はるたろう》、交友関係が広いのか狭《せま》いのかわからねぇな」

「……自分でもそう思うよ」

最近増えた知り合いは他校の生徒だったり遠方の人だったりするが、一方で親戚《しんせき》だったり家族の友達関係だったりもする。

遠いような、近いような人たちばかりだ。

冬野《とうの》つららは、ベージュのセーラー服に帽子《ぼうし》をかぶっていて、彼女も学校からの直行らしい。

透子《とうこ》が誘《さそ》ったら、あっさりと乗っかってきたそうだ。

クリスマスは雪風荘《ゆきかぜそう》でのパーティもあるらしいが、そちらは断ってＲＵＬＵにきたという。

もっとも、雪風荘《ゆきかぜそう》のパーティは夜通しやるらしいので、こちらのクリパが終わったら合流するつもりかもしれない。

クリスマスにパーティを開催《かいさい》するくらいなら、雪風荘《ゆきかぜそう》の住人たちの関係は良好と考えてもよさそうだ。

雪季《ふゆ》が住むなら、住民同士の仲が良いに越《こ》したことはないが――

いや、春太《はるた》としてはまだ雪季《ふゆ》の引《ひ》っ越《こ》しは認められない。

「おー、やっほー、桜羽《さくらば》くん」

なんとなくつららを眺《なが》めていたら、本人が近づいてきた。

「トコちゃんの親戚《しんせき》なんだってねー。じゃあ、ウチの親戚《しんせき》でもあるってことかなあ。この前、言ってくれたらよかったのに――って、そっちのデカい人、松風陽司《まつかぜようじ》くんじゃん！」

「ん？　あんた、俺のこと知ってんの？」

「ウチ、中学んときにバスケやってたから。この辺のバスケ部員で、あんたを知らない人はいないよ」

「ほー、俺がそんな有名人だったとは。照れるね」

まったく恥《は》ずかしくもなさそうに、松風《まつかぜ》が笑う。

春太《はるた》たちの中学のバスケ部はたいして強くはなかったが、松風《まつかぜ》の加入で県大会の上位常連になったのは事実だ。

もう一人、期待されていた長身プレイヤーもいたが、彼は二年生に上がると同時に退部してしまったので、二年生黄金コンビの活躍《かつやく》は幻《まぼろし》に終わっている。

松風《まつかぜ》と冬野《とうの》つららがバスケ談義を始めてしまったので、春太《はるた》は二人から離《はな》れた。

「うーっ……なんやねん、あのギャルは。氷川《ひかわ》の目の前で松風先輩《まつかぜせんぱい》を口説くとか、ええ度胸しとるやんけ」

「おい、氷川《ひかわ》。関西弁が濃《こ》くなってんぞ」

氷川《ひかわ》――妹の流琉《るる》のほうが、春太《はるた》の背中からひょこっと顔を出し、松風《まつかぜ》たちを睨《にら》んでいる。

今日の氷川《ひかわ》も制服姿だった。

「ケンカを売られたら浪花《なにわ》の血ぃが騒《さわ》ぐんや！」

「ケンカは売ってないだろ。つーか氷川家《ひかわけ》、神戸《こうべ》の出身だって聞いたぞ」

勝手にルーツを改竄《かいざん》されても困る。困らないが。

春太《はるた》は、氷川《ひかわ》にも冬野《とうの》つららとの関係性を説明しておく。

ただ、雪季《ふゆ》は高校に合格したら一人暮らしを始めることを親友二人には話していないらしい。

今年の春のように遠くに引《ひ》っ越《こ》すわけではないが、親友たちが雪季《ふゆ》の独立をどう思うかわからない。

雪季《ふゆ》は、受験前に親友二人を動揺《どうよう》させたくないのだろう。

「まあ、気にすんな。松風《まつかぜ》は誰《だれ》にでも愛想《あいそ》いいだろ」

「そうなんですけどね。だからこそ心配っつーか。割と誰《だれ》とでも付き合うみたいな……氷川《ひかわ》には目もくれないくせに」

「ある意味、氷川《ひかわ》は特別ってことじゃねぇか？」

「先輩《せんぱい》、人のことだとポジティブになりますよね」

「そうか……？」

「あー、そうだそうだ忘れてましたー！」

突然《とつぜん》、店内に大声が響《ひび》いた。

声の主は陽向美波《ひなたみなみ》だった。

カウンターの中にいて、椅子《いす》の上に立っているらしく、目立っている。

セミロングの赤い髪《かみ》に、ぽんぽんがついた帽子《ぼうし》、赤いワンピース。

サンタのコスプレらしいが——胸元《むなもと》があらわで、太ももも剝《む》き出《だ》しになっていて派手すぎる。

「幹事としてご挨拶《あいさつ》しないと。えー、皆様《みなさま》、本日は足元の悪い中、お集まりいただきありがとうございます！」

「めっちゃいい天気でしたけど」

春太《はるた》は、適当すぎる挨拶《あいさつ》にツッコミを入れる。

美波《みなみ》は聞こえたらしく、じろりと睨《にら》んできたが、春太《はるた》はスルーする。

「今回のクリパの幹事を務めさせていただいてます、陽向美波《ひなたみなみ》です。ダーリン——あっ、違《ちが》う、桜羽春太《さくらばはるた》くんのバイト先の後輩《こうはい》です」

「おおーいっ！」

今度は、春太《はるた》は大声でツッコむ。

わざとらしく、なにを言い間違《まちが》えているのか。

なんだか、周りがざわざわし始めたが――

「あの後輩《こうはい》、未《いま》だに美人な先輩《せんぱい》に興奮しっぱなしで。大声出してすみませんね。とにかく、今日はお気楽な集まりなんで、ご自由にご歓談《かんだん》ください！　マスターたちのご厚意《こうい》で、食べ放題飲み放題ですよ！」

無理矢理にまとめる美波《みなみ》だった。

一応、拍手《はくしゅ》らしきものが起きている。

さらっと、ここからパーティが始まったらしい。

「あれ？　そういや、雪季《ふゆ》がいないような……？」

「先輩《せんぱい》がふーたんのことで鈍《にぶ》いのは珍《めずら》しいですね」

氷川《ひかわ》が変なことに感心していると――

「お待たせしましたっ♡」

「…………っ⁉」

春太《はるた》は、氷川《ひかわ》とともに後ろを振《ふ》り向《む》いて固まってしまう。

そこには、可愛《かわい》い妹の姿があった。

「雪季《ふゆ》……おまえ、なにしてんだ？」

「どうですか、お兄ちゃん。今夜はハジけますよー♡」

雪季《ふゆ》は、メイド服姿だった。

クラシックなワンピースに白いフリル付きのエプロン——

ただし、ワンピースは真っ赤で丈《たけ》が短く、太ももがあらわになっている。

ド派手なクリスマスカラーのミニスカメイド妹が爆誕《ばくたん》していた。

「ふーたん、どこに行ったのかと思ったら……」

「涼風《すずか》お姉さんにお部屋を借りて、お着替《きが》えしてきました♡」

「……そのメイド服、氷川《ひかわ》の差し金か。あの女、人の妹になにを着せてんだ？」

春太《はるた》は店内を見回すが、その氷川涼風《ひかわすずか》の姿はない。

「いえいえ、お兄ちゃん。むしろ、私が涼風《すずか》お姉さんにご相談したんですよ。そしたら、ちょうどミニスカメイド服があるから私のサイズに手直しまでしてくれるって」

「あー、ウチの姉、裁縫《さいほう》スキルは高めなんですよ」

「いらんことだけ達者だな、氷川《ひかわ》は」

「氷川氷川《ひかわひかわ》って、氷川《ひかわ》のことみたいなんで、氷川《ひかわ》のことは流琉《るる》でいいですよ？」

「妹のほうも一人称《いちにんしょう》が氷川《ひかわ》なんで余計にややこしい。まあ、姉貴のほうを涼風《すずか》で……今さらすぎるが」

「ホンマに今さらやなあ。涼《すず》ちゃん、とかでもええよ？」

「ふざけんな。つーか、どっから湧《わ》いたんだ、おまえは！」

気がつけば、雪季《ふゆ》の後ろに——黒と白のロング丈《たけ》メイド服の氷川涼風《ひかわすずか》が現れていた。

「クリスマス用に用意しとったんやけど、どうも派手な赤は慎《つつ》ましいウチには似合わんくて」

「なあ、氷川《ひかわ》。おまえの家、鏡が存在しないのか？」

「涼姉《すずねえ》は、毎日一時間以上は鏡の前にいるんですけどね」

妹の証言を信じるなら、涼風《すずか》は我が身を省《かえり》みることはないようだ。

どう見ても、涼風《すずか》はギャルの冬野《とうの》つららにも負けない派手なタイプなのだから。

「そんなことより、どうや、妹ちゃんメイドバージョンの仕上がりは！」

「よくやった、涼風《すずか》。おまえのことを信じてた」

春太《はるた》は、ポンと涼風《すずか》の肩《かた》を叩《たた》きつつ言った。

「あれ？　勝手に妹さんを着《き》せ替《か》え人形にして、怒《おこ》っとるんとちゃうの？」

「それはそれ、可愛《かわい》いことは間違《まちが》いない。雪季《ふゆ》、写真撮《と》っていいか？」

「その言葉を待ってました！」

雪季《ふゆ》が、カウンター前に陣取《じんど》ってささっとポーズを取る。

カウンターに片手をつき、腰《こし》をくいっと曲げてミニスカを強調するような体勢だ。

自撮《じど》りに慣れすぎている雪季《ふゆ》は、瞬時《しゅんじ》にポーズを取ることくらい造作もない。

春太《はるた》もまた、絶妙《ぜつみょう》のアングルで雪季《ふゆ》を撮影《さつえい》していく。

「なーんか、サクラくんが手慣れてんのがイヤや……」

「いつものことだよ、涼姉《すずねえ》。ふーたんはどのアングルからでも可愛《かわい》いけど、先輩《せんぱい》はふーたんが一番可愛《かわい》く見える撮《と》り方《かた》を知ってるから」

氷川《ひかわ》姉妹《しまい》が呆《あき》れて話しているのが聞こえるが、春太《はるた》は気にしない。

せっかくの可愛《かわい》いミニスカメイド妹、シャッターチャンスを逃《のが》すわけにはいかない。

「な、なにしてるんですか、お兄さん、雪季《ふゆ》さん……？」

そこにふらっと現れたのは、透子《とうこ》だった。

一応、正装のつもりなのか例の黒いセーラー服姿だ。

「あ、透子《とうこ》ちゃん！　ちょうどいいところに来ました。ちょっと考えてることがあったんです。涼風《すずか》お姉さん、さっきのお話、いいですか？」

「ああ、ええよ。じゃあ、もっかい裏に戻《もど》ろか」

「はいっ、いきますよ、透子《とうこ》ちゃん。パーティはこれからですよ！」

「ふ、雪季《ふゆ》さん？」

戸惑《とまど》う透子《とうこ》の背中を押して、雪季《ふゆ》はカウンター奥へと入っていく。

ニコニコと不気味な笑《え》みを浮《う》かべて、涼風《すずか》もついていった。

「な、なんか雪季《ふゆ》、すげーご機嫌《きげん》だったな」

「浮《う》かれてましたねえ、フー」

ひょこっ、と春太《はるた》の横に現れたのは冷泉《れいぜん》だった。

いつの間にか、氷川《ひかわ》妹のほうが消えていた。

キッチンで両親の手伝いでもしているのだろう。

さっきから順番待ちでもあるかのように、少しずつ春太《はるた》の周りに集まってきているようだ。

「今日はいいガス抜《ぬ》きになるんじゃないっすか？　参加者、フーが知ってる人ばかりですし、人見知りモードも発動しないっすよ」

「それもそうだな」

雪季《ふゆ》がきちんと話したことがないのは、美波《みなみ》とその友人、あとは冬野《とうの》つららくらいだ。

「あ、そうか。つららさんとは話しておいたほうがいい……のか？」

「つららさんって、松風先輩《まつかぜせんぱい》と話してるギャルっすか？　せんぱーい、カノジョが派手になってきてるからって、今度はギャルに興味持たないでください」

「いや、晶穂《あきほ》の髪《かみ》とは関係ねぇだろ。あれ、そういや晶穂《あきほ》もいないな？　さっきまでいたのに。みんなウロチョロしすぎじゃねぇ？」

「あ、あのちびっこい先輩《せんぱい》なら、さっき電話しながら外に出て行きましたよ」

「ああ、そうなのか」

今夜はクリスマスイブだし、何気に友達が多い晶穂《あきほ》にはお誘《さそ》いも多いのだろう。

「ところで、ボクのお召《め》し物《もの》について一言ないんすか？」

「……雪季《ふゆ》には負けてるな」

「妹を親友と対立させたいんすか、先輩《せんぱい》は？」

じろり、と冷泉《れいぜん》が眼鏡の奥から睨《にら》みつけてくる。

「冗談《じょうだん》だよ、可愛《かわい》い……けど、ちょっと見せすぎじゃねぇか？」

「いぇーい、先輩《せんぱい》ってばマジツンデレ！　最初から素直《すなお》に褒《ほ》めればいいんすよ！」

冷泉《れいぜん》がきゃっきゃとハシャいでいる。

その冷泉《れいぜん》の格好は——なんとシスター衣装《いしょう》だった。

黒いベールに白い襟《えり》がついた黒のワンピース。

ただし、妙《みょう》にボディラインに密着していて、胸の形や腰《こし》のくびれもはっきりとわかり、しかもミニスカ丈《たけ》で太ももあらわだ。

脚《あし》にはレースの縁取《ふちど》りがついたニーソックスをはいている。

シスター衣装《いしょう》はクリスマスにふさわしいと言えなくもないが——

どう考えても、神にお仕えするには不適当な色気過剰《かじょう》な服装だった。

「どこで手に入れたんだ、そんなもん？」

「プレゼント交換《こうかん》禁止だから、コスプレで頑張《がんば》ろうってフーと決めたんす！」

「まあ、気分転換《てんかん》になるならいいけどな。その衣装《いしょう》は、どうなんだ？」

「ほら、ボクってやっぱ清楚系《せいそけい》じゃないっすか？　エッチすぎるフーとか女子大生のお姉さんと違《ちが》って、こういう慎《つつ》ましい服装が似合うと思ったんすよ！」

「自分でそんだけ言えるのはたいした度胸だな」

とはいえ、冷泉《れいぜん》は外見だけなら間違《まちが》いなく清楚系《せいそけい》だ。

眼鏡がよく似合う文学少女っぽい見た目で、実はシスター衣装《いしょう》も似合っている。

「つーか、慎《つつ》ましくねぇだろ。スカートはロングのほうが良かったかもな。冷泉《れいぜん》、露出度《ろしゅつど》が高ければ喜ぶってもんじゃないぞ？」

「な、なるほど……！　先輩《せんぱい》、何気にエッチだから肌色《はだいろ》は多いに越《こ》したことはないかと思ってたっす！　勉強になるっす！」

「おまえが失礼だということも学べたよ」

やはり、冷泉《れいぜん》は春太《はるた》を誘惑《ゆうわく》するためにシスター衣装《いしょう》を用意したらしい。

もう疑ってはいないが、この後輩《こうはい》は本気で春太《はるた》のことが好きなようだ。

「でも、メイド衣装《いしょう》とかサンタ衣装《いしょう》とかお色気系はやめといて正解だったっす。フーとか女子大生のお姉さんの、あの乳には勝てないっすよ……」

「乳って言うな」

「まー、乳といえば、あの人が最強っすけどねー」

「…………」

冷泉《れいぜん》がジト目で見ているのは、ＲＵＬＵの出入り口だ。

そこが開いて、晶穂《あきほ》が入ってくる。

晶穂《あきほ》は着替《きが》えてこなかったのか、悠凜館《ゆうりんかん》の制服姿だ。

「あいつこそ、コスプレしそうなもんなのに。普通《ふつう》の格好だな」

「とりあえず、先輩《せんぱい》に可愛《かわい》い可愛《かわい》いと褒《ほ》め称《たた》えられたので満足っす。じゃあ、ちっこい先輩《せんぱい》に春太番《はるたばん》を交代しますね」

「当番制なのかよ」

ちょうど、氷川《ひかわ》がキッチンから出てきて、冷泉《れいぜん》は親友となにやら話し始めた。

雪季《ふゆ》たちは、まだ戻《もど》ってこないようだ。

「しっかし、ハルもいい度胸してるよね」

「なんの話だよ？」

晶穂《あきほ》が春太《はるた》のそばに来て、テーブル席についた。

その席のソファには、ギターケースが置かれている。

「このクリパに参加してる子、半分以上がハルの女じゃない？」

「人聞きの悪いことを！　そんなわけねぇだろ！」

「ああ、やっぱハルのカノジョはあたしだけ？」

「……一応、今のところはまだ表向きはそういうことになってるな」

晶穂《あきほ》がカノジョであることは否定できないが、素直《すなお》に肯定《こうてい》することも難しい。

この複雑な関係はどこへ向かっているのか、本当にこんがらがりそうになる。

「綺麗《きれい》どころばっか集まってるのはガチじゃん」

「本当だよねえ。サクは、美人には不自由してないね」

「あ、美波《みなみ》さん」

美波《みなみ》が春太《はるた》たちのそばまで来て、晶穂《あきほ》の正面に座った。

テーブルに置いたトレイには飲み物と、小さなパスタが三種類載《の》っている。

「ここのパスタ、ガチで美味《うま》いね。全種類制覇《せいは》しときたい」

「美波《みなみ》さん、幹事なのに全力でパーティ楽しんでますね」

「美波《みなみ》は自分で楽しむためにやってるんだよ。楽しくもないのに、幹事なんて面倒《めんどう》な役目をやるわけないっしょ？」

「……聞いたか、晶穂《あきほ》。こんな抜《ぬ》け目《め》ない人がいる限り、俺のバイト先は安泰《あんたい》だよな」

「この顔と身体《からだ》だけで、ゲームオタクなんて陥落《かんらく》でしょ」

ボソボソと晶穂《あきほ》がつぶやく。

実際、春太《はるた》たちのバイト先〝ルシータ〟には美波《みなみ》目当ての客は多い。

「そうだ、ちゃんと話すのははじめまして。陽向美波《ひなたみなみ》です」

「どうも、月夜見晶穂《つくよみあきほ》です」

春太《はるた》も気づいていなかったが、言われてみれば晶穂《あきほ》と美波《みなみ》は初対面だ。

二人とも、〝ハルのバイト先の美人〟〝サクのちっこいカノジョ〟と、お互《たが》いの存在は認識《にんしき》していたのだが。

「なんか、U《ユ》C《ー》u《キ》b《ユ》e《ー》r《バー》なんだって？　キラが君に目をつけてたってさ」

美波《みなみ》は、店の隅《すみ》っこにいる友人を指差した。

青葉《あおば》キラという黒髪《くろかみ》銀メッシュの美人は、なぜかスマホであちこちを撮影中《さつえい》だ。

「あの方、先見の明がありますね。是非是非《ぜひぜひ》、チャンネル登録、拡散、お願いします」

晶穂《あきほ》が珍《めずら》しくにっこり笑って、名刺《めいし》を差し出した。

春太《はるた》はなんだかなつかしい気持ちになってしまう。

思えば、ショッピングモール〝エアル〟で晶穂《あきほ》と出会ったときに、雪季《ふゆ》とともにこの名刺《めいし》をもらったのだ。

それが、晶穂《あきほ》との始まりだった――春太《はるた》が認識《にんしき》している限りでは。

「いいねえ、頑張《がんば》ってる少女は。そうだ、サク。ウチの店もU《ユーキューブ》Cubeにチャンネルつくってみる？　レトロゲーの実況《じっきょう》配信とかやってさあ」

「そんなもん、店の売り上げに繋《つな》がりますかね」

もし一万人が観《み》てくれても、店まで来てゲームを買ってくれる人など五人もいないだろう。

「U《ユーキューブ》Cubeで配信してるお店って、けっこうあるよ。大人気のチャンネルもあるし。ま、店員のキャラが立ってないとダメだけど。ハルじゃ難しいかな」

「現役《げんえき》モデル〝青葉《あおば》キラ〟が水着でゲーム実況《じっきょう》……」

「こらこら、美波《みなみ》さん。友人を利用しないように。しかも水着って」

「キラ、おっぱいもかなりあんのよねー。あれを利用しない手はないでしょ」

「美波《みなみ》さんが水着になったらどうです？」

「やんっ♡　サクってば、美波《みなみ》のおっぱい見たかったの？　カノジョの前で堂々としたもんだね」

「そこまで言ってないですよ！」

「あたしは寛容《かんよう》なので、最後はあたしのところに戻《もど》ってきたら許しますよ」

「おまえも面倒《めんどう》くさくなるから、いらんこと言うなよ……」

どうにも分が悪い。

春太《はるた》が逆らえない女性の2トップは涼風《すずか》と美波《みなみ》だが、その二人をも越《こ》える存在が晶穂《あきほ》かもしれない。

「美人のゲーム実況《じっきょう》はレッドオーシャンですけど、ワンチャンありますよ。あたしなんて、オリジナル曲メインの〝歌ってみた〟〝弾《ひ》いてみた〟で、ほぼ勝ち目ないジャンルですから」

「勝ち目なくても、やってるんでしょ？」

「他にできることないんですよ」

晶穂《あきほ》は、膝《ひざ》にギターを乗せてじゃらら一んと軽く奏《かな》でた。

よく見ると、いつものエレキギターではなく、春太《はるた》の父も昔弾《ひ》いていたアコースティックギターだった。

アンプを通さず、直接音を響《ひび》かせるタイプのギターだ。

「今日はあたし、ジュークボックスになるつもりで来たから。なにかリクエストあったら弾《ひ》くよ。有名な曲ならだいたいたいイケるかな」

「あ、じゃあアレよろしく」

美波《みなみ》さんが嬉《うれ》しそうに、定番のクリスマスソングをリクエストした。

晶穂《あきほ》は気軽に頷《うなず》き、弾《ひ》き語《がた》りを始めた。

オリジナル曲以外でも充分《じゅうぶん》に上手《うま》い。

春太《はるた》は、最近は晶穂《あきほ》の歌にも慣れていたが、こうしてよく知っている曲を歌われると、その上手《うま》さに驚《おどろ》かされる。

「えっ……ちょっと、サク。あんたのちっこいカノジョ、メチャメチャ歌上手《うま》いじゃん。ゲームのOPも歌えそうなくらいよ？」

「ゲームにたとえなくても。いや、上手《うま》いんですよ、こいつ。でも、上手《うま》いだけじゃチャンネル登録増えないんですよね」

春太《はるた》はとっくにＡＫＩＨＯチャンネルのスタッフなので、登録数は気になるところだ。

既《すで》に一万は突破《とっぱ》して、伸《の》び率《りつ》も上がっているが、まだ充分とは言えない。

「……っと、こんな感じで。楽しんでもらえましたかね」

「おー、凄《すご》い凄《すご》い。晶穂《あきほ》ちゃん——アッキーだね」

「ア、アッキー？」

「スパチャ投げたいくらい、よかったよ。声もよく出てるし、ギターも何気に上手《うま》いし」

「声は一応抑《おさ》えましたけどね。さすがに、全力で歌ったら近所迷惑《めいわく》になるんで」

それは事実だろう、と春太《はるた》は思った。

晶穂《あきほ》が文化祭のときのように全力全開で歌ったら、窓ガラスが震《ふる》えて割れそうになるほどの声量なのだ。

「おおー、すっごいすっごい。やるなあ、君」

パチパチと拍手《はくしゅ》しながら近づいてきたのは、青葉《あおば》キラだった。

「動画、撮《と》らしてもらった。ここ、集まってる子たち、みんなレベル高いから撮《と》らせてもらってるんだけどな」

青葉《あおば》キラは、ずいぶん凛々《りり》しいしゃべり方をする女性らしい。

「ＡＫＩＨＯちゃんだったか。君は特に凄《すご》いな。歌も素人《しろうと》じゃないな？」

「いえ、素人《しろうと》です。ただの軽音楽部部員で、歌ってみた系動画配信者ですよ」

珍《めず》しく、晶穂《あきほ》が謙遜《けんそん》している。

「ネットで作品を好きに発表できる今、プロと素人《しろうと》の垣根《かきね》なんてあってないようなものだけどね。君のチャンネルは前に見たことあるんだが、生の歌はまた全然違《ちが》うな」

「それはどうも。でも、編集も頑張《がんば》ってるんですよ」

これまた珍《めずら》しいことに、晶穂《あきほ》が編集スタッフの春太《はるた》を褒《ほ》めている。

いや、褒《ほ》められることは前からあったが、春太《はるた》をスタッフとして好きに使うためにおだてているのかと思っていた。

「うん、撮影《さつえい》も編集も悪くない。悪いのはバズらせるための導線かな。今は、UCube《ユーキューブ》自体がレッドオーシャンで、良《い》い動画が撮《と》れればバズるわけじゃないからな」

「キラのヤツはさ、モデル事務所に所属してるのよ。で、モデル兼《けん》事務所のスタッフでもあるらしくて」

「そうそう、美波《ミナ》も何度もスカウトしてるんだが、色よい返事がもらえなくてな」

「モデルなんかやったら、ゲーム遊ぶ時間が減るでしょ！　今時のゲームは遊び尽《つ》くすまで百時間、千時間は当たり前なのよ！」

「美波《みなみ》さん、千時間はえげつなくやり込みすぎだと思いますよ……」

春太《はるた》の場合、一番やり込んでいるCS64《シーロク》でも五〇〇時間程度だ。

「これ、冗談《じょうだん》で言ってないからなあ、ミナは。モデルになれば、大好きなゲームを買う予算が潤沢《じゅんたく》になるのに」

「騙《だま》されるもんか！　モデルの給料なんてよほどの売れっ子以外はコンビニバイトのほうがずっと稼《かせ》げるくらいだって、キラが教えてくれたんだから！」

「ちっ、余計なことを教えてしまったな」

「…………」

この二人、見た目だけなら綺麗《きれい》な女子大生二人組なのにな。

春太《はるた》は、夢を壊《こわ》された思いがした。とっくに、美波《みなみ》には夢を壊《こわ》されているが。

「あ、でも真面目な話だ。ウチはモデル事務所だが、昨今の時世もあるし、SNSや配信にも力を入れることになってな。有望な配信者にも声をかけてるんだ。AKIHOちゃん、君ならモデルにもなれるし、配信もやってるし、言うことなしだな」

「え？　スカウトですか？」

晶穂《あきほ》がギターを軽く爪弾《つまび》きながら、首を傾《かし》げている。

「本気の話だ。ついでに言うなら、私は事務所の社長の孫だ。身内のコネで、スカウトの権限も与《あた》えられている」

「マジよ、サク」

「……美波《みなみ》さんが言うなら本当なんだろうな」

春太《はるた》は、晶穂《あきほ》に頷《うなず》いてみせる。

モデル事務所――芸能関係のスカウトと言われると怪《あや》しさもかなりある。

だが、春太《はるた》は美波《みなみ》には何度となくからかわれているが、彼女のことは信頼《しんらい》している。ルシータの店長も信頼《しんらい》しているからこそ、美波《みなみ》にレジ締《し》めや戸締《とじ》まりまで任せているのだ。

「今からU Cube《ユーキューブ》でバズるのは針の穴を通すように難しい。ただ、AKIHOちゃんは個人で一万の登録者を集めてる。なかなかできることじゃない。ポテンシャルは充分《じゅうぶん》だろう」

「………………」

晶穂《あきほ》が、ちらちらと春太《はるた》のほうを見てくる。

信用していいのか、騙《だま》されてないか、と目だけで問いかけてきている。

クールで超然《ちょうぜん》としている晶穂《あきほ》も、シリアスなビジネスの話となると、不安があるらしい。

春太《はるた》に頼《たよ》ってくるのは――カレシだからか、兄だからか。

いや、どちらだったとしても春太《はるた》が守ってやることに変わりはない。

「確かに、晶穂《あきほ》のチャンネルはじわじわ伸《の》びていますが、手詰《てづ》まり感もあります。晶穂《あきほ》がいい曲をつくってもバズるとは限りませんし。ただ……」

「うん、疑ってかかることは必要だ。ミナの友人だからといって、信用しすぎるのも危険だしな。私が言うのもなんだが」

ははは、とキラは軽く笑う。

見た目の華《はな》やかさとは裏腹に、意外に真面目な人なのかもしれない。

「一応、キラは顔も名前も売れてるモデルでもあるし、お金預かっていきなりドロンってことはないね。そもそも、お金を要求することはないよね？」

「レッスン料とか？　ないない」

青葉《あおば》キラは笑って首を振《ふ》る。

「契約《けいやく》してもらって事務所が仕事を取ってくる、事務所はギャラの一部をありがたくいただく。配信者の場合は、事務所は他の配信者とのコラボを段取ったりとか、案件を取ってきたりすることになるかな」

「……ちょっと考えさせてもらっていいですか？」

「慎重《しんちょう》だな、晶穂《あきほ》。でも、そうさせてもらったほうがいいな」

春太《はるた》は、こくこくと頷《うなず》く。

「あたし、興味はあります。今後お話を聞くとき、この男も同席してもらっていいですか？」

晶穂《あきほ》は春太《はるた》の肩《かた》をがしっと摑《つか》み、キラの顔を見つめつつ言った。

「かまわない。ただ、契約《けいやく》を交《か》わす場合は保護者に同席してもらうがな」

「まあ、ハルも保護者みたいなもの――」

「はい、真面目なお話はこれくらいにしましょうか！　せっかくのクリパなんですし！」

春太《はるた》は、慌《あわ》てて晶穂《あきほ》の台詞《せりふ》を遮《さえぎ》る。

油断すると、春太《はるた》との血縁《けつえん》を語ろうとするので危険だ。

いや、晶穂《あきほ》は春太《はるた》が止めるのを承知で口を滑《すべ》らせているのかもしれないが。

それにしても――と、春太《はるた》はギターを爪弾《つまび》いている晶穂《あきほ》を見ながら思う。

ただのクリスマスパーティのはずなのに、妙《みょう》な成り行きになってしまった。

もしかすると、晶穂《あきほ》の将来に関わる重大な話だったのかもしれない。

さらにもしかすると、それは春太《はるた》自身の将来にまで関わってくるのかも――


「再びお待たせしましたっ！」


春太《はるた》の感慨《かんがい》は、もう一人の――今のところ表向きにはただ一人の妹の声が響《ひび》き、我に返ることになった。

カウンターの奥から出てきたのは――


「どうですか、ある意味双子《ふたご》コーデですね♡」

「ふ、双子《ふたご》ではなく従姉妹《いとこ》ですよ、私たちは」

雪季《ふゆ》はさっきと同じ、赤を基調としたミニスカメイド服姿だ。

そして、透子《とうこ》も同じくミニスカメイド服で、こちらの色は涼風《すずか》と同じ黒を基調としている。

色違《いろちが》いというか、従姉妹《いとこ》同士でコーディネートを揃《そろ》えてきたようだ。

ご丁寧《ていねい》に髪型《かみがた》まで合わせてきている。

透子《とうこ》はいつもポニーテールにしている長い黒髪《くろかみ》を背中に下ろし、サイドには編み込み。

雪季《ふゆ》のお気に入りの髪型《かみがた》で合わせてきた、というわけらしい。

その雪季《ふゆ》はニコニコと嬉《うれ》しそうにして、透子《とうこ》と向き合い、両手のてのひらを合わせてポーズを取っている。

元から似ている従姉妹《いとこ》の二人だが、メイクのおかげもあるのか、いつも以上にそっくりだ。

「どうや、サクラくん。メイクと髪《かみ》でけっこう寄せられるもんやろ？」

「……涼風《すずか》、服を提供しただけじゃないのか」

突然《とつぜん》、春太《はるた》のそばに涼風《すずか》が現れていた。

彼女のほうは見た目に変わりはないが、顔にやりきった充実感《じゅうじつかん》が浮《う》かんでいる。

「ふーちゃん、自分のメイクは上手《うま》いんやけど、人にメイクするのは苦手なんやって。私は学校で友達にメイクしたりしとるから」

「ふーん……」

春太《はるた》は思い出す。

そういえば、涼風《すずか》は中学でも周りの女子からよくオシャレの相談を受けていた。

頭が良《い》いし、見た目も華《はな》やかな涼風《すずか》は女子たちの中心だったのだ。

「どうや、この仕上がり。これで、サクラくんもふーちゃんに惚《ほ》れ直《なお》すで！」

「えー、これ以上お兄ちゃんに好かれちゃったら私の身体《からだ》、もちませんね♡」

「待て待て、雪季《ふゆ》！」

あまりにも際《きわ》どい台詞《せりふ》だった。

雪季《ふゆ》と危険な関係になっているからこそ、余計に危ない。

「あ、双子《ふたご》の透子《とうこ》ちゃんも好かれちゃいますかね？　それはよろしくありませんね……」

「ふ、双子《ふたご》じゃないですって。あの、そろそろ着替《きが》えてきていいですか？」

「ダメです♡　パーティが終わるまで、それでいきましょう。涼風《すずか》お姉さんが衣装《いしょう》を用意してくれて、メイクまでしてくれたんですし」

「ええぇ……」

透子《とうこ》は呆然《ぼうぜん》としている。

「せ、せめて、この格好をするならお店の手伝いに回らせてください。私、この状況《じょうきょう》でお客さんに徹《てっ》するのは我慢《がまん》できなくて！」

「透子《とうこ》ちゃん、変なクセありますね……」

雪季《ふゆ》も軽く驚《おどろ》いているようだ。

旅館の娘《むすめ》として十五年間生きてきた透子《とうこ》は、接客せずにはいられないらしい。

「でも、マジ似てる。氷川《ひかわ》たちが気づかなかったのが不思議なくらいやね」

「元々、フーも黒髪《くろかみ》っすからね。フーを黒髪《くろかみ》に戻《もど》したら、もっとそっくりかも」

氷川《ひかわ》と冷泉《れいぜん》が並んで立っていて、ひそひそと感想を言い合っている。

「……考えてみりゃ、透子《とうこ》ちゃんって来年からフーと同じ学校通えるんすね」

「そうやね。なんというか……いいなあ」

「…………」

いつも無駄《むだ》なくらいに明るい氷川《ひかわ》と冷泉《れいぜん》が、珍《めずら》しくどんよりしている。

雪季《ふゆ》と透子《とうこ》、セットのような二人を見て、この先の未来まで垣間見《かいまみ》てしまったようだ。

「氷川《ひかわ》、冷泉《れいぜん》」

春太《はるた》は、後輩《こうはい》二人の頭にぽんと手を置く。

「俺は、おまえら二人がずっと雪季《ふゆ》の友達でいてくれたら嬉《うれ》しいよ」

「……あくまで先輩《せんぱい》の気持ちなんすね？」

「ふーたんがどう思ってるかは知らないけど、兄貴公認《こうにん》ってことなんですね？」

「そうだ、雪季《ふゆ》と氷川《ひかわ》と冷泉《れいぜん》の三人が、どういう関係でいるかはおまえらが決めることだろ」

春太《はるた》には、他人の気持ちを勝手に代弁することはできない。

だが、この後輩《こうはい》二人には自分の気持ちだけでも素直《すなお》に伝えておくべきだった。

「雪季《ふゆ》が引《ひ》っ越《こ》して、慣れない町で不安だったとき、氷川《ひかわ》と冷泉《れいぜん》とのＬＩＮＥのやり取りが救いになったと思ってる。おまえたち二人には感謝してるよ」

「……毎日クリスマスならいいっすね」

冷泉《れいぜん》はニヤっと笑って。

「いつも素直《すなお》じゃない先輩《せんぱい》が、こんなに優《やさ》しいんすから」

「こんなのがプレゼントになるなら安いもんだな」

春太《はるた》も笑って冷泉《れいぜん》の頭を撫《な》で、ついでに氷川《ひかわ》の頭も撫《な》でてやる。

「プレゼント禁止なのに。もー、松風先輩《まつかぜせんぱい》もいるのに気安いですねえ。ま、桜羽先輩《さくらばせんぱい》なら許しますけど」

氷川《ひかわ》も、まったく嫌《いや》がる様子はない。

松風《まつかぜ》は双子《ふたご》コーデの二人の周りでワイワイ騒《さわ》いでいるし、もし春太《はるた》と氷川《ひかわ》がイチャイチャしてもまったく誤解しないだろう。

春太《はるた》と氷川《ひかわ》の関係を誤解したところで、松風《まつかぜ》はなんとも思わないかもしれないが。

「とりあえず、腹も減ってきたし、氷川《ひかわ》の親父《おやじ》さんたちの美味《うま》いメシをごちそうになるか」

「そうですね。パーティはやっぱ美味《おい》しい料理を食べてもらわないと」

「あー、ボクも腹減ったっす！　先輩《せんぱい》、あーんで食べさせて♡」

「調子乗んな」

春太《はるた》は、冷泉《れいぜん》の頭を軽く突《つ》き放《はな》すようにする。

冷泉《れいぜん》はあははと大笑いし、氷川《ひかわ》も笑顔《えがお》でキッチンへと料理を取りに行った。

今日はクリスマスパーティ。

面倒《めんどう》なことを考えるより、楽しむべきだろう。

老舗《しにせ》カフェRULUは軽食も大変に美味《おい》しい。

マスターたちは娘《むすめ》たちの同級生、幹事の女子大生たちに自慢《じまん》の料理を惜《お》しまず振《ふ》る舞《ま》ってくれた。

参加者たちは、マスターたちにお礼の言葉を忘れず、ありがたくいただいている。

別に礼儀《れいぎ》をわきまえてなくても、自然に感謝の心が湧《わ》いてくる美味《うま》さなのだ。

ちなみに、参加費は徴収《ちょうしゅう》されているが、微々《びび》たる金額だったりする。

春太《はるた》の見たところ、料理の材料費にもならない。学生の身にはありがたい話だ。

ついでに、春太《はるた》が雪季《ふゆ》と透子《とうこ》の分の参加費は支払《しはら》っている。

透子《とうこ》は遠慮《えんりよ》したが、そのあたりは年上男子の見栄《みえ》なので納得《なっとく》してもらった。

「春太郎《はるたろう》、これ食ったか？　ローストビーフのサンドイッチ、美味《うま》いぞ」

「食った食った。つーか松風《まつかぜ》、高そうなもん狙《ねら》って食いまくってるな」

春太《はるた》と松風《まつかぜ》は、二人でカウンターのそばに立ち、次々と料理を平らげている。

女子軍団は、テーブルを二つ占拠《せんきよ》して料理に舌鼓《したつづみ》を打っているようだ。

一人、晶穂《あきほ》だけはカウンターの隅《すみ》に座り、クールにギターをかき鳴らしているが。

「違《ちげ》ぇよ、カロリー高くてボリュームたっぷりのもん選んでたら高そうな料理になってるだけだって」

「そりゃそうか」

春太《はるた》も、カツサンドやカレーなどカロリーが高そうなものばかり食べている。

普通《ふつう》に注文したら、支払《しはら》った参加費を軽く超《こ》えるだろう。

氷川《ひかわ》家の両親には、後日あらためてお礼に来たほうがよさそうだ。

幹事の美波《みなみ》の仕事だろうが、ここにいるのはほとんど春太《はるた》の関係者なのだから。

「つか、松風《まつかぜ》。おまえ、俺といていいのか？　わざわざ、ここのクリパに来たのは――」

「他のパーティは男臭《おとこくさ》いか、がっついてる女ばっかだからな」

「おまえ、凄《すご》いこと言うな……」

クリスマスなのだから、お相手を求めて多少がっつくのは普通《ふつう》だろう。

春太《はるた》が見た限り、松風《まつかぜ》は涼風《すずか》とは挨拶《あいさつ》程度の会話しかしていない。

元からこの二人はさほど親しげではなく、それでいて春太《はるた》には松風《まつかぜ》の気持ちはバレバレだ。

親友とはいえ、わけのわからない男ではある。

「自分で言うのもなんだが、モテるからな、俺。でもガツガツ来られんのは苦手なんだよ」

「本当に自分で言うのもなんだな」

「ここにいるのは、大半が春太郎《はるたろう》狙《ねら》いだろ？　がっつかれる心配はねぇからな」

「大変な誤解があるようだな……」

表向きは晶穂《あきほ》がカノジョであり、雪季《ふゆ》は妹。

透子《とうこ》はイトコ、氷川《ひかわ》と冷泉《れいぜん》は後輩《こうはい》、美波《みなみ》はバイト先の先輩《せんぱい》、青葉《あおば》キラは初対面だ。

冬野《とうの》つららのことも、ほとんどなにも知らない。

しかし、春からのことを考えると、つららのことも詳《くわ》しく知っておくべきかもしれない。

氷川涼風《ひかわすずか》に関しては——元カノではないはず。

春太《はるた》も、がっつかれる覚えはない。

ただ、松風《まつかぜ》にとっても面倒《めんどう》な相手が二人いるはずだ。

中学時代から好意を持っている氷川涼風《ひかわすずか》、その妹で松風《まつかぜ》に好意を持つ氷川流琉《ひかわるる》。

松風《まつかぜ》も、厄介《やっかい》な三角関係の渦中《かちゅう》にいる。

もっとも、女性関係の厄介《やっかい》さに関して、春太《はるた》は他の追随《ついずい》を許さないが——

「あ、お兄ちゃーん」

「あれ、雪季《ふゆ》。おまえ、そっちでなにしてたんだ？」

雪季《ふゆ》がカウンターの奥、キッチンのほうからトレイを持って出てきた。

春太《はるた》は妹がキッチンに行ったのはわかっていたが、ずいぶん長く出てこなかった。

「もちろん、お料理してたんですよ。やっぱり、食べるだけだと面白《おもしろ》くなくて」

「今日くらい、食べる側に専念すりゃいいのに。それ、サンドイッチか」

雪季《ふゆ》は春太《はるた》の隣《となり》に座り、カウンターにトレイを置いた。

「お店の名物メニューを涼風《すずか》お姉さんに教わってつくってみたんです。松風《まつかぜ》さんもどうぞ」

「サンキュー、いただくよ。でも、俺は遠慮《えんりょ》するか。あとは若いお二人で」

松風《まつかぜ》はふざけて言うと、サンドイッチを一つ取ってカウンターから離《はな》れた。

それから、無造作に氷川《ひかわ》妹の隣《となり》に座り、後輩《こうはい》を恥《は》ずかしがらせている。

「松風《まつかぜ》も、わかってるんだかわかってないんだか……ああ、俺ももらうぞ」

「はい、どうぞ♡」

焦《こ》げ目《め》のついたフランスパンで具を挟《はさ》んだサンドイッチらしい。

細長く刻んだタマネギがはみ出している。

「この匂《にお》いって……ん、これサバか。サバサンドってヤツだな」

「そうです♡　RULUでは密《ひそ》かに人気メニューだとか」

「ふーん、注文したことなかったが美味《うま》いな。パンとサバが意外に合うんだな」

春太《はるた》はがつがつと一つ食べ、さらにもう一つを手に取る。

「やっぱり私、食べるよりお兄ちゃんに食べてもらうほうが幸せですね」

「幸せとまで言うか。つーか、雪季《ふゆ》も食べろよ」

「さっき、ひーちゃんれーちゃんたちといろいろ食べましたから。キラさんにも、パンケーキをあーんしてもらって食べました♡」

「雪季《ふゆ》、人気モデルさんになにをやらせてるんだ」

春太《はるた》は、思わず苦笑《くしよう》してしまう。

人見知りの激しい妹だが、キラとはあっさり打ち解けたようだ。

あのモデルのお姉さんは、難物の雪季《ふゆ》を簡単に手懐《てなず》けるほどコミュ力が高いのだろう。

「モデルさん……モデルさんですかー」

「ん？　なんだ、雪季《ふゆ》。モデルに憧《あこが》れてるのか？」

「あはは、オシャレ好き女子でモデルさんに興味ない子はいませんよ。青葉《あおば》キラさんも知ってましたよ。私の部屋にいっぱいファッション雑誌とかあるでしょう？」

「ああ、あるなあ。青葉《あおば》さん、雑誌に載《の》ってるのか。すげぇな」

春太《はるた》は今は雪季《ふゆ》と部屋が別々だが、当たり前のように妹の部屋に出入りしている。

最近は透子《とうこ》がいるので頻度《ひんど》は下がっているが、その透子《とうこ》も春太《はるた》が入ってくることは気にしていない。

「やっぱりプロはオーラが違《ちが》いますね。私ももっとオーラを高めないと……」

「バトル漫画《まんが》じゃねぇんだから」

春太《はるた》は苦笑《くしよう》しつつ、サバサンドをもぐもぐ味わって呑《の》み込《こ》む。

「そういや、さっき青葉《あおば》さんに晶穂《あきほ》がスカウトされてたぞ」

「あ、それも聞きました。晶穂《あきほ》さんはモデルじゃなくて、ＵＣｕｂｅｒ《ユーキューバー》としてなんですね」

「晶穂《あきほ》は歌がメインだからな」

晶穂《あきほ》の場合、見た目の良さを利用するのはあくまでバズるためだ。

「うーん、晶穂《あきほ》さん、事務所のサポートが入ったらさくっと売れそうですよね」

「そんなに甘くはないと思うが……まあ、晶穂《あきほ》と俺の素人《しろうと》二人でやるより可能性は上がるか」

「晶穂《あきほ》さん、そんな目立ちたがりでもないのに、どうしてＵ　Ｃｕｂｅ《ユーキューブ》はそんなに熱心なんでしょう？」

「え？」

言われてみれば、春太《はるた》はそこまで深く考えたことはなかった。

晶穂《あきほ》は軽音楽部はあくまでヘルプで、動画配信がメインだと言っていた。

つまり、生でステージで見せるよりネット配信のほうを重視しているということだ。

単純に、ステージで客を集めるより配信のほうに可能性を見出《みいだ》したのだろうか？

「……いや、そもそも目立ちたがりだぞ、晶穂《あきほ》は。雪季《ふゆ》も文化祭のステージ観《み》たよな？　あの暴れっぷりで〝目立つのはイヤ〟ってことはありえねぇだろ」

「ありえねーですね……」

雪季《ふゆ》も自分の勘違《かんちが》いに気づいたようだ。

「晶穂《あきほ》さん、青葉《あおば》さんの事務所に入るんでしょうか？」

「どうかな、すぐに決められることじゃねぇし。でも、あいつ不思議とやる気あるからなあ。

青葉《あおば》さんも本気みたいだし、意外とするっと入っちまいそうだ」

「そうなったら、晶穂《あきほ》さんは今よりもっと人気者になって、お兄ちゃんも晶穂《あきほ》さんを——」

雪季《ふゆ》は、形のいいあごに指をあてて、少し考え込み——

「ん？　雪季《ふゆ》、どうしたんだ？」

「お兄ちゃん、ちょっとだけいいですか？」

雪季《ふゆ》が立ち上がり、ちょいちょいと春太《はるた》を手招きしてきた。

春太《はるた》が素直《すなお》にカウンターの椅子《いす》から下りると。

「お兄ちゃん」

「おいおい」

ぎゅっ、とメイド服姿の妹が抱《だ》きついてくる。

ぐっと胸が押しつけられる感触《かんしょく》が伝わってきて——

「おーい、そこの兄妹《きょうだい》ぃ！　人が見てないと思ってイチャイチャしてんじゃないっすよ！」

テーブル席にいた冷泉《れいぜん》がめざとく見つけて、ツッコミを入れてくる。

酔《よ》ってるわけではないだろうが、今日の冷泉《れいぜん》はテンションが高い。

「あれ、れーちゃんに怒《おこ》られちゃいました。私とお兄ちゃんのイチャイチャなんて、百万回は見てるはずなのに」

「……雪季《ふゆ》に、もっと自分たちともイチャつけって言いたいんじゃねぇか」

一応、春太《はるた》は冷泉《れいぜん》をフォローしておく。

冷泉《れいぜん》は、まだ春太《はるた》への気持ちは雪季《ふゆ》に隠《かく》しておきたいはずだ。

「なるほど、れーちゃんとの百合《ゆり》プレイもいいですが、その前にやっておくことがあります」

雪季《ふゆ》は、ぐっと拳《こぶし》を握《にぎ》り締《し》める。

それからメイド服の短いスカートを翻《ひるがえ》し、皆《みな》が集まっているテーブルの前まですたすたと歩いて行った。

「あの、みなさん。楽しんでるところすみませんけど、ちょこっとだけ私の話を聞いてください！」

「…………？」

春太《はるた》は首を傾《かし》げ、他のメンバーも同じようなリアクションを取る。

全員の注目を集めるようなマネをするとは、雪季《ふゆ》らしからぬ行動だ。

「あっ……！」

カウンターの隅《すみ》にいた晶穂《あきほ》が、突然《とつぜん》変な声を出した。

ここまで、本当にジュークボックスになったかのようにひたすらギターを弾《ひ》いていた手が止まっている。

「晶穂《あきほ》さんが、踏《ふ》み出《だ》すつもりなら私も負けていられません。でも、私はまだ受験生でできることなんて限られてますからね。こんなことしか、できませんけど——」

「…………っ！」

春太《はるた》は、不意にピンと来た。

妹の――雪季《ふゆ》のことなら誰《だれ》よりもよくわかっている。

だが、今回ばかりはもしかすると晶穂《あきほ》に遅《おく》れを取ったのかもしれない。

いや、晶穂《あきほ》だからこそ春太《はるた》より早く気づけてしまった――


「実は私、冬野《とうの》雪季《ふゆ》は桜羽春太《さくらばはるた》の実の妹じゃないんです」


雪季《ふゆ》は、きっぱりと――

誤解の余地などまったくないほど、明確に真実を言い放った。

しーん、と店内に沈黙《ちんもく》が下りてしまう。

雪季《ふゆ》と付き合いの浅い美波《みなみ》やキラ、つららなどは「え？」「え？」と困惑《こんわく》の声を出し始めているが――

冷泉素子《れいぜんもとこ》、氷川流琉《ひかわるる》、氷川涼風《ひかわすずか》、松風陽司《まつかぜようじ》は明らかに動揺《どうよう》のあまりに固まっている。

最初から真実を知っていた晶穂《あきほ》と透子《とうこ》まで固まっているのは、まさか雪季《ふゆ》がここで言うと思わなかったからだろう。

「ウチのパパとママの連れ子同士で……って、あれ？　もしかして私、タイミング間違《まちが》えました？　す、すみません、もしかしてクリパの空気壊《こわ》しちゃいましたか！　ど、どうしましょう、お兄ちゃん……！」

「いや、そんな問題じゃねぇだろ……」

あたふたとポンコツ感全開で慌《あわ》て始《はじ》めた雪季《ふゆ》に、春太《はるた》は呆《あき》れた顔を見せる。

あまりにも思い切りのいい行動を取っておいて、慌《あわ》てられても困ってしまう。

「実は最初からここで言おうと決めてたんですけど……」

「雪季《ふゆ》、企《たくら》んでたのはメイド服とか双子《ふたご》コーデだけじゃなかったんだな」

いや、春太《はるた》には雪季《ふゆ》の考えていることが理解できる。

親友たちに隠《かく》し事《ごと》をするのも、素直《すなお》な雪季《ふゆ》には限界だっただろうし——

なにより雪季《ふゆ》は春太《はるた》のカノジョになると決めている。

自分を追い込むために、真実を明かすと決意したに違《ちが》いない。

晶穂《あきほ》の行動が、最後の後押《あとお》しになったというわけだ。

「……フーと先輩《せんぱい》が兄妹《きょうだい》じゃないって、マジっすか？」

「でも、なんか氷川《ひかわ》も納得《なっとく》できるような……」

「うん……意外性は意外にないわ……仲のええ兄妹《きょうだい》の枠《わく》、軽く越《こ》えとったし」

「俺、二人のことガキの頃《ころ》から知ってんだけど……」

やはり、中学からの付き合いのメンバーのショックが大きいようだ。

松風《まつかぜ》に至っては、小学校に入る前から春太《はるた》と雪季《ふゆ》を実の兄妹《きょうだい》だと思っていたのだから。

あるいは、春太《はるた》と雪季《ふゆ》が両親から真実を聞かされたときに匹敵《ひってき》するショックを受けているのかもしれない。

「いやいやいや！　じ、実の兄妹《きょうだい》じゃないって……マジっすか、先輩《せんぱい》！」

「……まあな」

今さら否定しても仕方ないだろう。

春太《はるた》は、ワンテンポ置いて熱くなり始めた冷泉《れいぜん》に頷《うなず》いてみせた。

「そ、そうなると……話が！　話が変わってきますよ先輩《せんぱい》、フー！」

「そうですよね、話が変わりますよね……」

冷泉《れいぜん》が慌《あわ》てふためくのはわかるが、それに乗じるようにして透子《とうこ》まで目が据《す》わっている。

雪季《ふゆ》も二人の様子に気づいたようで――

「驚《おどろ》かれるとは思ってましたけど……そ、そうだったんですね。余計なことに気づいてしまいました……」

雪季《ふゆ》は、そんな冷泉《れいぜん》と透子《とうこ》、親友と従姉妹《いとこ》を見て驚《おどろ》いている。

なにに気づいたのか、春太《はるた》も察しつつある。

いや、冷泉《れいぜん》のほうの気持ちはわかっていたが、まさか透子《とうこ》まで本当に――

春太《はるた》が驚《おどろ》くシーンではないのに、驚《おどろ》かずにはいられない。

もっとも、一番不思議なことになっているのは雪季《ふゆ》だろう。

衝撃《しょうげき》の発言をした本人が驚《おどろ》いているというのも、妙《みょう》な話だ——

「でも」

と思ったら、雪季《ふゆ》は気持ちを立て直したようだ。

春太《はるた》の目の前で、くるくると事態が動き続けている。

「私はこの世で一番戦うことに向かない女の子ですけど、もう決めました。戦う相手がいるって気づきましたから——」

「…………」

春太《はるた》は、まったく口を挟《はさ》めない。

目の前にいるのが一緒《いっしょ》に育ってきた妹とは思えなくなってきた。

こんな決意を人前で語るような性格ではないはずだ。

だが、現実に雪季《ふゆ》は隠《かく》してきた真実を親しい人たちに明かして——

先日の晶穂《あきほ》への〝宣戦布告〟だけでも意外だったのに。

今の告白をしてしまった以上、もう後戻《あともど》りはできないだろう。

「悪いけど、今はあたしのほうが一歩リードしてんだよね」

「…………」

晶穂《あきほ》のつぶやきが、春太《はるた》の耳に届いた。

雪季《ふゆ》にも聞こえたようで――

「私は別のコースを走ってただけです。同じコースを走れば――私が勝ちます」

じっ……と、雪季《ふゆ》は晶穂《あきほ》を睨《にら》むように見つめている。

晶穂《あきほ》のリード、というのが春太《はるた》のカノジョになっていることなのか。

それとも、お互《たが》いのポジションを奪《うば》い合《あ》う戦いそのものを差しているのか。

どちらなのか、ここで確かめるわけにもいかない。

今の春太《はるた》は、晶穂《あきほ》よりも雪季《ふゆ》のことで頭がいっぱいになってしまった。

雪季《ふゆ》は桜羽春太《さくらばはるた》の妹ではなく、カノジョになろうとしている――

そして、もう引き返せないところに、踏《ふ》み込《こ》んでしまった。

だったら春太《はるた》も、妹の――冬野雪季《とうのふゆ》の覚悟《かくご》に向き合わずに逃《に》げることなどできるわけがない。


「いやー、盛り上がったね、クリパ。けっこう面白《おもしろ》かったわ」

「……そりゃよかったな」

春太《はるた》は、夜道を晶穂《あきほ》と並んで歩いている。

もう夜の十時を回っているので、家まで送ることにしたのだ。

雪季《ふゆ》は透子《とうこ》と一緒《いっしょ》に氷川家《ひかわけ》にお泊《と》まりすることになった。

もちろん、冷泉《れいぜん》も一緒《いっしょ》で、女子中学生四人は一晩語り明かすらしい。

パジャマパーティの最大の話題がなんなのか、容易に想像がつく。

青葉《あおば》キラがタクシーで帰るというので、美波《みなみ》と冬野《とうの》つららは便乗させてもらうらしい。

松風《まつかぜ》はカロリー消費のため、ランニングして帰るとのことだ。

「最後の雪季《ふゆ》ちゃんの爆弾《ばくだん》発言の盛り上がりがハンパなかったしね」

「もっと変な空気になるかと思ったけどな……」

「クリスマスマジックかな。雪季《ふゆ》ちゃん、いいタイミングで言ったんじゃない？　マジになりすぎない空気があったっていうか」

「あいつ、そういうカンはいいんだよなあ。ただ……」

全員、内心ではどう感じていたかわからない。

特に何人か、強いショックを受けたようだったし、今後の行動が気になるところだ。

「ある意味、松風《まつかぜ》くんが一番心配じゃない？」

「おまえも鋭《するど》くていらっしゃるな、晶穂《あきほ》」

そのとおり、雪季《ふゆ》の告白でもっとも動揺《どうよう》していたのが松風《まつかぜ》だった。

別な意味で動揺《どうよう》していたのが冷泉《れいぜん》だが、そちらは雪季《ふゆ》に任せるしかない。

「松風《まつかぜ》くん、ランニング中に車にはねられたりしなきゃいいんだけど」

「普段《ふだん》なら、車をはねそうなヤツなのにな。まあ、付き合い長いし、しゃーないか」

「幼なじみだもんね。あたしも一方的な幼なじみだから、わかるわかる」

「その斬新《ざんしん》な概念《がいねん》、やめろ」

晶穂《あきほ》は幼い頃《ころ》、春太《はるた》と雪季《ふゆ》、それに松風《まつかぜ》の姿を物陰《ものかげ》から何度も見ているのだ。

「でもさ、真面目にハルと雪季《ふゆ》ちゃんに裏切られたと思ってんじゃない？　なんでそんな大事なことを、親友で幼なじみの自分に教えてくれなかったのかって」

「……そのとおりだ。松風《まつかぜ》には話しておくべきだったか」

春太《はるた》は素直《すなお》に認めるしかなかった。

松風《まつかぜ》は、真実を聞いても春太《はるた》と雪季《ふゆ》への態度は変えなかっただろうし、他人に口外することも100パーセントありえない。

「あいつ、俺と雪季《ふゆ》のためだけに電車を三時間も乗《の》り継《つ》いで来てくれたのにな」

ベタベタするような関係でもないが、春太《はるた》が親友への気遣《きづか》いを欠いていたのは事実だ。

松風《まつかぜ》の誠意に応えていなかった、と言ってもいい。

「謝らないとな、松風《まつかぜ》には。他のみんなにも」

「晶穂《あきほ》さんには？」

「なんでおまえに謝んだよ。晶穂《あきほ》は知ってただろ。つーか、おまえも隠《かく》し事《ごと》をしてたほうだろうが」

「あ、そうだった」

晶穂《あきほ》は本気で忘れていたらしく、こつんと自分の頭を軽く拳《こぶし》で叩《たた》いた。

「ところで、ハルは大丈夫《だいじょうぶ》？」

「今度はなんだよ？」

「もういい加減、ここ何ヶ月か衝撃《しょうげき》発言の連打で参ってるんじゃない？」

「その連打のうち、重たいヤツの何発かは晶穂《あきほ》が打ったんだよ」

「そうだっけ？」

「ふざけんな」

トボけてるだけなのはわかっているが、春太《はるた》は晶穂《あきほ》を睨《にら》みつけた。

「けどさ、ハルはよかったの？　雪季《ふゆ》ちゃんが妹じゃないって、みんなに明かしちゃって」

「いつかは言わなきゃいけねぇことだったし。でも、雪季《ふゆ》に言わせたのは情けないよな」

「今さら、ハルが情けないことなんて誰《だれ》も気にしないよ？」

「俺が気にするんだよ！」

遠慮《えんりょ》のなさすぎる発言だった。

「ついでに、あたしが妹だってこともみんなに明かしちゃう？」

「……ついでに明かすにはデカすぎるんだよ、秘密が」

春太《はるた》と晶穂《あきほ》の血が繋《つな》がっている——こちらのほうが、事実として重いかもしれない。

なにしろ、春太《はるた》と晶穂《あきほ》が付き合っていることは周りがみんな知っているのだ。

恋人《こいびと》のような兄妹《きょうだい》が、血が繋《つな》がっていなかった。

普通《ふつう》に付き合っていた恋人《こいびと》同士が、実は血が繋《つな》がっていた。

どちらも重い事実だが、春太《はるた》と晶穂《あきほ》の場合は——深い関係に至っていたのだ。

そのことを察している者も、春太《はるた》と晶穂《あきほ》の周囲にはいるに違《ちが》いない。

だからこそ、真実を明かすのはためらわれる。

雪季《ふゆ》にだけは黙《だま》っていられず、明かしてしまったが——それが正解だったかどうか、春太《はるた》には確信が持てない。

「俺と晶穂《あきほ》のことは、これ以上人に話すつもりはない。俺と晶穂《あきほ》と雪季《ふゆ》、三人が知っていればいいことじゃないか？」

「あたしも人に話すつもりはないよ。ウチの魔女《まじょ》とハルのお父さんは知ってるけど、あの人たちも松風《まつかぜ》くんとか桜羽《さくらば》ガールズに話すこともないだろうし」

「怪《あや》しげなネーミングはともかく、俺たちが黙《だま》っていれば広がらないだろうな。雪季《ふゆ》も、人に話すつもりはないだろ」

雪季《ふゆ》は春太《はるた》との血縁《けつえん》は自分のことだから話しただけだろう。

「ま、ハルと雪季《ふゆ》ちゃんの関係がバレただけで大問題か。これから荒《あ》れるね」

「荒《あ》れてる場合じゃねぇんだけどな、特に氷川《ひかわ》以外の中学生組は」

合格確実な氷川《ひかわ》妹はともかく、雪季《ふゆ》たちには受験に集中してもらいたい。

春太《はるた》にとって、雪季《ふゆ》の受験が大事なのは言うまでもなく、居候《いそうろう》している透子《とうこ》、家庭教師をしている冷泉《れいぜん》の合格も大変に重要だ。

「晶穂《あきほ》のほうはどうなんだよ。例の青葉《あおば》さんからのスカウト、受けんのか？」

「さっき、お店の外で電話してたじゃん？」

「え？　ああ」

割と長電話だったので、少し気にはなっていた。

「あれ、お母さんからだったんだよね」

「秋葉《あきは》さんから？　なにかあったのか？」

「最近、仕事でＵＣｕｂｅｒ《ユーキユーバー》の事務所と付き合いがあるんだって。だから、あたしに紹介《しょうかい》しようかって話で」

「えっ、マジか」

春太《はるた》は驚《おどろ》いて足を止めた。

「今日、二つの事務所からスカウトが来たってわけか。凄《すげ》ぇな」

「どうかな」

晶穂《あきほ》も立ち止まり、無表情で首を振《ふ》った。

「両方、コネみたいなもんじゃん。つーか、お母さんのほうは完全にコネじゃん」

「コネだとしても、晶穂《あきほ》に可能性があるから話を通してくれるんだろ。事務所だって商売なんだから、金にならない話に首を突《つ》っ込《こ》まねぇよ」

「ハル、ひょっとして慰《なぐさ》めてんの？」

「事実を言ってるだけだ」

別に慰《なぐさ》めるようなことでもないだろう、と春太《はるた》は思う。

晶穂《あきほ》がひねくれて考えすぎなのだ。

「でも、ちょっと意外だよな」

「え？　なにが？」

「秋葉《あきは》さん、晶穂《あきほ》に勉強しろとか注意したり、事務所を紹介《しょうかい》したりとか。けっこう世話焼きなんだな」

「……気まぐれなんだよ、魔女《まじょ》は。たまに母親をやってる感を出してくるんだよ」

「まったく出さないよりはいいだろ」

気まぐれなのは晶穂《あきほ》も同じだろ、という言葉は呑《の》み込《こ》んだ。

家族のことで、あまり茶化すのもよくないだろう。

「けど、マジでどうしようかなあ。ハルに決めてもらおうかな」

「判断丸投げすんな。そりゃ、相談には乗るけどな」

「さっすがお兄ちゃん」

「お兄ちゃんヤメロ」

春太《はるた》は嫌《いや》そうに言ってから――

「つーか、マジな話をするなら、一番ガチで相談に乗ってくれるのは秋葉《あきは》さんだろ。音楽のことだって詳《くわ》しいんだし」

「気が進まないけど、そうしようか。フルーツサンドもお土産《みやげ》にもらってきたしね」

晶穂《あきほ》は手に持っていた小さなビニール袋《ぶくろ》を軽く掲《かか》げてみせた。

RULUでつくってもらったフルーツサンドが入っているらしい。

涼風《すずか》が新開発した、ビッグサイズのフルーツサンドだ。

「魔女《まじょ》、最近はフルーツサンドにハマっててさ。このメガサイズのフルーツサンドでアヤツのご機嫌《きげん》取って、真面目な話をさせてやるか」

「モノでつらなくても真面目に話してくれるだろ……」

娘《むすめ》は、よほど母を信用していないようだ。

もちろん、ただの軽口であってこの母娘《おやこ》には他人にはわからない信頼《しんらい》関係がある。

春太《はるた》が他人かどうかは微妙《びみょう》なところだが。

しばらく歩いて、月夜見《つくよみ》家《け》のアパートに到着《とうちゃく》した。

春太《はるた》はそのまま帰るつもりだったが、晶穂《あきほ》に少し上がっていくように言われ、おとなしくそのとおりにした。

クリスマスイブなのだから、晶穂《あきほ》にもう少し付き合うのもいいと思ったのだ。

「ま、カノジョだろうと妹だろうと、クリスマスに放置されたら可哀想可哀想《かわいそうかわいそう》だよね」

「自分で言うとあまり可哀想《かわいそう》に見えねぇな」

軽口の応酬《おうしゅう》をしつつ、春太《はるた》たちは月夜見《つくよみ》家のドア前に立った。

「あれ、鍵《かぎ》開いてる……お母さん、帰ってるの。もう、戸締《とじ》まりはちゃんとしろっつってるのに。小さくて可愛《かわい》い年頃《としごろ》の少女がいるんだからさ」

「自分で言うなっつーの。じゃあ、俺はこれで帰るよ」

秋葉《あきは》がいるなら、母と娘《むすめ》のクリスマスの邪魔《じゃま》をすることもないだろうと思ったが――

「待った待った、お茶くらい出すから」

「……わかったよ」

春太《はるた》は寒さに弱い仕様になっている。

RULUからけっこうな距離《きょり》をのんびり歩いてきて、身体《からだ》がかなり冷えている。

熱いお茶の誘惑《ゆうわく》には逆らえない。

「そうそう、そうこないと。つか、お母さんと事務所の話をするならハルに援護射撃《えんごしゃげき》してほしいしね」

「一応、俺もAKIHOチャンネルのスタッフだからな」

春太《はるた》も話し合いに参加させてもらえるなら、そのほうがいい。

アパートの部屋に入り、廊下《ろうか》を進んでリビングへ。

「ただいま、お母さん。お土産《みやげ》あるよ」

「お邪魔《じゃま》します、秋葉《あきは》さん」

二人はリビングに入り――

その場で立《た》ち尽《つ》くした。

晶穂《あきほ》が「お母さん」とつぶやいたのと同時に、春太《はるた》は動いていた。

リビングの真ん中にローテーブルがあり、そこに秋葉《あきは》が突《つ》っ伏《ぷ》している。

仕事帰りで着替《きが》えていないのか、スーツ姿のままで。

だが、明らかに居眠《いねむ》りなどではない。

まるでローテーブルにしがみつくような格好で、身体《からだ》を震《ふる》えさせている。

春太《はるた》は、秋葉《あきは》のそばで屈《かが》んで、彼女の顔を覗《のぞ》き込《こ》んだ。

「秋葉《あきは》さん！」

「……あら、春太《はるた》くん。こんばんは」

秋葉《あきは》はわずかに顔を上げたが、その顔は信じられないほど真っ青で、汗《あせ》びっしょりだ。

よく見ると、ローテーブルを掴《つか》んでいる左手のそばに、スマホが落ちている。

「救急車、呼びます。いいですね？」

「……あ、ごめん。私、もう呼んじゃった。お騒《さわ》がせするわね」

「そんなの、いいですから。だったら──無理に動かさないほうがいいか」

なにが起きているのかわからないが、姿勢を変えさせるだけでも怖《こわ》い。

すぐに救急車が来るなら、下手なマネをしないほうがいいだろう。

「お母さん……」

「晶穂《あきほ》も、お帰り……クリパ、楽しかった……？」

「うん、楽しかった」

晶穂《あきほ》は穏《おだ》やかに答えて、母のそばに座り込んだ。

それから、母の顔をじっと見つめながら──

「ねえ、ハル」

「え？」

「フルーツサンド、ハルが食べてよ。つくってもらったのに、捨てたら悪いからさ」

「おまえ、今はそんなこと──」

春太《はるた》は晶穂《あきほ》の肩《かた》をがしっと摑《つか》んで、はっとする。

その華奢《きゃしゃ》な肩《かた》が小刻みに震《ふる》えていることに気づいた。

晶穂《あきほ》の目は、まるで迷子の子供のようで──

「……わかった」

春太《はるた》は晶穂《あきほ》の肩《かた》を強く摑《つか》んでいた手の力を緩《ゆる》め、優《やさ》しく包み込むようにする。
今夜、晶穂《あきほ》の家までついてきてよかったと心から思った。
彼女を一人でこんな状況《じょうきょう》に放り込まずに済んで、それがせめてもの慰《なぐさ》めだと思った。
遠くから、救急車のサイレンが聞こえてくる。
今年のクリスマスイブは、まだまだ終わりそうにない——

# 第8話　妹はもっと真実を知りたい

星河総合病院《ほしかわそうごうびょういん》。

春太《はるた》は、どこかで聞いた覚えがあると思ったが——

「この病院……お兄ちゃんのママの親戚《しんせき》さんが経営してるんですよね」

「らしいな」

クリスマスの三日後、年《とし》の瀬《せ》も押し迫った日。

春太《はるた》は雪季《ふゆ》を連れて、この病院へとやってきていた。

名前だけは知っていたが、想像よりもはるかに立派な病院だった。

見た目はまるで高級ホテルのようだ。

医療《いりょう》技術には期待できそうだが、法外な治療費《ちりょうひ》を請求されそうで気軽に利用しづらい。

「親戚《しんせき》さんにはご挨拶《あいさつ》しなくていいんでしょうか？」

「別にいいだろ。今日の俺は、ただの見舞客《みまい》だし——」

春太《はるた》はすたすたと歩いて、病院のロビーへと入った。

雪季《ふゆ》も落ち着きない様子で歩きながら、ついてくる。

「山吹家《やまぶきけ》の人たちと関わる気はないからな。黙《だま》ってりゃ、俺が出入りしてもバレないだろ」

「それもそうですね。私もお会いするのは怖《こわ》いですし」

雪季《ふゆ》は頷《うなず》き、春太《はるた》も気にせずどんどん進む。

仮に母の親戚《しんせき》が病院内にいても、春太《はるた》の顔を見たところでなにも気づかないだろう。

もし春太《はるた》が母にそっくりでも、他人のそら似としか思われないはずだ。

「えーと……ああ、こっちだな」

エレベーターで四階に上がり、廊下《ろうか》を進んでいく。

あらかじめ、病室の部屋番号は教わっていた。

外から見た以上に内部は広く、病人が迷子になるのではと心配になるくらいだ。

「でも、雪季《ふゆ》。今さらだが、無理してついてこなくていいんだぞ？」

「いえ、一緒《いっしょ》に行かせてください」

雪季《ふゆ》は、真面目な顔をしている。

春太《はるた》はその顔を見て、それ以上はなにも言わずに一つ頷《うなず》いた。

「ここだな。雪季《ふゆ》、入るぞ」

「は、はい」

春太《はるた》は雪季《ふゆ》に確認《かくにん》すると、病室の前でノックをしてから中に入る。

「ああ、いらっしゃい、春太《はるた》くん」

「……こんにちは、秋葉《あきは》さん」

そこはベッドが一つだけの個室だった。

ベッドの上には、入院着姿の秋葉《あきは》が座っていた。

艶《つや》のある長い黒髪《くろかみ》を結んで、前に垂らしている。

地味な装《よそお》いでも華《はな》やかに見えてしまうのは、顔が美人すぎるからだろう。

「雪季《ふゆ》さんもわざわざありがとう。お姉さん、可愛《かわい》い子のお見舞《みま》いは大歓迎《だいかんげい》よ」

「お姉さ……いえ、この前はお世話になりましたから。その……お加減、いかがですか」

雪季《ふゆ》はツッコミを入れそうになりつつも、丁寧《ていねい》に言った。

コミュ障の彼女は、少しずつ対人スキルを磨《みが》き上《あ》げているようだ。

「ふふ、大丈夫《だいじょうぶ》よ。でも、春太《はるた》くんが来てくれたのは意外かも。秋葉《あきは》さん、感動だわ」

「そりゃ……来ますよ」

「カノジョの母親だものね。これはポイント稼《かせ》げたわよ？」

「ええ、親を攻略《こうりゃく》するのは重要ですね」

春太《はるた》は軽口を返しつつも、少しほっとしていた。

意外に顔色は悪くないし、特にやつれたりしている様子もない。

三日前――

春太《はるた》は倒《たお》れている秋葉《あきは》を発見したときは落ち着いていたのに、救急車に同乗して病院に着いてから怖《こわ》くなった。

のだろう。

月夜見家《つくよみけ》では、晶穂《あきほ》の前で動じるわけにはいかない——と無意識に自分を落ち着かせていた
病院に着いて、長いこと待合室に晶穂《あきほ》と二人でいて。

その段階になって、ようやく「秋葉《あきは》が倒《たお》れた」という事実の恐《おそ》ろしさが襲《おそ》ってきた。

春太《はるた》が秋葉《あきは》と会ったのはほんの数回、高い寿司《すし》をおごってもらったとはいえ。

別に親しくもない、むしろ親しくしてはならない人のはずだ。

それでも、秋葉《あきは》はカノジョの——妹の母なのだ。

そんな異常事態で、落ち着いていられるはずがない。

「春太《はるた》くん、晶穂《あきほ》から話は聞いてる?」

「多少は……家に帰ってすぐに倒《たお》れたとか」

「そう、家に着く前に道路で倒《たお》れなくてよかったわ。この秋葉《あきは》さんが、そんなみっともないマネできないもの」

「そ、そんな問題じゃないでしょう?」

「そういう問題もあるの。自力で救急車呼べたし、すぐに晶穂《あきほ》と春太《はるた》くんが来てくれたし、まだツイてたわ。コイツ、しぶといわねえ」

秋葉《あきは》は心臓のあたりを押さえつつ、くすくすと笑っている。

コイツ、というのは秋葉《あきは》の心臓のことらしい。

春太《はるた》は、晶穂《あきほ》からは〝心臓発作《ほっさ》〟と聞いている。

「そうだわ、ウチのちっこくて可愛《かわい》いのは？」

「あ、晶穂《あきほ》さんは中庭でお年寄りのイモン？　をしてくるって言ってました」

「慰問《いもん》ねえ……」

雪季《ふゆ》が答えると、秋葉《あきは》は今度は苦笑《くしょう》する。

星河《ほしかわ》総合病院には、もちろん晶穂《あきほ》も一緒《いっしょ》に来ている。

しかし、その晶穂《あきほ》は病院に入ることすらなく、春太《はるた》と雪季《ふゆ》を先に行かせ、自分は中庭へと向かってしまったのだ。

中庭には老人の入院患者《かんじゃ》が集まっていて、晶穂《あきほ》は彼らに音楽を聴《き》かせるらしい。

「ギター担《かつ》いでるから変だと思ったんですが。病院でギターなんて弾《ひ》いていいんですかね？」

「音楽療法《りょうほう》なんてのもあるし、いいんじゃない？」

「ロックで癒《い》やされますかねー……」

世界平和をロックで歌うのだから、ありえないとは言えないが。

「ま、人と一緒《いっしょ》に私に会うのが嫌《いや》なんでしょうけど。自分がどんな顔するかわからないし、それを春太《はるた》くんや雪季《ふゆ》さんに見られたくないんじゃない？」

「……秋葉《あきは》さん。その……」

「別に今すぐ死ぬわけじゃないから、そんなあらたまらなくていいわよ」

「………」

あっけらかんと言われると、春太《はるた》としても反応に困る。

雪季《ふゆ》も隣《となり》で黙《だま》り込《こ》んでしまっている。

晶穂《あきほ》の話を聞いた限りでは、命の危険があるわけではなさそうだが——

かといって、軽く見ていい状況《じょうきょう》ではないようだ。

少なくとも、こうして入院しているのだから。

「えっと……個室なんですね」

「見てのとおり、仕事もしたいから。大部屋だとやりづらいでしょ？」

「お、お仕事はお休みしたほうがいいのでは……お身体《からだ》が大事です」

「優《やさ》しいのね、雪季《ふゆ》さん。でも少しくらい、大丈夫《だいじょうぶ》よ」

秋葉《あきは》はベッドに置いたテーブルに、ノートＰＣを載《の》せている。

春太《はるた》は病院には無縁《むえん》だが、病室にもＷｉＦｉが普通《ふつう》に来ているらしい。

「退院は年明けになるのよね。今のうちに年内の仕事を片付けておかないと、むしろ年明けに仕事の洪水《こうずい》で死ぬわ」

「……秋葉《あきは》さんの会社、退院したばかりの人も労働させるほどブラックなんですか？」

「そうよ」

ズバリ言い切られても、それも困る。

「ああ、そうだ。ちょうどPCがあるし。春太《はるた》くん、雪季《ふゆ》さん、いいもの見せてあげる」

「え？」

手招きされ、春太《はるた》たちはベッドのすぐ横に移動する。

秋葉《あきは》はノートPCを少しズラして、春太《はるた》たちに見やすいようにしてくれた。

「えーと……これね」

秋葉《あきは》がノートPCのタッチパッドを操作すると、メディアプレイヤーが立ち上がった。

「動画ですか？　いったいなんの――って、あっ！」

思わず、春太《はるた》は声を上げてしまった。

音量は絞《しぼ》ってあるが、個室なのでそのまま流している。

『にーちゃ、にーちゃっ♡』

「こ、これって……」

春太《はるた》は、啞然《あぜん》として画面を凝視《ぎょうし》してしまう。

映っているのは小さな子供だ。

赤《あか》ん坊《ぼう》とはいえないが、幼稚園児《ようちえんじ》というほど大きくもない。
二、三歳の子供が映っている動画だった。
ピンクの可愛《かわい》い服を着た女の子が「にーちゃ、にーちゃ」と嬉《うれ》しそうに言いながら。
もう一人の子供――白い服の男の子にじゃれついている。

甘ったれた舌っ足らずな声で「にーちゃ」を連呼している。

おそらく、「お兄ちゃん」を上手《うま》く発音できないのだろう。

『ふゆちゃん、おもいー』

『にーちゃー♡』

男の子も、同じくらいの年齢《ねんれい》だろう。

身体《からだ》の大きさも大差ないが、女の子が男の子の背中に乗っかり、ぺしぺしと頭を叩《たた》いている。

「に、にーちゃ……」

雪季《ふゆ》も画面を見つめながら、ぼそっとつぶやいた。

「うーん、私は〝にーたん〟のほうが可愛《かわい》いと思うんだけど」

「……秋葉《あきは》さんの好みなんて知らないでしょう、この幼女も」

春太《はるた》はツッコミを入れつつ、ちらりと横に立つ雪季《ふゆ》を見た。

確か、春太《はるた》と雪季《ふゆ》の両親が再婚《さいこん》したのは、春太《はるた》が三歳、雪季《ふゆ》が二歳の頃《ころ》だったという。

この子供たちは、まさにそれくらいの年齢《ねんれい》だ。

「まあ、わかってると思うけれど、春太《はるた》くんと雪季《ふゆ》さんよ」

「……こんな動画、初めて観《み》ました」

「私も……言われてみれば、私たちって赤ちゃんの頃《ころ》の写真とか動画、あまり見たことないかもしれません」

「そういや、そうだな」

理由は簡単だろう。

春太《はるた》たちの両親が再婚《さいこん》する前の、赤《あか》ん坊《ぼう》の頃《ころ》の春太《はるた》と雪季《ふゆ》が揃《そろ》っている写真や動画は存在しない。

両親は春太《はるた》と雪季《ふゆ》が実の兄妹《きょうだい》でないと隠《かく》していたので、二人が一緒《いっしょ》に暮らす前の写真などはできるだけ見せないようにしていたのだろう。

春太《はるた》も雪季《ふゆ》も、赤《あか》ん坊《ぼう》の頃《ころ》の自分たちの単体での写真は見ているが、特に違和感《いわかん》を持った覚えはない。

そのあたり、春太《はるた》たちの両親は巧妙《こうみよう》だったようだ。

「この動画はね、君たちのお父さんが撮《と》って、翠璃先輩《みどりせんぱい》に送ったものよ」

「父さんが……」

「パパが……」

父と春太《はるた》の実の母は、離婚《りこん》したあともデータのやり取りくらいはしていたらしい。

「ちなみに、こんなのもあるわ」

秋葉《あきは》は途中《とちゆう》で再生を止め、別の動画ファイルを再生した。

今度は――

どうやらどこかの公園――いや、桜羽家《さくらばけ》の近くにある児童公園だった。

四、五歳くらいの小さな女の子が走っている。
「あっ」

雪季《ふゆ》が小さな声を上げた。

春太《はるた》も同時に、それが誰《だれ》なのかわかった。

『おにいちゃーん、ふゆちゃんもあそぶー』

『わ、ふゆちゃん、はしったらだめだって！』

公園の入り口から走って行く女の子。

ブランコのところにいた男の子が立ち上がる。

男の子が心配したとおり――

女の子は、ぽてんと転んでしまう。

『あははー、ふゆちゃん、こけちゃったー』

『ああ、ふゆちゃん、だいじょうぶ……？』

『だいじょぶー♡』

慌《あわ》てて駆《か》け寄《よ》った男の子が、女の子を助け起こした。

幸い、女の子にケガはなかったようだ。

女の子はニコニコ笑い、男の子にピースしてみせている。

「可愛《かわい》い子は、小さい頃《ころ》から可愛《かわい》いもんなのよね。雪季《ふゆ》さん、この頃《ころ》からモテたでしょ？」

「ど、どうだったでしょう？　お兄ちゃん？」

「隙《すき》あらば近づこうとしてる野郎《やろう》たちはいたが、俺と松風《まつかぜ》にビビってたからな」

当時、近所でケンカの強さナンバー1、2が春太《はるた》と松風《まつかぜ》だった。

春太《はるた》も松風《まつかぜ》も、小さい頃《ころ》から明らかに他の子供より大きかった。

「そ、それにしても……昔の私、お兄ちゃんに甘えすぎてて恥《は》ずかしいですね……」

「その辺は、今も大差なくないか？」

「は、走っても転んだりしません！　たまにしか！」

「たまに転んでるのかよ。マジで気をつけてくれ」

春太《はるた》が一緒《いっしょ》のときは、雪季《ふゆ》の安全を第一にしているが、常に見張っているわけにもいかない。

ただ、思い返せば昔の雪季《ふゆ》は、腕《うで》や脚《あし》に生傷が絶えなかった記憶《きおく》もある。

今よりもっとずっと、兄にべったり甘えていた記憶《きおく》も――

「それより……俺の母さんがもらったデータを、なんで秋葉《あきは》さんが持ってるんですか？」

「ショタハルタ・メモリーズ・ディレクターズカット版よ」

「……どこで配信してるんですか、それ」

「普通《ふつう》に、翠璃先輩《みどりせんぱい》に頼《たの》んでもらったのよ。君のことには興味あったしね」

春太《はるた》の映像というより、父がメインで撮影《さつえい》していたのは雪季《ふゆ》のほうだろう。

おそらく、春太《はるた》が映っていたところを切り出して母に送ったのではないか。

「翠璃先輩《みどりせんぱい》はね、もちろん君のことをずっと思ってた。ずっと、君を連れ出して君と一緒《いっしょ》に暮らしたいと思ってたのよ」

「でも、俺の母は……」

「そう、入退院を繰《く》り返《かえ》す身だったけどね」

「……ですよね」

「春太《はるた》くんが生まれた直後に離婚《りこん》して、そのあと何年かは身体《からだ》を壊《こわ》して君に会いたくても会えなかったのよ」

「母の身体《からだ》、そこまで悪かったんですか……」

生みの母の情報は断片《だんぺん》的にしか聞いていない。

父もそうだが、この秋葉《あきは》にとっても伝えにくいような話が多いのではないか。

「お兄ちゃん……」

雪季《ふゆ》が小さくつぶやき、きゅっと春太《はるた》の小指だけを握《にぎ》ってきた。

春太《はるた》はちらりと雪季《ふゆ》を見て、「大丈夫《だいじょうぶ》だ」と目で語る。

「だけど、母親だからね。先輩《せんぱい》は春太《はるた》くんに会いたくて会いたくて仕方なかったのよ」

「でも、そんな状態じゃ……」

「春太《はるた》くんが幼い頃《ころ》にも、コッソリ君のところへ行こうって——実際に行動に移そうとしたことすらあったのよ」

「……動画だけじゃ我慢《がまん》できなかったんですか」

「いえ、会いに行くつもりだったけど、動画を観《み》て――あきらめたのよ」

「どうしてですか？」

秋葉《あきは》は春太《はるた》のほうを見て、かすかに笑い――

「春太《はるた》くんと、雪季《ふゆ》さんの姿を見てしまったから。君に子犬みたいに懐《なつ》いて、離《はな》れようとしない雪季《ふゆ》さんを見てしまったから」

「…………っ」

声にならない声を上げたのは、雪季《ふゆ》だった。

動画では、幼い雪季《ふゆ》がブランコに座り、春太《はるた》が後ろから押して漕《こ》いでやっている。

幼い雪季《ふゆ》は後ろを向いて、兄の顔をにこにこと嬉《うれ》しそうに見ている。

「翠璃先輩《みどりせんぱい》は、春太《はるた》くんを連れ出して自分で育てたかった。だけど、雪季《ふゆ》さんから春太《はるた》くんを引《ひ》き離《はな》せないって気づいて。あきらめたのよ」

「…………」

「春太《はるた》くんのところに行ったら、君を連れ出さずにはいられなくなる。翠璃先輩《みどりせんぱい》はそれがわかっていたから、行かなかったのよ」

あるいは、春太《はるた》が実の母と暮らす未来もあったのかもしれない。

「それじゃ……私のせいで、お兄ちゃんは本当のママと暮らせなかったんですか……？」

雪季《ふゆ》は、ぎゅうっと春太《はるた》の小指を握《にぎ》り締《し》めてきた。

春太《はるた》は、雪季《ふゆ》の目が潤《うる》んでいることに気づく。

幼い雪季《ふゆ》の無邪気《むじゃき》な愛情が、春太《はるた》と母を引《ひ》き離《はな》していた。

母は、雪季《ふゆ》のせいで実の息子《むすこ》から引《ひ》き離《はな》されたまま――死んだというのか。

「あ、あのっ！　わ、私……お、お兄ちゃんの本当の妹じゃ――」

「知ってるわ、さすがに」

「えっ……」

雪季《ふゆ》は春太《はるた》の小指を握《にぎ》ったまま、一歩後ろに下がってしまう。

「あなたが春太《はるた》くんと晶穂《あきほ》の妹だったら、さすがに知ってるわよ。でも、そうじゃない。当然だけど、翠璃《みどり》さんも知ってた」

「そ、それなら――私、実の妹でもないのに私のせいで……！」

「違《ちが》うわ、雪季《ふゆ》さん」

「え？」

「春太《はるた》くんと雪季《ふゆ》さんは、翠璃先輩《みどりせんぱい》には実の兄妹《きょうだい》みたいに見えたの。だから、春太《はるた》くんと雪季《ふゆ》さんの幸せも願って、二人には一緒《いっしょ》に育ってもらいたいと思ったの。二人が仲良く育ってくれることが、自分の幸せになるって――翠璃先輩《みどりせんぱい》はそう言ってたわ」

「……お兄ちゃんのママは、お兄ちゃんみたいに優《やさ》しすぎますね」

雪季《ふゆ》は、今度は春太《はるた》の手をしっかりと握《にぎ》り締《し》めてきた。

よかった、と春太《はるた》は思う。

母の想《おも》いのせいで雪季《ふゆ》が傷つくことになったら――

にわかに現実味を帯びてきた実の母という存在が、大事な雪季《ふゆ》を傷つけるようなことになったら、春太《はるた》はどうしていいかわからなくなるところだった。

母の願いどおり、春太《はるた》と雪季《ふゆ》は実の兄妹《きょうだい》として育ってきた。


『おにいちゃーん、ふゆちゃんおなかすきましたー♡』


映像の中では、幼い雪季《ふゆ》が幸せそうに笑っている。

春太《はるた》と雪季《ふゆ》――自分たちが兄妹《きょうだい》だと信じて疑うことなどなかった頃《ころ》の二人がいる。

この姿を見て、母が自分のことよりも幼い二人のことを思ってくれた。

春太《はるた》は、実の母の優《やさ》しさに涙《なみだ》が出そうになっている自分に気づいた。

「おっすー」

「……軽いな、晶穂《あきほ》」

がらりと病室のドアが開いて。

入ってきたのは、晶穂《あきほ》だった。

最近よく着ているスカジャンに、デニムのミニスカート、黒タイツ。

足元は渋《しぶ》めの茶色いブーツ。

ついでに、トレードマークのギターケースも担《かつ》いでいる。

「ふー、歌いまくってきたよ。じいさんばあさんが放してくれなくて。お小遣《こづか》い要求したら、ひと財産つくれちゃうんじゃない？」

「慰問《いもん》じゃなかったのか？」

晶穂《あきほ》はボランティア精神に欠けているようだ。

「晶穂《あきほ》ちゃーん、慰問《いもん》もいいけど、まずは私のところに来てくれないと傷ついちゃうな」

「嘘《うそ》ばっか。ハルと話がしたかったんでしょ？　ハルを連れてこいってうるさかったし」

「…………」

春太《はるた》は、ぱっと秋葉《あきは》の顔を見る。

「まー、春太《はるた》くんと話したいことは山ほどあるからね。でも、いっぺんに話したら春太《はるた》くんも混乱するだろうし」

「……ですね」

春太《はるた》にとって、実の母は興味深い人ではある。

父が多くを語らない以上、もっとも母の話ができるのは秋葉《あきは》だろう。

だが、一つ一つの話が濃《こ》すぎるのも事実だ。

「あれ？　ちょっと待って、雪季《ふゆ》ちゃん、どこ行ったの？　魔女《まじょ》に意地悪された？」

「雪季《ふゆ》は、喉《のど》が渇《かわ》いたっつーから下のロビーに行ったよ。行《い》き違《ちが》いになったんだな」

おそらく、雪季《ふゆ》はこの病室に戻《もど》ってくるつもりはないだろう。

病室を出て行く雪季《ふゆ》の目は、まだ潤《うる》んでいたからだ。

春太《はるた》が実の母と暮らせなかったのは自分のせいではない、とわかったようだが感情の整理が追いつかないのだろう。

それなら、少し待てば雪季《ふゆ》は気持ちを立て直せると春太《はるた》は確信している。

「雪季《ふゆ》さんには余計なことを話しちゃったかも。ごめんなさい、春太《はるた》くん」

「……いえ、ここについてくるのは雪季《ふゆ》が決めたことでしたから」

雪季《ふゆ》ももう公園で遊んでいた頃《ころ》とは違《ちが》うのだから、彼女の意思は尊重すべきだろう。

「ただ、あまり無理をしないほうがいいですよ、秋葉《あきは》さん。俺もこれくらいで……」

「残念ながら、そう簡単にはくたばらないから。充分《じゅうぶん》、全部話せる時間はあるわ」

「ふん、ハルもそろそろお母さんが殺しても死なないってわかってんじゃない？」

「春太《はるた》くん、春太《はるた》くん」

「はい？」

秋葉《あきは》は、ニヤニヤと笑いながら晶穂《あきほ》を指差した。

「私が担《かつ》ぎ込《こ》まれて容態が落ち着いたあとで、朝早くに春太《はるた》くんと二人で帰ったんでしょ？」

「ええ、タクシーで晶穂《あきほ》を家まで送りました」

秋葉《あきは》が夜中に倒《たお》れ、朝早くに医者から「もう大丈夫《だいじょうぶ》」と言われ、晶穂《あきほ》は一度帰宅している。

晶穂《あきほ》も疲《つか》れ切《き》っていて、休ませなければならなかった。

春太《はるた》は晶穂《あきほ》をタクシーで家まで連れ帰り、少し一緒《いっしょ》にいてから自宅に帰った。

「すぐに晶穂《あきほ》、病院に引き返してきたのよ。それから、ずっとこの病室にいたんだから」

「お、お母さん、その話は反則じゃない⁉」

珍《めずら》しく、晶穂《あきほ》が真っ赤になって母のベッドに手をついて身を乗り出した。

母親が心配すぎて、ずっとそばにいたらしい。

「……意外に可愛《かわい》いとこあるな、晶穂《あきほ》」

「お、お母さんが死んだらあたしが路頭に迷うハメになるから、不安だったってだけ！」

「大丈夫《だいじょうぶ》よ、一応アイツ《父親》もいるし、晶穂《あきほ》が大学出るまでの学費も生活費もたっぷりあるわよ」

「そんなもん、あたしの自由にさせたら一年もたないね」

ぷいっ、とそっぽを向く晶穂《あきほ》。

春太《はるた》も彼女とは数ヶ月の付き合いだが、こんな子供っぽい顔は初めて見た。

「そ、それで、どうなの、お母さん。年明けに退院なんだよね？」

「ええ、ついでだから三が日くらいまでのんびりしてから退院するわ」

「個室の料金は馬鹿になんないからね。それくらいで出てもらわないと、あたしの学費を減らさなきゃいけなくなっちゃう」

「お、おいおい、晶穂《あきほ》」

照《て》れ隠《かく》しの憎《にく》まれ口《ぐち》はわかるが、さっきから手厳しい。

「いいのよ、春太《はるた》くん。さっき、雪季《ふゆ》さんも言ってたけど君は優《やさ》しいわね。晶穂《あきほ》と半分血が繋《つな》がってるとは思えないわ」

「…………っ」

春太《はるた》は妙《みょう》な声を出しそうになった。

未《いま》だに出生の秘密を持ち出されると、驚《おどろ》かずにはいられない。

「だいたい、この人は魔《ま》女《じょ》なんだから、不死身なんだよ」

「あはは、娘《むすめ》に魔《ま》女《じょ》呼ばわりされてる件について」

不死身ではないにしても、高校生の娘《むすめ》がいるにしては若すぎることは否《いな》めない。

「そうそう、春太《はるた》くん。ついでにもう一つ、小ネタを教えてあげる」

「小ネタ？」

「翠璃先輩《みどりせんぱい》──君のお母さんは、私のことを〝魔女《まじょ》ちゃん〟って呼んでたわ」

「魔女《まじょ》……」

「私、制服のブラウスも黒だったし、私服は黒ずくめだったからね」

「俺の母、そんな理由で後輩《こうはい》を魔女《まじょ》呼ばわりですか」

「まあ、私は──魔女《まじょ》ちゃんって呼ばれるの嬉《うれ》しかったけどね」

「……あまりいいあだ名じゃなさそうですけど」

「あだ名で呼ぶのって特別感あるじゃない？　翠璃先輩《みどりせんぱい》があだ名で呼んでた相手、私が知る限り私一人だけよ」

「本当に仲、よかったんですね」

春太《はるた》がちらりと横を見ると、晶穂《あきほ》はつまらなそうな顔で聞いている。

おそらく、晶穂《あきほ》は前に聞いたことがあるのだろう。

「そりゃそうよ。友達とか先輩後輩《せんぱいこうはい》とかっていうより、仲間同士だったから」

「仲間？　軽音楽部のですか？」

以前、秋葉《あきは》に見せてもらった、演奏中の若かりし母と秋葉《あきは》の写真を思い出す。

「それもあるけど──ああ、そうだ。大サービスでもう一つ。私と翠璃先輩《みどりせんぱい》のバンド名、教えてあげようか？」

「バンド名？」

「正確にはユニット名か。ボーカルとキーボードだけじゃバンドとは言えないわね」

秋葉《あきは》は、ノートPCを操作してから、また春太《はるた》に画面を見せてきた。

前とは別の演奏中の母と秋葉《あきは》の写真が表示されていた。

「これよ」

秋葉《あきは》はノートPCの液晶《えきしょう》画面の一部を指差した。

二人はお揃《そろ》いのパーカーを着ていて、その胸のあたりにロゴが入っていた。

「〝LAST LEAF《ラスト・リーフ》〟ですか。もしかして、これが？」

「ええ、私たちのユニット名。命名、翠璃先輩《みどりせんぱい》」

「へえ、なかなかいい名前——LAST LEAF？」

春太《はるた》は、ふと気づいた。

余計なことに、気づいてしまった。

「最後の一葉……」

とある短編小説のタイトルだ。

きちんと読んだことのない人でも、こんな台詞《せりふ》は知っているのではないか。

『あの葉っぱがすべて落ちたら私も死ぬ』

重い病に冒《おか》された画家が、窓の外に見えるツタの葉っぱを見て、こうつぶやいた。

このツタの葉を巡《めぐ》って、短いながらも人の生と死を描《えが》く切ないストーリーが展開されるわけだが……春太《はるた》は、以前にこの小説を読んだことがあった。

「翠璃先輩《みどりせんぱい》が大嫌《だいきら》いだった小説から取ったのよ」

「大嫌《だいきら》いだったんですか……」

春太《はるた》のツッコミに、秋葉《あきは》はくすりと笑った。

「遠くない未来に死ぬ二人は、音楽を鳴らし続けた。この音が鳴り止《や》んだときが、自分たちが死ぬときだって」

「…………」

「音楽こそが、私と翠璃先輩《みどりせんぱい》の最後の一葉だったの」

それは、つまり——春太《はるた》は言葉が出てこなかった。

「ま、私はこうしてしぶとく今も生きてるけど。あの頃《ころ》は、本当に——私も翠璃先輩《みどりせんぱい》も先が見えなかった。自分が大人になるなんて、思いもしなかったのよね」

「ほら、ハルが困ってる。お母さん、その話、ヘビーすぎるんだって」

「あはは、やっぱりまずい？　でも、春太《はるた》くんには聞いてほしかったのよね」

軽音楽部で意気投合したという後輩《こうはい》は——

いや、同じ運命を抱《かか》えていたからこそ意気投合したということか。

「身体《からだ》が弱いのは、翠璃先輩《みどりせんぱい》だけじゃなかったってわけ」

「秋葉《あきは》さんは……」

春太《はるた》はもう気づいている。

秋葉《あきは》が倒《たお》れたのは初めてではない——

あるいは、倒《たお》れても不思議ではない身体《からだ》だった……？

「私は心臓専門。今回、五年ぶり三回目の爆発《ばくはつ》を迎《むか》えたのよ。幸い、軽かったけど」

「心臓……」

「だから、お母さんは不死身だって言っててんじゃん。不死身の魔女《まじょ》……なんだよ」

晶穂《あきほ》はまだそっぽを向いたまま、独り言のようにつぶやいている。

「そうね、魔女《まじょ》ちゃんはそう簡単には死なない。けど、翠璃先輩《みどりせんぱい》は——」

「……秋葉《あきは》さん、無理に俺の母の話をしなくても」

「私が、翠璃先輩《みどりせんぱい》の話をしたいのよ。歳《とし》を取ると昔話がしたくなるの」

まるで歳《とし》を感じさせない美女は、苦笑いしている。

「翠璃先輩《みどりせんぱい》の場合は、どこが悪いって、どこもかしこもと言ったほうが早いわね。薬とか、ドン引きするくらい大量に飲んでたわ」

そこまで聞いて、春太《はるた》ははっとした。

「秋葉《あきは》さんが、最後に母を病院から連れ出したっていうのは——」

「悔《く》いを残さず死にたい。私も翠璃先輩《みどりせんぱい》も、ずっとそう思って生きてきた。だから、春太《はるた》くんに会いたいっていう願いを他人事《ひとごと》だなんて思えるわけがない。私は、あの人の願いを叶《かな》えてあげたかったの。大失敗したけどね」

　くすり、と秋葉《あきは》は笑った。

「私も、悔《く》いは残したくない。ねえ、春太《はるた》くん」

「は、はい」

「私にとって世界で一番大切なのは、晶穂《あきほ》なの。こんな生意気なクソガキでもね」

「余計な付け足しがなければ、泣いちゃう台詞《せりふ》だね」

「ね、生意気でしょ？　でも、もしもこの子の将来を見届けられなかったら、それが悔《く》いになる。だから、せめて」

　秋葉《あきは》は、ノートＰＣのフタを閉じて春太《はるた》の顔をじっと見た。

「兄でも彼氏《かれし》でも、どっちでもいい。それは、君たち二人の問題よ。ただ、君に――晶穂《あきほ》をお願いしたいの」

# 第9話　妹はみんなで暮らしたい

「ただいま」

「ただいま、です」

春太《はるた》は、雪季《ふゆ》を連れて自宅に戻《もど》ってきた。

すぐに、リビングのほうから透子《とうこ》がぱたぱたとやってくる。

「おかえりなさい。寒かったでしょう、熱いお茶を淹《い》れますね」

「ああ、ありがとう、透子《とうこ》」

「ありがとうございます、透子《とうこ》ちゃん」

春太《はるた》と雪季《ふゆ》は自室で部屋着に着替《きが》え、リビングに行ってソファに座り、透子《とうこ》が淹《い》れてくれたお茶をすする。

旅館の娘《むすめ》は、こうやって世話を焼かないと落ち着かないらしい。

「では、私はお部屋に戻《もど》ってますので。なにかあったらお申し付けください」

「……なんか、普通《ふつう》に透子《とうこ》を働かせちまってるな。あいつ、今日は午後から塾《じゅく》だったか」

春太《はるた》たちは朝一番で見舞《みま》いに行き、昼前に戻《もど》ってきたのだ。

「私より勉強できるのに、私より勉強してますからね……」

「雪季《ふゆ》も頑張《がんば》ってるだろ。それに、要は合格すりゃいいんだ。どっちが上とか関係ない」

春太《はるた》は、ぽんぽんと雪季《ふゆ》の頭を叩《たた》き、妹もこくりと頷《うなず》いた。

雪季《ふゆ》は、ずずずとお茶をすすって。

「でも、秋葉《あきは》さん——意外とお元気そうでよかったですね」

「晶穂《あきほ》もたいしたことないって言ってたが、マジだったな。つっても、軽く考えちゃダメだろうが」

一度は倒《たお》れて救急車を呼ぶほどだったのだから、油断してはいけないだろう。

元から身体《からだ》が弱いのなら、なおさらだ。

「晶穂《あきほ》さん以外のお見舞《みま》いを断ってるって話でしたね」

「仕事関係者にも『来るな』って言ってるらしいしなあ」

晶穂《あきほ》に言わせると、「魔女《まじょ》は弱ってるところを見せたくない」とか。

「それでも私たちを受け入れてくれたのは……お兄ちゃんが特別だからですよね」

「あの映像を見せるのも目的だったんだろ。それなら、雪季《ふゆ》も一緒《いっしょ》じゃないとな。母親は、俺と雪季《ふゆ》の幸せを願ってくれてた——らしいからな。知っておくべきなんだよ、俺も雪季《ふゆ》も」

幸せがどうこうなど、口に出すのは照れくさい。

だが、故人が願ってくれたこと——それも生みの母の願いなのだから、照れずに口に出して確認《かくにん》してもいいだろう。

「正直、この前の墓参りで母親とのことはケリをつけたつもりだった。でも、秋葉《あきは》さんの話を聞いておいてよかったよ」

「そう、ですね。私も……聞いてよかったです」

「秋葉《あきは》さん、よくわからん人だと思ってたけど、いい人だな」

「晶穂《あきほ》さんのママですから、いい人に決まってますよ」

「そうかな」

その理屈《りくつ》は、春太《はるた》には少しばかり納得《なっとく》がいかない。

晶穂《あきほ》に翻弄《ほんろう》されてきた事実は動かないからだ。

「あの母娘《おやこ》も変な関係だよな……」

春太《はるた》は、秋葉《あきは》との会話を思い出す──


「世界で一番大切なのは晶穂《あきほ》。で、二番目って君なのよね」

「え、俺？　えーと……旦那《だんな》さん、いますよね？」

まだ見ぬ晶穂《あきほ》の義父は、どんな人物かすら知らない。

「あいつは大切とかそういう関係性じゃないの。お互《たが》い、利益のために籍《せき》を入れたってこと。ま、たいした話じゃないし、君にはまったく関わりのないことだから気にしないで」

「…………」

秋葉《あきは》とその夫は、高校生の春太《はるた》にはわからない複雑な関係を築いているようだ。

もしくは、とてつもなく単純な関係か。

「も、もしそうだとしても、俺が大切っていうのは……」

「君は、私が人生でただ一人憧《あこが》れた女《ヒト》の息子《むすこ》なのよ」

きっぱりと、秋葉《あきは》はそう言い切って——

「それに、もう一つ加わったわ」

「え？」

「もしも——私に、もしものことがあったら。まあ、心臓はすぐにどうってことはないけど、いきなりバスにはねられて死ぬかもしれないし」

「それは……」

そういうことを言ったら、春太《はるた》だって明日レイゼン号で川に突《つ》っ込《こ》んで死ぬかもしれない。

「人間、いつ死ぬかわかんないってこと。私の場合は、身体《からだ》に爆弾《ばくだん》を抱《かか》えてる分、ちょっとだけ可能性が高いってことよ」

「お母さん、爆弾抱《ばくだんかか》えてるくせに、お酒飲んだりして無茶してたのも悪いよね」

「こんな娘《むすめ》だけど、私にもしものことがあったら、春太《はるた》くんに任せたいのよ」

そういえば、秋葉《あきは》は昔は酒飲みだったという話だった。

しかも、春太《はるた》の生みの母も。

人生の先が見えず――

酒でも飲まないと、やっていられなかったのかもしれないが……。

「今回みたいに入院することもあるしね。晶穂《あきほ》のことは、君に任せるしかないでしょう？」

「……秋葉《あきは》さんの旦那《だんな》さんは頼《たよ》れないんですね？」

「アイツはろくに家にもいないし。全然悪い男じゃないんだけどね。アイツにも事情があるのよ。悪いヤツだったら、私が叩《たた》き出《だ》してるわ」

「……なるほど」

悪い男ではない、というのは信じられる気がする。

その場合、晶穂《あきほ》はとっくに家を飛び出してるだろう。

晶穂《あきほ》には、そのくらいの行動力はある。

「ちなみに、アイツはこの年末年始も仕事で海外みたいね」

「……晶穂《あきほ》、ウチで預かりましょうか」

「ありがとう、話が早くて助かるわ」

秋葉《あきは》は満足そうに頷《うなず》いた。

春太《はるた》たちの見舞《みま》いを受け入れてくれたのは、この話もしたかったからだろう。

「…………」

晶穂《あきほ》本人は、他人事《ひとごと》のような顔をしているが、反論はないようだ。

「ふふ、真太郎《しんたろう》さん、晶穂《あきほ》を見てどんな顔するかしら。それが見られないのが残念ね」

「きっちり見といて、詳細《しょうさい》にお話ししますよ……」

桜羽家《さくらばけ》には、既《すで》に霜月透子《しもつきとうこ》という居候《いそうろう》がいる。

狭《せま》い家に二人も同居人が増えるのは厳しいが、どうにでもなるだろう。


——秋葉《あきは》とそんな話をしてから、春太《はるた》は病室で長話も悪いということでお暇《いとま》してきた。

帰り道、晶穂《あきほ》をお茶に誘《さそ》ってはみたが——

晶穂《あきほ》はあまりしゃべらなかったので、ろくに会話もないまま帰ることになってしまった。

晶穂《あきほ》は、あとで準備をしてから桜羽家《さくらばけ》に来ることになっている。

ひとまず、春太《はるた》たちは先に自宅に戻《もど》ってきたわけだ。

「あ、お兄ちゃん。晶穂《あきほ》さん、ウチに来るんですよね？」

「ああ」

もちろん、雪季《ふゆ》とは病院のロビーで合流したので、晶穂《あきほ》が居候《いそうろう》する話は既《すで》に伝えている。

「晶穂《あきほ》さん、素直《すなお》にウチに来るでしょうか？　ちょっと不安になってきました……」

「あいつ、しれっと裏切るからなあ。でも、大丈夫《だいじょうぶ》だ」

春太《はるた》は、きっぱりと言い切る。

晶穂《あきほ》は桜羽家《さくらばけ》に世話になることをよしとせず、年末年始を一人で過ごそうとする可能性は低くない。

「ほら、あれ。晶穂《あきほ》をウチに誘《さそ》い込《こ》むためにあのギターを預かってきたんだからな」

リビングの隅《すみ》に、ケースに入ったギターを立てかけてある。

晶穂《あきほ》から人質《ひとじち》として預かってきたのだ。

かなり晶穂《あきほ》は嫌《いや》がっていたが、桜羽家《さくらばけ》に来てもらうためには必要な措置《そち》なので、春太《はるた》はあえて心を鬼《おに》にした。

「ああ、そのために……お兄ちゃん、音楽に目覚めたのかと。ギター弾《ひ》くお兄ちゃん、かっこいいだろーなって楽しみにしてました」

「その期待には応えられそうにないな」

残念ながら、春太《はるた》は勉強も運動もできるが音楽的才能には乏《とぼ》しい。

同じ血を分けていても、晶穂《あきほ》のような才能はないのだ。

「同じ血、か……」

「はい？　なんですか、お兄ちゃん？」

「〝にーちゃ〟って言ってみてくれないか？」

「にーちゃ」

兄の言葉には特に逆らわない妹だった。

「うん、まあさすがに中三になって〝にーちゃ〟はイタいよな」

「お兄ちゃんが言わせたんですよね⁉」

春太《はるた》は笑って――病室で秋葉《あきは》に見せてもらった映像を思い出す。

「にーちゃ、にーちゃ」と嬉《うれ》しそうに春太《はるた》に懐《なつ》いていた幼い雪季《ふゆ》。

もちろん、春太《はるた》にもその頃《ころ》の記憶《きおく》はないが――記憶《きおく》に残っていないほど小さい頃《ころ》から、雪季《ふゆ》は春太《はるた》を〝兄〟と呼んできたのだ。

春太《はるた》は、じぃっと雪季《ふゆ》の顔を見つめて――

「……お兄ちゃん？　私の顔、なにか変ですか？」

「いや、可愛《かわい》い。いつもどおりな」

「ふへへ」

春太《はるた》の適当なごまかしに、変な笑い声で喜ぶ雪季《ふゆ》。

大事な存在ではあるが、この素直《すなお》すぎる性格は危ないなと思いつつ。

「あ、お兄ちゃん。そんな可愛《かわい》い私なんですけど」

「ん？」

「クリパで、実は私も青葉《あおば》キラさんにスカウトされたんです」

「え⁉」

春太《はるた》は、思わずソファから立ち上がる。

「モデルとして働いてみないかって」

「い、いつの間に。雪季《ふゆ》、どう答えたんだ……？」

「ただ家を出るだけでは独立したとは言えないですよね。私、ずっとお兄ちゃんたちに甘えてきましたから、その分頑張《がんば》らないと」

「い、いや、雪季《ふゆ》は充分《じゅうぶん》に頑張《がんば》ってるだろ。家事をほとんど一人でやってきたんだからな」

こんなに真面目に家事をやっている中学生など少ないだろう。

「それは家の中のことですから。私、いつまでも引っ込み思案《じあん》のコミュ障ではいたくないんです。ただ、コンビニとかファミレスとかで接客ができるかっていうと……」

「……無理だな」

「そんなにきっぱり！」

雪季《ふゆ》も立ち上がり、じぃっと春太《はるた》を睨《にら》んでくる。

「だ、だから……高校に合格したら、青葉《あおば》キラさんの事務所にお世話になってみようかと。私にモデルなんてできるのかわかりませんけど……やってみたいんです」

「雪季《ふゆ》……」

雪季《ふゆ》は、外見だけなら文句のつけようがない。

モデルは見た目がいいだけでなく、いろんな服を着こなし、写真映《ば》えするポーズも取れなければいけないだろう。

オシャレも自撮《じど》りも極《きわ》めている雪季《ふゆ》ならば、それらのスキルも問題なさそうだ。

「私、もっと頑張《がんば》って——お兄ちゃんのカノジョにふさわしい女の子にならないと」

「…………」

あのクリスマスパーティは、春太《はるた》の大切な少女二人の転換点《てんかん》になったのかもしれない。

「でも」

「なんだ？　わっ、雪季《ふゆ》？」

雪季《ふゆ》が突然《とつぜん》、春太《はるた》にぎゅっと抱《だ》きついてくる。

「お兄ちゃんのママは——私とお兄ちゃんに兄妹《きょうだい》として育ってほしかったんですよね」

「……兄妹《きょうだい》として育っただろ」

「今の私は妹とは言えません。血の繋《つな》がりがなくて、しかもお兄ちゃんのカノジョになろうと企《たくら》んでるんですから」

「それは……俺の母親がどう思っていようが関係ない。もう亡《な》くなってるんだし、俺と雪季《ふゆ》で決めることだ」

春太《はるた》は迷わずに言い切った。

雪季《ふゆ》を妹にするか、カノジョにするか、まるで決められていない。

だが、今日聞いた山吹翠璃《やまぶきみどり》の話に振《ふ》り回《まわ》される必要はないと思っている。

「そうですね、お兄ちゃんのママは亡《な》くなってますけど——亡《な》くなってるからこそ、もうあの人の願いは変えられません。それに」

「それに？」

「晶穂《あきほ》さんのママは、お兄ちゃんのママの遺志を大事にしてます。あの人の願いを、今も受《う》け継《つ》いでる人がいるんですから……」

「だいぶ、ややこしくなってきたな。とっくにややこしすぎたのに」

「本当ですね……私、晶穂《あきほ》さんと戦う気だったのにやりづらくなっちゃいましたよ」

ぎゅうっ、と雪季《ふゆ》はさらに強く春太《はるた》に抱《だ》きつき、胸に顔を埋《うず》めてきた。

「でも、私は必ず、晶穂《あきほ》さんからお兄ちゃんのカノジョの座を奪《うば》っちゃいますから」

「…………」

春太《はるた》は黙《だま》ったまま、雪季《ふゆ》の身体《からだ》を優《やさ》しく抱《だ》いた。

晶穂《あきほ》の母の思いは無視できないが、春太《はるた》と雪季《ふゆ》の関係は自分たちで決めることだ。

それでも、春太《はるた》の母と晶穂《あきほ》の母の気持ちを、「関係ない」で切り捨てることは簡単ではない。

少なくとも、この優《やさ》しすぎる少女にとっては難しいことだろう。

そして、春太《はるた》にとってはより複雑な問題になってきている。

秋葉《あきは》に見せられた、遠い昔の映像。

自分を〝にーちゃ〟と呼んで甘えてきていた小さな小さな女の子。

春太《はるた》は雪季《ふゆ》の望みとは逆に、強く意識してしまっていた。

腕《うで》の中にいるこの少女が、妹であることを――


「雪季《ふゆ》ちゃん、ホントに料理上手《じょうず》だね。うん、美味《うま》い美味《うま》い」

晶穂《あきほ》は、もぐもぐと美味《お》しそうに料理を食べている。

さすがにギターを人質《ひとじち》に取られていては、晶穂《あきほ》も無駄《むだ》な抵抗《ていこう》はできなかったようだ。

透子《とうこ》の塾《じゅく》からの帰宅を待って、四人で夕食の卓《たく》を囲んでいる。

残念ながら父の帰りまで待っていたら就寝《しゅうしん》時間になりかねないので、子供たちだけでの夕食となった。

本日のメニューは、分厚い牛肉たっぷりの肉野菜炒《いた》め、にんにく抜《ぬ》きの餃子《ぎょうざ》、ハムとキュウリのポテトサラダに玉子焼き、味噌汁《みそしる》とボリュームたっぷりだ。

春太《はるた》が育ち盛《ざか》りでよく食べる上に、受験生の二人も頭を使って空腹になりやすいため、最近の桜羽家《さくらばけ》の食事は量が多い。

それでいて、誰《だれ》も太る様子がないのが不思議なところだ。

「ありがとうございます。晶穂《あきほ》さん、どんどん食べてください。多めにつくったので」

「うん、全然遠慮《えんりょ》なんかしてないから。ハル、その玉子焼きいらないならちょうだい。これ、マジ美味《うま》いわ」

「いるよ、大事に取ってあるんだよ！」

「意外に食い意地張ってるね、ハル」

「それはおまえじゃないのか？」

春太《はるた》と晶穂《あきほ》は、バチバチと火花を散らす。

カノジョであろうと妹であろうと、好物は譲《ゆず》れない。

「もー、仲良く食べてください。玉子焼き、もっと多めにつくったほうがいいでしょうか」

「ウチの旅館で朝食に出してる玉子焼きも今度つくります。海老《えび》と椎茸《しいたけ》と三つ葉をまぜてあって、お客様にも好評なんですよ」

「おおっ、それも美味《うま》そうだな。透子《とうこ》、マジで楽しみにしてる」

「はい、お兄さん」

未《いま》だに桜羽家《さくらばけ》の家事は、雪季《ふゆ》がメインで担当していて、透子《とうこ》もかなり手伝っている。

もちろん春太《はるた》も、受験生の二人のために掃除《そうじ》や買い物は積極的に手伝っているが。

それでも、料理はほぼ雪季《ふゆ》たちに任せっきりだ。

「そういえば、晶穂《あきほ》さんはお料理しないんですか？」

「あたしはギタリストだもん。指をケガでもしたら大変だから、包丁は持たないんだよ。永遠に」

「永遠に……ですか」

雪季《ふゆ》は驚《おどろ》いているようだ。

大嘘《おおうそ》で、つくるのがダルいからに決まっているが……。

晶穂《あきほ》が音楽を口実に面倒《めんどう》を避《さ》けるのはよくあることだ。

「あ、このポテサラも美味《うま》いね。ふんわりとろけるみたい。ハルの胃袋《いぶくろ》、摑《つか》みにきてるよね」

「そ、そんなことはありません！」

「ああ、これはトーコちゃんがつくったんだ。やるね」

「へぇ……透子《とうこ》ちゃん、お兄ちゃんの胃袋《いぶくろ》キャッチを企《たくら》んで……？」

「ち、違《ちが》います、雪季《ふゆ》さん！　というか、ポテサラを任せたの、雪季《ふゆ》さんですよね⁉」

「ふふ、冗談《じょうだん》です」

雪季《ふゆ》は、過去のことを忘れるどころか、完全に透子《とうこ》を翻弄《ほんろう》しているようだ。

「つーか、晶穂《あきほ》は普段《ふだん》なに食ってるんだ？」

「近所のやゆよ軒《けん》で食べるかテイクアウトが多いかな。チキン南蛮《なんばん》定食は週七で食べてるね」

「毎日じゃねぇか」

「タルタルソースたっぷりで美味《おい》しいんだよ。ハルとも食べたことあったよね」

「あったっけか……」

春太《はるた》が雪季《ふゆ》と離《はな》れて暮らしていた時期、晶穂《あきほ》と夕食をともにすることが多かった。

ラーメンや牛丼《ぎゅうどん》、ファストフードが多かったが、定食屋に行った記憶《きおく》も確かにある。

「はー、お母さんが倒《たお》れたおかげでこんな美味《おい》しいご飯がこれから毎日食べられるなんて。あの魔女《まじょ》も、たまには役に立つよね」

「あ、晶穂《あきほ》さん、そんな言い方は……」

「雪季《ふゆ》、気にすんな。こいつ、素直《すなお》になれないだけだから」

「お兄ちゃんが晶穂《あきほ》さんに意地悪いのと似てますね」

「…………」

「…………」

素直《すなお》なほうの妹からの、グサリと突《つ》き刺《さ》すような一撃《いちげき》だった。

春太《はるた》はもちろん、晶穂《あきほ》もとっさに減らず口すら出てこないようだった。

以前に晶穂《あきほ》が言っていた〝雪季《ふゆ》のパワーが凄《すご》い〟、みたいな話はまんざら冗談《じょうだん》でもないかもしれない。

「あ、あの？　みなさん、どうしたんですか？」

透子《とうこ》だけは、まだ春太《はるた》と晶穂《あきほ》が実の兄妹《きょうだい》だと知らない。

「いや、気にしなくていい、透子《とうこ》。うん、確かにこのポテサラ美味《うま》い。透子《とうこ》は、さりげにサイドメニューのバリエーション多いよな」

「というか、メインは雪季《ふゆ》さんの担当ですので……」

透子《とうこ》は家事を手伝いつつも、まだメインは任されないらしい。

旅館で厨房《ちゅうぼう》の手伝いなどもしていて、料理の腕《うで》は確かなのだが。

「そうですね、そろそろ透子《とうこ》ちゃんにもメインの料理をお願いしてみましょうか」

「い、いいんですか、雪季《ふゆ》さん！」

いつの間にか、従姉妹《いとこ》同士の二人が師弟《してい》のようになっている。

「〝そうげつ〟の板長直伝の味噌鍋《みそなべ》料理があるんです。寒い時期には最高です。これなら間違《まちが》いなしですよ！」

「い、いや、透子《とうこ》、そんなガチで料理しなくても。おまえ、受験生なんだからな？」

しかもこの先、元日以外は冬期講習がギッシリという多忙《たぼう》さだ。

呑気《のんき》に秘伝の料理を披露《ひろう》している場合ではない。

「勉強のためにも食事は重要ですよ、お兄さん。それに、もし地元の高校を受けていたら旅館の手伝いは普通《ふつう》にしていたと思います。それに比べたら、お料理くらいは」

「たくましいな……」

「ハルの生活力のなさが浮《う》き彫《ぼ》りになったね」

「晶穂《あきほ》も料理できないだろ！」

「失敬な！　掃除《そうじ》も洗濯《せんたく》もできないっつーの！」

「余計ダメだろ！」

　まさか、生活力がないのは父からの遺伝なのだろうか。

　恐《おそ》ろしい想像をしてしまう春太《はるた》だった。

「いいじゃないですか、お兄ちゃん。私の場合は家事がいい気分転換《てんかん》になってるんですよね。家事を封《ふう》じられたらHPゲージ真っ赤で瀕死《ひんし》になります」

「私も勉強だけと言われたら、調子がおかしくなるかも。試験前でも旅館の仕事をしているのが当たり前だったので」

　一方、冬野《とうの》の血筋は働き者らしい。

　春太《はるた》は、だんだん自分がクズのような気がしてきた。

「ふむ、桜羽家《さくらばけ》は居心地《いごこち》よさそうだね。上げ膳据《ぜんす》え膳《ぜん》だ」

「この居候《いそうろう》には、慎《つつし》みを要求できそうにないな」

　そんなこんなで、和《なご》やかに夕食は終了《しゅうりょう》――

　春太《はるた》と晶穂《あきほ》で食器洗いを済ませると、再び四人はリビングに集まった。

　迅速《じんそく》に解決するべき、重要な問題があるからだ。

「それで、部屋割りはどうすんの？」

「雪季《ふゆ》の部屋に三人……は無理だよな」

まず、当人である晶穂《あきほ》からの質問で議論スタート。

桜羽家《さくらばけ》は慎《つつ》ましい一戸建てで、部屋数は少ないのだ。

「二段ベッドがあれば、三人もなんとかいけたんですけど……難しそうですね」

「今、雪季《ふゆ》さんの部屋に私と二人でいっぱいですからね……床《ゆか》に二人は難しそうです」

「別にずっといるわけじゃないし、あたしは廊下《ろうか》でもいいよ？」

「そんなわけにいくか」

いくらなんでも、居候《いそうろう》を廊下《ろうか》に寝《ね》させるわけにはいかない。

しかも、この寒い時期にどう考えてもナシだ。

晶穂《あきほ》に俺の部屋を使ってもらうしかないな。俺はリビングのソファで寝《ね》るよ」

「なるほど、それは却下《きやっか》として……」

「おい、軽くスルーするなよ、雪季《ふゆ》」

「お兄ちゃんをソファなんかで寝《ね》かせるわけにはいきません。一家の大黒柱ですよ？」

「それは父さんだろ」

一円も家に入れていない身で大黒柱扱《あつか》いはありえない。

「私的には大黒柱なんですが……あれ、お兄ちゃん。スマホ、鳴りませんでした？」

「ん？　ああ、LINEかな」

春太《はるた》がポケットに突《つ》っ込《こ》んであるスマホが数回、短く振動《しんどう》した。

電話なら急ぎの話かもしれないが、着信したのはメッセージだ。

「あとでいい。今はこっちの話のほうが急務だ」

そう言ってから、春太《はるた》はふと気づいた。

「つーか、そうだよ。俺が父さんの部屋で寝《ね》ればいいんじゃないか」

父の寝室《しんしつ》は、つい半年前まで母と二人で使っていた。

母のベッドは処分されたが、春太《はるた》が寝《ね》るスペースくらいはあるだろう。

「あ、そうでした。お兄ちゃん、パパの部屋に全然入ってないんですね？」

「え？　ああ、そういや軽く何ヶ月も見てないような……」

別に父の部屋に用はないので、出入りした記憶《きおく》がまったくない。

「パパの部屋、今はぷちゴミ屋敷化《やしきか》してますよ？」

「えっ⁉」

春太《はるた》は慌《あわ》てて立ち上がり、父の寝室《しんしつ》へと向かう。

ドアを開けると――

すぐに閉じた。

「……大丈夫《だいじょうぶ》なのか、父さん。メンタルを病《や》んでるんじゃ……？」

春太《はるた》はリビングに戻《もど》ってきて、ソファに座り直す。

「掃除機《そうじき》はかけてるから、片付けなくていいと言われてるんですよ」

「全然知らんかった」

父の部屋はギターやベース、さらにいつ買ったのか電子ドラムまで置かれていた。

さらに大量のＣＤやレコードまでが積み上がって層を成している。

「前、ＣＤとかレコードはかなり処分したんだよな？　あれ、どこから湧《わ》いて出たんだ？」

「ＣＤとかレコード……！」

「おいおい、晶穂《あきほ》、目を輝《かがや》かせるな」

そういえば、晶穂《あきほ》は父と音楽の趣味《しゅみ》が合うんだった、と春太《はるた》は思い出す。

晶穂《あきほ》は目の色が変わり、よだれを垂らさんばかりに興味津々《きょうみしんしん》だ。

「それは後回しだ。父さんのことだから、好きに聴《き》かせてくれるだろ。つーか、マジで大量にあったぞ？」

「この数ヶ月で百枚単位で買い直したりしたらしいです。中古の安物ばかりみたいですけど。お兄ちゃんには気づかれるまで黙《だま》っておいてくれって」

「父さん、なに考えてんだ……？」

「なんだろうねえ。ハルたちのお父さん、ストレスでもあったんじゃない？」

「…………」

そうか、コイツか。

春太《はるた》はギターを弾《ひ》くマネをしている晶穂《あきほ》を見て、やっと気づいた。

ストレスというか、メンタルが不安定になるに決まっている。

いきなり自分の隠《かく》し子《ご》が我が家に現れ、それが息子《むすこ》の友達だったのだから。

そういえば春太《はるた》は、晶穂《あきほ》をカノジョとしては紹介《しょうかい》していない。

「離婚《りこん》のストレスもあるでしょうから、私はパパになにも言わなかったんですけど……」

「私の父も、母が亡《な》くなった直後からプラモデル作りに没頭《ぼっとう》し始めて……それまでそんな趣味《しゅみ》はなかったのに。旅館の仕事はきちんとしていたので、誰《だれ》も文句は言えなかったんですけど」

「……現実逃避《とうひ》かな」

春太《はるた》は嫌《いや》がりつつも、父を責める気にはなれなかった。

透子《とうこ》の父親もそうだが、大人であろうと現実を忘れたくなることはあるのだろう。

春太《はるた》だって、雪季《ふゆ》がいなくなったあと、学校にも行かずにゲームばかりしていたのだ。

人のことはまったく言えない。

とりあえず、父の部屋で寝《ね》るというのは物理的に不可能だった。

「仕方ありません、私とお兄ちゃんが一緒《いっしょ》の部屋でいいですよね♡」

雪季《ふゆ》は、にっこにこだ。

「今年の春まで一緒《いっしょ》だったんですし、一時的なことならパパも反対しないでしょう？」

「まあ……それが妥当《だとう》だな」

春太《はるた》は、雪季《ふゆ》を妹だと意識し直している。

むしろ、今なら雪季《ふゆ》と同室でもなにも問題ないような気さえしてきた。

「私も居候《いそうろう》なので文句はないですが……晶穂《あきほ》先輩《せんぱい》、いいんですか？」

「いいよ。それにさ、雪季《ふゆ》ちゃん」

「はい？」

「お母さんのことは、お母さんのこと。あたしと戦いたいなら、いつでもどうぞ。あたしと雪《ふ》季《ゆ》ちゃん、どっちがカノジョで妹なのか——決めなきゃね」

「……決めましょう、晶穂《あきほ》さん」

雪季《ふゆ》と晶穂《あきほ》は、お互《たが》いに笑顔《えがお》さえ向けていて。

まるで敵意が感じられないが、それでいて緊迫感《きんぱくかん》に満ちている。

「え、妹って……えっ、えっ？」

透子《とうこ》が、事情が完全には呑《の》み込《こ》めないらしく、オロオロしている。

春太《はるた》も透子《とうこ》と一緒《いっしょ》になってうろたえたかったが、そうもいかない。

とりあえず、部屋割りは決まったようだ。

クリスマスが終わり、年末。

年明けの晶穂《あきほ》の母親の退院まで一週間もないが、ここからは長くなりそうだ——

# 第10話　エピローグ

「ふー、桜羽家《さくらばけ》じゃギターが弾《ひ》けないのが欠点だね」

「当たり前だろ、受験生が二人もいるんだぞ」

晶穂《あきほ》は夕食後、なぜか春太《はるた》の部屋にいる。

キャミソールに太もも丸見えのショートパンツと、リラックスしすぎている格好で。

しかも、当たり前のようにベッドに座ったり寝転《ねころ》んだりと我が物顔だ。

雪季《ふゆ》と透子《とうこ》は、もちろん今も勉強中だ。

もう年《とし》の瀬《せ》が迫《せま》り、のんびりはしていられない。

春太《はるた》は床《ゆか》に置いたテーブルの上で、ノートPCを操作中だ。

雪季《ふゆ》の学習スケジュールは、エクセルで管理していて、それを再確認《さいかくにん》しているところだ。

「あ、エレキギターでもけっこう音するからな。アンプ通さなくてもダメだからな？」

「さすがにわかってるって。キーボードでも弾《ひ》けたらなあ。あれなら音しないし」

「なんだ、晶穂《あきほ》はギターだけなのか。楽器やってるヤツって、基本はピアノかと思ってた」

「んなわけないじゃん。まあ、ヨソのバンドのヤリチン腐《くさ》れ金髪《きんぱつ》男がすげー上品なクラシック弾《ひ》けたりするけどね」

「おまえ、口悪すぎんぞ」

女子中学生二人に悪影響《あくえいきょう》が出ないか、春太《はるた》はだんだん本気で心配になってきた。

「うーん、ピアノか……」

「なんだ、やってみたいのか？　今からでも習えるんじゃないか？」

「人に教わるとかクッソ苦手なんだよね。ギターもほぼ独学だしさ」

「なるほど、凄《すご》く納得《なっとく》できる」

晶穂《あきほ》が素直《すなお》に人に教わっているところは想像がつかない。

「音出しちゃダメとなると、ハルがあたしの身体《からだ》を奏《かな》でるのもダメだね」

「身体《からだ》を奏《かな》でるってなんだ⁉」

「わかってるくせに」

晶穂《あきほ》がニヤリと笑う。

キャミソールの胸元《むなもと》からは大きな胸のふくらみが、半分ほども見えていて。

膝《ひざ》を立てて座り、短パンの隙間《すきま》からピンクのパンツがちらりと覗《のぞ》いている。

晶穂《あきほ》は血縁的《けつえんてき》には妹だが、気持ちの上では未《いま》だにクラスメイトでカノジョ――

そんな無防備な姿を見せられてはたまらない。

「……おまえ、またそんな薄着《うすぎ》だけど、ウチはけっこう冷えるからちゃんと着込んどけよ」

「家の中なら全然へーキ。ハルにもたまにはサービスしないとね」

「なんのサービスだよ！」

サービスになってしまっているのがまずい。

春太《はるた》は、晶穂《あきほ》のパンチラから目を逸《そ》らしつつ――

「ま、まあ、退屈《たいくつ》ならゲームくらいは一緒《いっしょ》にやってもいいぞ」

「あたし、あんまゲームしないからなあ。ハルも今はゲーム控えてるとか？」

「まったくやらないわけじゃないけどな。雪季《ふゆ》も我慢《がまん》してるんだから、やりにくい」

「ちなみに、去年はハルが受験生だったけど、雪季《ふゆ》ちゃんは？」

「めちゃめちゃ遊んでたな」

「兄貴はつらいんだねえ……」

「本気で憐《あわ》れむなよ」

といっても、実は春太《はるた》が「気にせず遊べ」と雪季《ふゆ》に厳命していたのだが。

春太《はるた》にしてみれば、雪季《ふゆ》の「ぎゃー！」「死ぬ死ぬ死ぬ！」「やっほー、ざまぁです！」などのゲーム中の奇声《きせい》は心地《ここち》よいBGMみたいなものだ。

「ま、ハルは気苦労も多そうだけど、プラスも多いからねえ」

「なんだよ、プラスって」

「自宅が女子三人のハーレムとか、どこのラブコメぽんこつ主人公？」

「ぽんこつで悪かったな！」

「実は、ハルは地味にスペック高いけど。身長高いし、頭も悪くないし、運動神経いいし。さすが、半分はあたしと遺伝子かぶってるだけあるね」

「俺を褒《ほ》めてるフリして自画自賛してんな？」

晶穂《あきほ》は以前、春太《はるた》のスペックを馬鹿にしていたが、都合良く忘れたらしい。

「つーか、あんま会話もしないほうがいいかな？」

「それはさすがに……大声で騒《さわ》がなきゃ大丈夫《だいじょうぶ》だろ」

春太《はるた》も、晶穂《あきほ》にそこまで不便を強《し》いるつもりはない。

「そっかー。これでも、さすがにあたしも緊張《きんちょう》してるからね」

「意外に普通《ふつう》なところもあるんだな……」

なにしろ、晶穂《あきほ》にとって〝桜羽家《さくらばけ》〟は特別な意味を持ちすぎている。

緊張《きんちょう》するのも無理はない。

「雪季《ふゆ》ちゃんに寝首《ねくび》をかかれないか、心配で夜も眠《ねむ》れなさそう」

「そんな心配かよ！」

「トーコちゃんも決して油断はできないね。本妻のつらいトコだよ」

「俺、何人側室いるんだ？」

「何人いるか、数えようか？」

「やめろ、やめろ」

側室など一人もいるはずないが、具体的な数字を出されたくない。

そんな軽口はともかく――

「でも、晶穂《あきほ》。マジで遠慮《えんりょ》しなくていいからな。ある意味……」

「あたしの家でもあるって？　さすがに図々《ずうずう》しい晶穂《あきほ》さんでも、そこまでは思えないね」

ははは、と晶穂《あきほ》は笑ってごろんとベッドに横になる。

かと思えば――

「おっ」

「ん？　なんだ、晶穂《あきほ》」

晶穂《あきほ》は急に起き上がると、ベッドから下りて部屋を出て行った。

「なんだ、あいつ……？」

春太《はるた》が首を傾《かし》げていると、一階からガチャリと鍵《かぎ》を外す音が聞こえた。

晶穂《あきほ》は階段を下りていっているようだ。

まさか――

「お、おい、晶穂《あきほ》、ちょっと待て！」

春太《はるた》も慌《あわ》てて部屋を出て、一気に階段を駆《か》け下《お》りる。

「おまえ、よく父さんが帰ってくるのわかったな？」

「門が開く音、したから。晶穂《あきほ》さん、耳はめっちゃいいんだよ」

階段を下りたところで晶穂《あきほ》と合流すると、彼女はニヤリと笑って言った。

春太《はるた》は笑うどころではない。

こうなるとわかってはいたが、いざこのときが来ると——

父が玄関《げんかん》で靴《くつ》を脱《ぬ》ぎ、洗面所へ直行して手洗いうがいを済ませて廊下《ろうか》を歩いてくる。

「どうも、お邪魔《じゃま》しています」

「…………っ」

当然ながら——父は、ひょこっと現れた晶穂《あきほ》にびくりとする。

それでも——

「こんばんは、晶穂《あきほ》ちゃん」

父はにっこり笑《え》みを浮《う》かべ、軽く頭を下げた。

えっ、そこで笑えるのか父さん？

春太《はるた》は父の冷静すぎる対応に、驚《おどろ》かざるをえない。

「自分の家だと思ってくつろいでくれていいよ。君のお母さんから連絡《れんらく》もらってるからね」

「えっ⁉　秋葉《あきは》さんから⁉　父さん、いつの間に……！」

「お嬢《じょう》さんをお預かりするんだから、親同士で連絡《れんらく》を取り合うのは当たり前だろう」

「そ、そりゃそうだけど……」

だが、晶穂《あきほ》は〝ヨソの〟お嬢《じょう》さんではない。

いや、表向きはそうであっても――

目の前にいる中年男と少女は、ほぼ確実に血が繋《つな》がった父娘《おやこ》なのだ。

しかも、連絡《れんらく》を取り合った〝母親〟は春太《はるた》の父にとっては昔の浮気《うわき》相手――

「晶穂《あきほ》ちゃん、狭《せま》い家だから不自由もあるだろうが、困ったことがあったら春太《はるた》か雪季《ふゆ》に遠慮《えんりょ》なく言ってくれ。もちろん、私に言ってくれてもかまわない」

「はい、ありがとうございます。お世話になります」

晶穂《あきほ》がにっこり笑って頭を下げると。

父も笑《え》みを返して、自室へ入っていった。

「……意外にフツーだったな。父さんも……晶穂《あきほ》も」

「あたし、反抗期《はんこうき》もう終わったから」

「そんな問題じゃねぇだろ……」

というか反抗期《はんこうき》終わってないだろう、と春太《はるた》は内心でツッコミを入れる。

どう見ても晶穂《あきほ》は、母親に無意味にツンツンしている。

「現実はこんなもんだよ、ハル。多少はギスギスするけど、秘密なんか知らんぷりして上手《うま》くやってくしかないから」

「……おまえ、意外に大人だな」

「身体《からだ》は子供、心は大人、でも実はハルに大人にされちゃった♡」

「最後の付け足しはなんだ⁉」

「いやん、あたしをキズモノにしといて♡」

「おまえ、マジでキャラ変わってきてんぞ！」

しかし、春太《はるた》がもっとも心配していた父と晶穂《あきほ》の顔合わせが――

こんなにあっさりしたものになるとは。

一応、二度目の対面とはいえ、二人とも大人すぎる。

春太《はるた》の知らないところで、なにかあったのではと勘《かん》ぐってしまうほどだ。

「あー…………！」

かと思ったら、晶穂《あきほ》がいきなり唸《うな》り声を上げてしゃがみ込み、うつむいてしまう。

「ビビったー……二回目なのに、一回目より緊張《きんちょう》したかも……」

「……これも晶穂《あきほ》のキャラじゃねぇな」

やはり、晶穂《あきほ》も平気ではなかったらしい。

既《すで》に父からも娘《むすめ》と認識《にんしき》された状態で会うのは、また違《ちが》うのだろうか。

「あたしの人生さあ、いろんなこと起きすぎじゃない？　まだ十六年しか生きてないのに、先が思いやられる」

「その泣き言も晶穂《あきほ》らしくないな」

「……幻滅《げんめつ》した？」

「晶穂《あきほ》との付き合いは長くなりそうだからな。このくらいで幻滅《げんめつ》してたら、やっていけない」

「そりゃそうだ。ハルもだいぶ達観してきたね」

「達観ね……」

まだ悟《さと》りを開けるほどではないが、春太《はるた》の人生もいろいろ起きすぎている。

いちいち驚《おどろ》いていられない。

それに、クールな晶穂《あきほ》の人間らしい反応を見られるのは悪くない。

「晶穂《あきほ》、ちょっと外を歩くか」

「えっ？　まあ、頭冷やしたい気がするけど……」

「嫌《いや》というほど冷えるだろ。ただ、ちゃんと着替《きが》えてこいよ」

「そうだね、ちょうどいいかもしれない」

「は？　なんだ、なにか俺に話があるのか？」

とっさに、春太《はるた》は身構えてしまう。

この家で、晶穂《あきほ》がとんでもない爆弾《ばくだん》発言をしたときの衝撃《しょうげき》は、忘れるには早すぎる。

春太《はるた》は、迂闊《うかつ》に晶穂《あきほ》を誘《さそ》ったことを後悔《こうかい》しそうだった。

薄着《うすぎ》が多い晶穂《あきほ》も、さすがに十二月も終わりに近づいた今、きちんと着込んでいる。

といっても、スカジャン、デニムのミニスカート、黒タイツというおなじみの格好で、今夜はそれらに加えて上着の下にパーカーを着ているだけだ。

マフラーや手袋《てぶくろ》も着けていない。寒がりの春太《はるた》から見れば、正気を疑うような服装だ。

「ウチの魔女《まじょ》とハルのお母さんとお父さんの間になにがあったか、その辺はあたしもどうでもいいんだよね。大人同士の話だし」

「なんだ、いきなり」

春太《はるた》はぎょっとして、隣《となり》の晶穂《あきほ》を見つめた。

「まあ、親友同士で同じ男の子供、それも同じ年に産んでるってけっこう凄《すご》いけど」

「あらためて言うなよ……あんま考えないようにしてんだから」

少なくとも、父親が妻と妻以外の女性と同時に関係を持っていたのは事実だ。

一般的《いっぱんてき》には、褒《ほ》められることではないだろう。

「父親ともギクシャクしたくないって話。そんなの、あたしにはなんの得もないしね」

「居候《いそうろう》するんだから、変な空気にならないほうがありがたいな。受験生が二人いることだし」

「頑張《がんば》るよ。ハル父《ちち》のほうは大丈夫《だいじょうぶ》そうだからね」

「何気にポーカーフェイスだよなあ、あの親父《おやじ》は……」

春太《はるた》は、父親は音楽好きという点を除けばごく平凡《へいぼん》な男だと思っていた。

だが、息子《むすこ》が知らない顔が他にもあるのかもしれない。

「ウチの親たち、みんな変わってるのかもね。あたしやハルみたいなまともな子供が生まれたのが不思議なくらいだね」

「俺は普通《ふつう》だが、晶穂《あきほ》がまともっつーのは図々《ずうずう》しいだろ」

「あらま、優《やさ》しくない。雪季《ふゆ》ちゃんは、よくひねくれずに育ったもんだね」

「俺が手塩にかけて育てたからな」

「……割とガチでそうなんだよね。子育ての本とか書いたら？」

「どうでもいい会話だな」

春太《はるた》は、ふうっと白い息を吐《は》く。

「じゃあ、どうでもよくない話をしよっか？」

「なんだ？」

「ウチの魔女《まじょ》、ハルのお母さんを連れてハルに会わせに行ったんだよね」

「秋葉《あきは》さん、そんな話をしてたな」

最後の最後の部分は、細かいところまでは聞かなかったが——

秋葉《あきは》が目を離《はな》したところで、事故に遭《あ》ったということらしい。

病人を連れ出すなら最大限の注意が必要で、秋葉《あきは》はそれを怠《おこた》ったとも言える。

だが、秋葉《あきは》は母の無理な願いを聞いてくれたのだ。

少なくとも春太《はるた》は、秋葉《あきは》が悪いとは少しも思わない。

「もし、お母さんを許せる人間がいるなら、ハルだけかもしれない」

「……そうかな。俺がなにか言わなくても、たぶん俺の母親が責めたりしないってことは、秋《あき》葉《は》さんがよくわかってるんじゃないか？」

「なるほどね、それもそっか」

晶穂《あきほ》も白い息を吐《は》き、かすかに笑った。

それから二人はフラフラと歩き――

「このあたりまで来たのかな、ハルのお母さんは？」

「俺の家の近くまで行った、みたいなことも言ってたな。来てたんだろうか……」

「あたしさ、思い出したんだよね」

「え？」

「ほら、魔女《まじょ》が言ってたじゃん。小さい頃《ころ》のあたしがハルのお母さんに会ったことあるって」

「あー……思い出したって、そのときのことか」
五、六歳なら記憶《きおく》があっても不思議ではない。
「そう、顔も名前も思い出せないけど、優《やさ》しいお姉さんと会った記憶《きおく》はあるんだよ。会うたびにケーキとかアイスとか持ってきてくれて」

「食い物の記憶《きおく》じゃねぇか」

晶穂《あきほ》は細くて小柄《こがら》な割に、食べることが好きだ。

幼い頃《ころ》からそのあたりは変わらなかったようだ。

「さっき、ピアノの話したじゃん？　それで思い出したんだけど、おもちゃのちっこいピアノ
——あれ持ってきて、あたしに教えてくれたんだよね」

「……そういや、バンドでもキーボードやってたんだっけ。俺の母親」

あの優《やさ》しそうな母が、幼い晶穂《あきほ》の小さな手を取って、おもちゃのピアノをぽんぽんと奏《かな》でている。

春太《はるた》は不意に、そんな光景が目に浮《う》かんだ——

「ピアノはただの遊びだったけどさ、凄《すご》く楽しかった。楽しかったこと、思い出した」

「そうか……」

「あの人、あたしのこと、『可愛《かわい》い可愛《かわい》い』ってもの凄《すご》く可愛《かわい》がってくれたんだよね」

「……本当に、俺の代わりに晶穂《あきほ》を可愛《かわい》がってくれたんだな」

「半分はあたしと遺伝子かぶってるし」

「なんの話をしてるんだ、俺たちは……」

考えるまでもなく、際《きわ》どい話だ。

山吹翠璃《やまぶきみどり》は夫の浮気《うわき》相手の娘《むすめ》を可愛《かわい》がっていた、ということになる。

しかもそれが実の息子《むすこ》、春太《はるた》の代わりとなると——どうにも山吹翠璃《やまぶきみどり》という人の本心がわからない。

「それで、なんとなく耳に残ってるんだよね」

「なにがだ？」

「よく言ってたんだよね、そのお姉さんが。『私のハルと会ったら仲良くしてあげてね』――って」

「私の、ハル……」

春太《はるた》の母は、息子《むすこ》を〝ハル〟と呼んでいた。

産んですぐに引《ひ》き離《はな》された息子《むすこ》に愛称《あいしょう》をつけていた――

「それが頭の片隅《かたすみ》にあったのかな。あんたを、ハルって呼ぶようになったのは」

「春太《はるた》のあだ名なら、晶穂《あきほ》に山吹翠璃《やまぶきみどり》なんて普通《ふつう》すぎるくらいだろ……」

そう言いつつも、晶穂に山吹翠璃の影響《えいきょう》がなかったとは限らない。

もしも、母がつけた愛称《あいしょう》を晶穂《あきほ》が受《う》け継《つ》いだのなら――

それは、亡《な》くなってしまった母への慰《なぐさ》めになるような気がした。

「そのときはもう公園で〝ハルタロー〟を見かけた後だったけど、お姉さんがハルタローの母親だってことは知らなかったんだよね」

「……まあ、わざわざ〝私が君の腹違《はらちが》いの兄を産んだ母親ですよ〟なんて説明しねぇだろ」

小さな子供に説明してもわかるかどうか――理解できても、教えないほうがいいだろう。

「しかし、次々といろんな話が出てくるもんだな」

「まったくだね。あ、その公園じゃん」

春太《はるた》たちは、近所の児童公園に着いていた。

以前、春太《はるた》と雪季《ふゆ》が出生の秘密を知った日の夜に訪《おとず》れた公園だ。

幼い日の晶穂《あきほ》が、春太《はるた》たちを初めて見た場所でもある。

「もう帰るか、さすがに公園でまったりするには寒すぎるしな」

「風邪《かぜ》引いて、雪季《ふゆ》ちゃんトーコちゃんにうつしたら悪いね。しょうがない、帰ろ――」

と、そのとき晶穂《あきほ》のほうからスマホの振動音《しんどうおん》が聞こえてきた。

「あ、ごめん。電話みたい」

「ああ、どうぞ」

春太《はるた》が促《うなが》すと、晶穂《あきほ》は公園のベンチに座って通話を始めた。

「はい、月夜見晶穂《つくよみあきほ》です。はい、はい――」

「…………」

なんだか、よそ行きの声だった。

春太《はるた》は誰《だれ》からの電話なのか気にしつつ、一つ思い出した。

部屋割りの会議中にＬＩＮＥのメッセージが届いていたのに、まだ確認《かくにん》していなかった。

スマホを取り出し、確認《かくにん》すると――月夜見秋葉《つくよみあきは》からだった。

「ん？　これって……」

【秋葉《あきは》】［一つ、話を忘れてた］
【秋葉《あきは》】［翠璃先輩《みどりせんぱい》、亡《な》くなる前に少しだけ意識があって］
【秋葉《あきは》】［最後の言葉、私が聞いた］

「…………」

春太《はるた》はそれらのメッセージを目で追っていく。

【秋葉《あきは》】［『可愛《かわい》いなあ、私のハルは』でした］
【秋葉《あきは》】［君のお母さん、君のことを『ハル』って呼んでたの］
【秋葉《あきは》】［翠璃先輩《みどりせんぱい》、最後に春太《はるた》くんと会ってたみたい］

「……ハル、か。それはちょうど今、知ったところですよ」

春太《はるた》はＬＩＮＥへの返信を、思わず口でつぶやいてしまう。

そうか、母は最後に見た夢で俺と出会えたのか――

母の最期《さいご》に救いがあった――そう思えたのは幸せなことだ。

秋葉《あきは》は言いにくかったのかもしれないが、教えてもらえてよかったと心から思う。

メッセージの口調は淡々《たんたん》としていたが、そこには秋葉《あきは》の感情が溢《あふ》れんばかりに込《こ》められているように感じられた。

本当は言い忘れたのではなく、春太《はるた》にどう伝えればいいか迷っていたのかもしれない――

メッセージの他に、ファイルのURLらしきものもあった。

URLをタップすると、オンラインストレージのダウンロードページが開いた。

「ファイル名は……〝harutahimitu〟……なんだ、こりゃ？」

拡張子を見たところ、圧縮ファイルらしい。

スマホではなく、あとでPCで確認《かくにん》したほうがよさそうだ。

「ん？　なんだ、まだメッセージが…………え？」

春太《はるた》は、最後に表示されたそのメッセージを見て固まった。

短いメッセージだが、つい何度も読み返ししてしまう。

「嘘、だろ……」

春太《はるた》は、ちらりとベンチに座る晶穂《あきほ》を見た。

あちらはまだ話の最中だったが――

「はい、はい……わかりました。えーと、今すぐ行けばいいでしょうか？　なにか必要なものとか……はい、はい、それなら……はい、大丈夫《だいじょうぶ》です。ありがとうございます。はい、お願いします……いえ、失礼します」

春太《はるた》が晶穂《あきほ》を眺《なが》めているうちに、通話は終わったようで、晶穂《あきほ》はスマホをスカジャンのポケットにしまった。

「……これから行くって、どこへだ？」

「うーん……」

春太《はるた》の質問に、晶穂《あきほ》はかすかに唸《うな》っただけだった。

それから、スカジャンのポケットに両手を突《つ》っ込《こ》んで立ち上がる。

「あたしには、お兄ちゃんだけになっちゃったな」

「おまえ、またお兄ちゃんって……俺だけって、なんだそれ？」

春太《はるた》は質問してから——心臓がドクンと高鳴るのを感じた。

晶穂《あきほ》の表情に変わりはない。

しかし、かすかに——晶穂《あきほ》の目元に陰《かげ》りがあった。

「予感があったのかなあ。あたしに勉強しろって言ったり、事務所を紹介《しょうかい》しようとしたり——考えるまでもなく、お母さんらしくなかったよね」

「予感って……晶穂《あきほ》、なにがあった？」

「参ったね」

晶穂《あきほ》は、引きつったような笑《え》みを浮《う》かべて――

「お母さん、死んじゃったって」

かるように身体《からだ》を寄せてきた。


「…………っ!?」

春太《はるた》が驚《おどろ》いたのと同時に、晶穂《あきほ》が両手をスカジャンのポケットに突《つ》っ込《こ》んだまま春太《はるた》にぶつかるように身体《からだ》を寄せてきた。


「死んじゃったって……死んじゃったって……ハルぅ、お母さん、死んだ……！」

「晶穂《あきほ》……！」

晶穂《あきほ》は身体《からだ》を震《ふる》わせ、春太《はるた》の胸に顔を埋《うず》めるようにして――泣いていた。

激しく声を上げ、春太《はるた》のコートの胸元《むなもと》で涙《なみだ》をこぼしている。

ここまで感情を剝《む》き出《だ》しにした晶穂《あきほ》を、春太《はるた》は初めて見た――

「あんなに元気だったのに、なんで……！　あたし、あたし……お母さんいなくなったら……

一人、だよ……お母さん、いなくなったら、あたし……！」

「一人じゃない」

春太《はるた》は、かろうじてそれだけ言って、晶穂《あきほ》の身体《からだ》を抱《だ》き寄せた。

何度も抱《だ》きしめてきた、小さくて細い身体《からだ》。

だが、今はカノジョではなく——春太《はるた》は〝妹〟を抱《だ》いていた。

「俺は、おまえの兄貴だ。晶穂《あきほ》、おまえは——俺の妹だ」

「ハル……お兄、ちゃん……」

春太《はるた》は頷《うなず》き、さらに強く晶穂《あきほ》を抱《だ》きしめる。

とっさに口走ったことだが——本心だった。

晶穂《あきほ》を一人になどさせられない。

家族を失った晶穂《あきほ》を——晶穂も自分の妹として受け入れることをもう決めていた。

月夜見晶穂《つくよみあきほ》は、桜羽春太《さくらばはるた》の妹なのだ——


『晶穂《あきほ》も私と同じ、心臓の疾患《しっかん》が遺伝してる』

春太《はるた》はついさっき見た、秋葉《あきは》からのメッセージを思い出していた。

月夜見秋葉《つくよみあきは》からのメッセージは、彼女の〝遺言《ゆいごん》〟なのだ。

春太《はるた》は、秋葉《あきは》が最後に遺《のこ》した言葉を、遺《のこ》した娘《むすめ》を守らなければならない。

なにもかも先送りにしてきた春太《はるた》だったが——

ただ一つ、今ここで決めて守るべきものを見つけ出したのだ。

# あとがき

どうも、鏡遊《かがみゆう》です。

連続刊行だった1、2巻から少し間が空いてしまいましたが、無事に3巻をお届けできて、ほっとしております。

その1、2巻は読者の皆様《みなさま》のおかげで、重版も続けてかかり、大変ありがたいです！

初めてカクヨムさんに投稿《とうこう》した作品が書籍《しょせき》化して、しかも重版なんて上手《うま》くいきすぎて怖《こわ》いくらいですよ。思いつきで始めたような作品でしたが、まったく予想外の展開です（笑）。

人生、なんでもやってみるもんだなとしみじみ思ってます。


3巻の内容について。

今巻は、晶穂《あきほ》のお話が動きましたね。元から重たいものを背負いすぎている子なので、動くのが怖《こわ》くもあるんですけど。でも、重たいヒロイン、大好きなんですよね……。

そして春太《はるた》の話でもありました。やはり主人公ですし、いろいろと美味《おい》しい目に遭《あ》ってる分、痛い目にも遭《あ》ってもらおうと思ってます。困難を乗《の》り越《こ》えてこその主人公ですよね。

もちろん、雪季《ふゆ》ちゃんの物語も進んでいます。ただ、雪季《ふゆ》には笑顔《えがお》を失ってほしくないので、どうしても甘やかしてしまいますね。春太《はるた》のように。

このお話は雪季《ふゆ》と晶穂《あきほ》のダブルヒロインで、二人が中心なのは変わらないのですが、他のキャラたちも勝手に動き出しています。

透子《とうこ》は初登場時からは予想もできなかった可愛《かわい》さと押しの強さで、雪季《ふゆ》にますます警戒《けいかい》されそうです。

氷川《ひかわ》なんて最初はタダのにぎやかしで、特に動かす予定もなかったのですが、家族まで登場してきましたよ。3巻でビジュアルも登場して、さらに可愛《かわい》くなってしまいました。これは嬉《うれ》しい誤算ですよ。

その氷川《ひかわ》の姉で新キャラの一人、〝氷川涼風《ひかわすずか》〟はカクヨム版では〝涼華《すずか》〟です。書籍《しょせき》版ではやや立場が変わったため、名前も変更《へんこう》してみました。ややこしくなっただけで、僕の自己満足かもしれませんが、ご承知いただければ。

方言ヒロインも可愛《かわい》くて好きなんですが、多少好みが分かれやすいかな？　とも思うので、商業作品ではちょっと出しづらいんですよね。カクヨム作品では自分の趣味《しゅみ》も堂々と出していきたいもんです。

2巻後半からカクヨム版のストーリーから離《はな》れていて、3巻はまだカクヨム版をベースにしていますが、ルート自体は大きく分岐《ぶんき》してしまったかも。

というか、現状はカクヨム版のストックを使い果たしてますしね……この先どうなるのか、もう誰《だれ》にもわからない。いえ、プランはあるんですよ、プランは。

ただ、この3巻の執筆《しっぴつ》と同時にカクヨム版4章も書いているのですが、書いたり消したりで悩《なや》んでいます。

ぐぬぬ、書籍《しょせき》化したからといってカクヨム版の読者さんを待たせるのは本意ではないのですが……もはや二作品を同時に書いてるようなもので、悩《なや》みも作業量も2倍で大変でした。もちろん、雪季《ふゆ》や晶穂《あきほ》を書くのは楽しいんですけどね！

カクヨム版4章も楽しみにお待ちいただけたら、嬉《うれ》しいです。この3巻が世に出る頃《ころ》にはさすがに公開されてる……といいなあ（願望）。

そして、朗報です！　ビッグニュースですよ、お兄ちゃん！

なんと、『妹』のコミカライズが開始予定です。既《すで》にお話はかなり進んでいて、この本が出る頃《ころ》には具体的な情報が発表されてる……かも？

コミカライズの雪季《ふゆ》や晶穂《あきほ》も可愛《かわい》いので、お楽しみに！　僕も楽しみです！

イラストの三九呂《さんくろ》先生、どんどんキャラが増えてデザイン作業も大変だったかと……すみません！　ですが、氷川《ひかわ》姉妹《しまい》もメチャクチャ可愛《かわい》いです！　金髪《きんぱつ》ツインテの姉、褐色《かっしょく》ショートカットの妹、対照的でいいですね！　カバーのサンタ雪季《ふゆ》も最高でした！

担当さんも引き続きありがとうございます！　細かいケア、とても助かっています。

この本の制作・出版・販売《はんばい》などに関わってくださった皆様《みなさま》、ありがとうございます。

なにより、カクヨムの読者さま、そしてこの本の読者の皆様《みなさま》に最大限の感謝を！

それでは、またお会いできれば嬉《うれ》しいです。

２０２２年秋　鏡遊

◉鏡　遊著作リスト

「妹はカノジョにできないのに1〜3」（電撃文庫）

## 本書に対するご意見、ご感想をお寄せください。

ファンレターあて先
〒102-8177　東京都千代田区富士見2-13-3
電撃文庫編集部
「鏡 遊先生」係
「三九呂先生」係



本書はカクヨム掲載『妹はカノジョにできない』を改題・加筆修正したものです。

電撃文庫

# 妹《いもうと》はカノジョにできないのに 3

鏡《かがみ》 遊《ゆう》

2022年11月10日　初版発行

発行者　山下直久
発行　株式会社KADOKAWA
〒102-8177　東京都千代田区富士見2-13-3
0570-002-301（ナビダイヤル）
装丁者　荻窪裕司（META＋MANIERA）
印刷　株式会社暁印刷
製本　株式会社暁印刷


ISBN978-4-04-914687-5　C0193　Printed in Japan

電撃文庫　https://dengekibunko.jp/

# 電撃文庫創刊に際して

文庫は、我が国にとどまらず、世界の書籍の流れのなかで〝小さな巨人〟としての地位を築いてきた。古今東西の名著を、廉価で手に入りやすい形で提供してきたからこそ、人は文庫を自分の師として、また青春の想い出として、語りついできたのである。

その源を、文化的にはドイツのレクラム文庫に求めるにせよ、規模の上でイギリスのペンギンブックスに求めるにせよ、いま文庫は知識人の層の多様化に従って、ますますその意義を大きくしていると言ってよい。

文庫出版の意味するものは、激動の現代のみならず将来にわたって、大きくなることはあっても、小さくなることはないだろう。

「電撃文庫」は、そのように多様化した対象に応え、歴史に耐えうる作品を収録するのはもちろん、新しい世紀を迎えるにあたって、既成の枠をこえる新鮮で強烈なアイ・オープナーたりたい。

その特異さ故に、この存在は、かつて文庫がはじめて出版世界に登場したときと、同じ戸惑いを読書人に与えるかもしれない。

しかし、〈Changing Times,Changing Publishing〉時代は変わって、出版も変わる。時を重ねるなかで、精神の糧として、心の一隅を占めるものとして、次なる文化の担い手の若者たちに確かな評価を得られると信じて、ここに「電撃文庫」を出版する。

**1993年6月10日**
**角川歴彦**

# 電撃文庫DIGEST　11月の新刊

発売日2022年11月10日

新作
## デモンズ・クレスト1
**現実∽侵食**

著／川原 礫　イラスト／堀口悠紀子

「お兄ちゃん、ここは現実だよ！」
ユウマは、VRMMORPG《アクチュアル・マジック》のプレイ中、ゲームと現実が融合した《新世界》に足を踏み入れ……。川原礫最新作は、MR（複合現実）＆デスゲーム！

**続・魔法科高校の劣等生**
## メイジアン・カンパニー⑤

著／佐島 勤　イラスト／石田可奈

USNAのシャスタ山から出土した『導師の石板』と『コンパス』。この二つの道具はともに、古代の高度魔法文明国シャンバラへの道を示すものではないかと考える達也は、インド・ペルシア連邦へと向かうのだが——。

## 呪われて、純愛。2

著／二丸修一　イラスト／ハナモト

よみがえった記憶はまるで呪いのように廻を蝕んでいた。白雪と魔子の狭間で惑う廻は、幸福を感じるたびに苦しみ、誠実であろうとするほど泥沼に堕ちていく。三人全員純愛。その果てに三人が選んだ道とは——。

## 姫騎士様のヒモ3

著／白金 透　イラスト／マシマサキ

ついに発生した魔物の大量発生——スタンピード。迷宮内に取り残されてしまった姫騎士アルウィンを救うため、マシューは覚悟を決め迷宮深部へと潜る。立ちはだかる危機の数々に、最弱のヒモはどう立ち向かう！？

## 竜の姫ブリュンヒルド

著／東崎惟子　イラスト／あおあそ

第28回電撃小説大賞《銀賞》受賞『竜殺しのブリュンヒルド』第二部開幕！　物語は遡ること700年……人を愛し、竜を愛した巫女がいた。人々は彼女をこう呼んだ。時に蔑み、時に畏れ——あれは「竜の姫」と。

## ミミクリー・ガールズII

著／ひたき　イラスト／あさなや

狙われた札幌五輪。極東での作戦活動を命じられたクリスティたち。首脳会談に臨むが、出てきたのはカグヤという名の少女で……。

## 妹はカノジョにできないのに 3

著／鏡 遊　イラスト／三九呂

「妹を卒業してカノジョになる」宣言のあとも雪季は可愛い妹のままで、晶穂もマイペース。透子が居候したり、元カノ（？）に遭遇したり、日常を過ごす春太。が、クリスマスに三角関係を揺るがすハプニングが!?

## 飛び降りる直前の同級生に『×××しよう!』と提案してみた。2

著／赤月ヤモリ　イラスト／kr木

胡桃のイジメ問題を解決し、正式に恋人となった二人は修学旅行へ！　遊園地や寺社仏閣に、珍しくテンションを上げる胡桃。だが、彼女には京都で会わなければいけない人がいるようで……。

新作
## サマナーズウォー／召喚士大戦1　**喚び出されしもの**

著／榊 一郎　イラスト／toi8
原案／Com2uS　企画／Toei Animation/Com2uS
執筆協力／木尾寿久(Elephante Ltd.)

二度も町を襲った父・オウマを追って、召喚士の少年ユウゴの冒険の旅が始まる。共に進むのはオウマに見捨てられた召喚士の少女リゼルと、お目付け役のモーガン。そして彼らは、王都で狡猾な召喚士と相まみえる——。

新作
## ゲーム・オブ・ヴァンパイア

著／岩田洋季　イラスト／8イチビ8

吸血鬼駆逐を目的とした機関に所属する汐瀬命は、事件捜査のため天霧学園へと潜入する。学園に潜む吸血鬼候補として、見出したのは４人の美少女たち。そんな中、学園内で新たな吸血鬼の被害者が出てしまい——。

新作
## 私のことも、好きって言ってよ!
**～宇宙最強の皇女に求婚された僕が、世界を救うために二股をかける話～**

著／午鳥志季　イラスト／そふら

宇宙を統べる最強の皇女・アイヴィスに“一目惚れ”された高校生・進藤悠人。地球のためアイヴィスと付き合うことを要請される悠人だったが、悠人には付き合い始めたばかりの彼女がいた！　悠人の決断は——？

MONSTER HOLIC
怪物中毒
PICK UP!
超人気作家
三河ごーすと
が贈る原点回帰にして
最新の
ダークファンタジー！
AUTHOR
三河ごーすと
ILLUST
美和野らぐ
怪物以上人間未満の
少年少女たちが
《官製スラム》の夜を駆ける——！
MONSTER HOLIC
電撃文庫

# この△《さんかく》ラブコメは幸せになる義務がある。

[著]榛名千紘
[ILL.]てつぶた

**ラブコメ史上、**
**もっとも幸せな三角関係！**
**これが三角関係ラブコメの到達点！**

平凡な高校生・矢代天馬はクールな美少女・皇凜華が幼馴染の椿木麗良を溺愛していることを知る。天馬は二人がより親密になれるよう手伝うことになるが、その麗良はナンパから助けてくれた彼を好きになって……!?

電撃文庫

My first love partner was kissing
私の初恋相手がキスしてた
[ Iruma Hitoma ]
入間人間
[ Illustration ] フライ
私の家に、ある日彼女がやってきて——
STORY
うちに居候をすることになったのは、隣のクラスの女子だった。
ある日いきなり母親と二人で家にやってきて、考えてること分からんし、
そのくせ顔はやたら良くてなんかこう……気に食わん。
お互い不干渉で、とは思うけどさ。あんた、たまに夜どこに出かけてんの？


電撃文庫